HABANA AÑO CERO

Charco Press Ltd.
Office 59, 44-46 Morningside Road,
Edimburgo, EH10 4BF, Escocia

Habana año cero © Karla Suárez 2011
© de esta edición, Charco Press, 2021
(mediante acuerdo con Silvia Bastos Agencia Literaria)

La matrícula del catálogo CIP para este libro se encuentra
disponible en la Biblioteca Británica.

ISBN: 9781913867089
e-book: 9781913867096

www.charcopress.com

Corrección: Angélica Peñafiel Loaiza
Diseño de tapa: Pablo Font
Diseño de maqueta: Laura Jones

Karla Suárez

HABANA AÑO CERO

1

Todo ocurrió en 1993, año cero en Cuba. El año de los apagones interminables, cuando La Habana se llenó de bicicletas y las despensas se quedaron vacías. No había de nada. Cero transporte. Cero carne. Cero esperanza. Yo tenía treinta años y miles de problemas. Por eso me fui enredando, aunque al principio ni siquiera sospechaba que para los otros las cosas habían comenzado mucho antes, en abril de 1989, cuando el periódico *Granma* publicó un artículo titulado «El teléfono se inventó en Cuba», que hablaba del italiano Antonio Meucci. La mayoría de la gente habrá olvidado poco a poco aquella historia; sin embargo, ellos recortaron el artículo y lo guardaron. Yo no lo leí, por eso en 1993 aún no sabía nada del asunto hasta que, casi sin darme cuenta, me convertí en una de ellos. Era inevitable. Soy licenciada en Matemática y a mi profesión le debo el método y el razonamiento lógico. Sé que hay fenómenos que sólo pueden ocurrir cuando determinados factores se reúnen, y ese año estábamos tan jodidos que fuimos a converger hacia un único punto. Éramos variables de la misma ecuación. Una ecuación que quedaría sin resolver hasta muchos años después, ya sin nosotros, claro.

Para mí todo empezó en casa de un amigo que digamos se llama… Euclides. Sí, prefiero ocultar los verdaderos nombres de los implicados para no herir sensibilidades. ¿De acuerdo? Euclides es entonces la primera variable de esta maldita ecuación.

Aquella tarde recuerdo que llegamos a su casa y la vieja nos recibió con la noticia de que otra vez se había roto el motor del agua y tocaba cargar cubos para llenar los tanques. Mi amigo hizo un gesto de desgano y yo me ofrecí a ayudar. En eso andábamos cuando me acordé de la conversación que había tenido lugar durante una cena a la que yo había asistido, días atrás, y le pregunté si había oído hablar de un tal Meucci. Euclides apoyó su cubo en el piso y me miró, preguntando: ¿Antonio Meucci? Sí, evidentemente ya había escuchado ese nombre. Agarró mi cubo, echó el agua en el tanque e informó a su madre que luego continuaría porque estaba cansado. La vieja protestó, pero Euclides ni caso le hizo. Me tomó por el brazo para conducirme al cuarto, encendió el radio, como cada vez que no quería ser escuchado, y sintonizó CMBF, la emisora de música clásica. Entonces me pidió que le contara. Le dije lo poco que sabía y agregué que todo había empezado porque un escritor estaba trabajando un libro sobre Meucci. ¿Un escritor? ¿Qué escritor?, preguntó muy serio y ahí me molesté porque ¿a qué venían todas esas preguntas? Euclides se levantó y fue a buscar algo en el armario. Regresó con una carpeta para sentarse otra vez junto a mí en la cama. Hace años que estoy interesado en esta historia, dijo.

Entonces empezó a explicarme. Supe que Antonio Meucci era un italiano que había nacido en Florencia, en el siglo XIX, y que había partido rumbo a La Habana en 1835 para trabajar como responsable técnico del Teatro Tacón, el más grande y hermoso teatro de América en la época. Meucci era un científico, un inventor apasionado, y entre otras cosas se dedicó al estudio de los fenómenos de la electricidad, o del galvanismo, como se le llamaba entonces, y a sus aplicaciones en diferentes campos, sobre todo en la medicina. Con este propósito había desarrollado algunas invenciones y fue justo en uno de sus experimentos de electroterapia cuando afirmaba haber logrado escuchar la voz de otra persona proveniente del aparato por él creado. En eso consiste el teléfono. ¿No? En transmitir la voz por vía eléctrica.

Pues con su criatura, que denominó «telégrafo parlante», Meucci se fue a Nueva York, donde continuó perfeccionando el invento. Tiempo después logró registrar una especie de patente provisional que debía ser renovada cada año. Pero Meucci no tenía dinero, era un pobretón, así que los años pasaron y un buen día de 1876 apareció Alexander Graham Bell registrando la patente del teléfono. Él sí que tenía dinero. Al final, Bell pasó a los libros de historia como el gran inventor; y Meucci murió pobre y olvidado, salvo en su país natal donde siempre reconocieron su obra.

Pero ellos mienten, los libros de historia mienten, dijo Euclides abriendo la carpeta para mostrarme su contenido. Tenía la fotocopia de un artículo publicado en 1941 por el antropólogo cubano Fernando Ortiz, donde hablaba de Meucci y de la posibilidad de que el teléfono hubiera sido inventado en La Habana. Tenía varios folios con anotaciones, unos artículos viejos de *Bohemia* y *Juventud Rebelde* y, lo más reciente, un ejemplar del periódico *Granma* de 1989, donde salía el artículo titulado «El teléfono se inventó en Cuba».

Yo me quedé fascinada. A pesar de que, tanto tiempo después de lo que contaban los papeles, seguía sin poder gozar en casa de las ventajas que el teléfono reportaba, me sentí orgullosa con tan sólo saber que existía una remota posibilidad de que tal invento hubiera nacido en mi país.

Increíble. ¿No? Que el teléfono haya sido inventado en esta ciudad donde los teléfonos casi nunca funcionaban. Es como si aquí hubieran inventado la luz eléctrica, las antenas parabólicas o la Internet. Ironías de la ciencia y de la circunstancia. Una mala jugada, como la de Meucci, quien más de un siglo después de su muerte aún continuaba en el olvido, porque nadie había logrado demostrar la prioridad de su invento sobre el de Bell.

Tremenda injusticia histórica, algo más o menos así exclamé cuando Euclides terminó su exposición. Fue entonces cuando supe lo otro. Euclides se levantó, dio unos pasos y me miró para decir: Una injusticia, sí, pero reparable. Yo no entendí su respuesta y él volvió a sentarse, agarró mis manos y bajando el tono de la voz dijo: No existe lo que no puede ser demostrado, querida, pero la prueba y, por tanto, la demostración de la prioridad de Meucci sí existe, y si lo sé es porque la he visto. No imagino qué cara puse, sólo recuerdo que me quedé callada. Él liberó mis manos sin dejar de mirarme. Sospecho que esperaba otra reacción, un salto quizá o un grito, no sé, pero yo lo único que sentía era curiosidad, por eso al fin sólo dije: ¿La prueba?

Mi amigo suspiró, se puso de pie y comenzó a caminar. Tiempo atrás, dijo, había conocido a una mujer maravillosa cuya familia antaño había sido próspera, razón por la cual ella conservaba objetos que los ignorantes podían considerar como trastos viejos, pero que los inteligentes sabían apreciar por su valor artístico e histórico. Además de los objetos, muchos de ellos verdaderas reliquias, la mujer tenía viejos papeles, antiguos certificados de nacimiento y escrituras de propiedad que podían hacerle agua la boca a cualquier historiador o coleccionista; y entre ese legajo de folios, Euclides descubrió un día un documento original, escrito de puño y letra por Antonio Meucci.

Pensé que aquello era una broma, pero tendría usted que haberle visto la cara a Euclides. Estaba eufórico. Algún antepasado de la familia de ella había coincidido con Meucci, aquí en La Habana, y había conservado un documento con diseños que mostraban el experimento del italiano. A mí todo me seguía pareciendo un poco raro, y además demasiado casual, pero Euclides juró que había tenido el documento en sus manos y que sabía que era auténtico. ¿Te imaginas un documento científico original? Así dijo, abriendo los ojos. Intenté imaginármelo. Para un científico, revelar al público algo semejante le daría sin duda prestigio. Y claro que él había hecho todo lo posible para que la mujer se lo cediera, pero ella no aceptó. Según sus palabras, no le interesaba el contenido del papel sino su valor sentimental.

Eso, en principio, Euclides podía hasta entenderlo: ella quería conservar objetos y papeles que habían sido tocados por su familia y que, en cierto modo, aún guardaban sus huellas. Tanto era así que algunos de los documentos, incluido el de Meucci, los había pegado meticulosamente sobre papeles blancos para que no se arrugaran, ni se rompieran, ni perdieran las esquinitas, ni se disolvieran de pura vejez. Lo que empezó a torturar a Euclides fue que, por muy celosa que fuera ella de todas sus pertenencias, se había visto obligada a deshacerse de algunos objetos, una vajilla de plata, un crucifijo de oro, cosas así, en los tiempos en que el gobierno se lanzó a la recuperación de materiales preciosos que cambiaba a los ciudadanos por el derecho a comprar un televisor en color o alguna ropa de marca, en las llamadas "Casas del oro y la plata". Euclides comprendía el sufrimiento de esa mujer que no tenía más remedio que usar la herencia familiar para sobrevivir. Pero no entendía que fuera capaz de cambiar un cenicero de plata del abuelo por una casetera estéreo y, sin embargo, no se diera cuenta de que aquel papel era un documento que pertenecía a la ciencia mundial. Por eso, en un ataque de desesperación, hasta llegó a ofrecerle dinero a cambio del papel. Pero no, ella se mantuvo firme: el cenicero del abuelo que se fuera al carajo, pero el documento de Meucci, no. Lo que acabó de matar a Euclides fue que, después de tanto insistir sobre el dichoso papel, ella había resuelto dárselo a otra persona, a pesar de saber que a él le interesaba. Pero él no se había dado por vencido y, aunque aquello había ocurrido hacía ya un tiempo, seguía tras su rastro. Por eso, cuando en 1989 vio el artículo en *Granma* sobre la invención del teléfono en Cuba, empezó a inquietarse; eso iba a remover las aguas o a encender una luz de alerta. Y ahora que yo le había dicho que otros estaban hablando sobre Meucci, él había sentido que la luz de alerta se agrandaba. Si la persona que tenía el documento llegaba a darse cuenta de su importancia, a Euclides le sería muy difícil hacerse con él. Pero el mayor problema era que aún no sabía quién era esa persona.

Mientras lo observaba dando vueltas por el cuarto, me fui contagiando de su excitación y pensé que era necesario hacer algo. Teníamos que hacer algo. Había llegado el momento de volver a trabajar juntos y hacernos valer, que buena falta nos hacía a ambos.

Euclides, como yo, era licenciado en Matemática. Nuestra amistad se basaba en la pasión por la ciencia y en el gran cariño que crece al compartir muchas cosas a lo largo de los años. Nos habíamos conocido en los ochenta, cuando yo estaba en la universidad. Primero lo tuve de profesor y luego como tutor de tesis. En aquel tiempo era un tipo que fascinaba a las alumnas porque hablaba despacio, bajito y con tal dulzura que provocaba un efecto de atracción irremediable. Yo no escapé a tal efecto. No lo puedo evitar: me encantan los tipos mayores que yo. Nuestro romance empezó en la facultad un día que llovía mucho. Estábamos solos. Era tarde. Mi tesis era muy difícil y afuera diluviaba. La solución de ese problema la encontramos encima de una mesa. Y ése fue el inicio de algo que duró el resto del año. Él estaba casado y tenía tres hijos, pero de eso no hablábamos. ¿Para qué? Éramos amantes y mi tesis avanzaba. Las cosas marchaban bien hasta que, como dicta la teoría de errores, él cometió uno de ésos que podrían llamarse «errores accidentales». Una tarde anunció que cumplía cincuenta años y quería brindar conmigo en Las Cañitas, el bar del hotel Habana Libre. Tremenda sorpresa. Me emocioné, acepté y la noche fue maravillosa. El problema vino luego. Las siguientes semanas no pude verlo y cuando finalmente di con él, estaba en plena crisis familiar. Alguien nos había visto y se lo había contado a su mujer. Un desastre. Decidimos limitar nuestros encuentros a citas profesionales. Yo defendí mi tesis en julio y no supe más de él hasta que regresé a la universidad en septiembre. Ya para ese entonces nuestro romance se había enfriado pero, gracias al magnífico resultado de mi tesis, obtuve un trabajo en la cátedra de Matemática. Nos convertimos en colegas y entonces empezamos a hacernos amigos.

Trabajar con Euclides fue una gran suerte. Él estaba en la cumbre de su carrera, era ciencia, pasión y método. Yo era la aprendiz. Fue un período muy intenso. Una pena que, una vez terminados mis dos años del servicio social, no hubiera plazas fijas vacantes. Tuve que decir adiós a mi cátedra. A partir de ese momento comenzó nuestro declive.

Empecé a trabajar como profesora en la CUJAE, el Instituto Superior Politécnico, pero tomé por costumbre visitar a mi amigo en la universidad. Un día lo noté rarísimo. Dijo que necesitaba tomar aire. Fuimos al Malecón y ya sentados en el muro me explicó que su mujer quería el divorcio y él no sabía qué hacer, se sentía viejo, temía por la reacción de sus hijos, estaba desesperado. Al mes siguiente no le quedó más remedio que aceptar la separación e irse a vivir a casa de su madre. ¿Qué iba a hacer? Aquí siempre ha existido problemas con la vivienda, uno no puede cambiarse de casa así como así. Euclides no tenía opciones. De los motivos del divorcio no habló mucho y yo preferí no preguntar. Temí que, de algún modo, aquella crisis provocada por nuestro antiguo romance hubiera influido en la decisión de su mujer y, cuando las razones son turbias, es mejor no indagar demasiado. Digo yo. En cuanto a los hijos, los mayores se aliaron con la madre en contra de él. Según Euclides, se trataba de impulsos iniciales que el tiempo limaría, pero la verdad fue que, transcurridos unos meses, sólo el más pequeño se preocupaba por él. Los otros ni siquiera lo llamaban.

Y llegó el año 1989. *Granma* publicó el artículo sobre Meucci que yo no leí, ya se lo he dicho, y Euclides tampoco me habló entonces del tema. La verdad es que teníamos problemas mucho más concretos que la invención del teléfono. ¿Se acuerda de cuando tumbaron el Muro de Berlín? Pues hasta aquí llegó el polvo y así nos quedamos: hechos polvo. A partir de ahí, la economía nacional, que se mantenía gracias a la ayuda del bloque socialista, empezó a caer en picada, arrasando con todo. Lo último que le faltaba a Euclides para su crisis interior era una buena crisis exterior, y ésa el país se la garantizaba. Pasamos un tiempo sin vernos y cuando volví a la cátedra mi amigo parecía otra persona, estaba flaquísimo. Como el transporte se había puesto muy difícil, no le quedaba más remedio que ir y venir a pie de la universidad a casa de su madre, que era por el túnel del Malecón. Aquel día decidí acompañarlo. Al poco rato de camino, me abrazó y empezó a llorar. Así, en medio de la calle. Yo no supe qué hacer hasta que, finalmente, agarré su mano y fuimos a un parque donde me contó que, en poco menos de tres meses, sus hijos mayores se habían ido del país. La razón no era él, lógicamente, sino el país que comenzaba a derrumbarse, la profunda crisis económica que se anunciaba y la generalizada falta de esperanzas. A pesar de que el más pequeño de los hijos se había quedado en Cuba, la partida de los otros fue como una bomba cuyas consecuencias Euclides se negaba a aceptar. Tan devastadora que, cuando terminó el curso, tuvo que pedir la baja de la universidad por depresión. Pasó mucho tiempo bajo tratamiento y pastillas. Y así se fue perdiendo mi maestro.

Cuando en 1993 Euclides me habló de Meucci, ya su profunda depresión había pasado, pero le juro que hacía muchísimo que no veía tal brillo en sus ojos. Quizá también por eso me dejé arrastrar por su entusiasmo.

En cuanto a mí, tampoco le diré mi verdadero nombre, así que digamos que me llamo Julia, como el matemático francés Gastón Julia. Mi caída fue más simple. Ya desde las primeras semanas de trabajo en la CUJAE supe que algo no funcionaba. Estaba incómoda. Mi sueño siempre había sido dedicarme a la investigación. Verme convertida en profesora fue algo que me costó aceptar, porque detestaba dar clases. ¿Comprende? Es que yo tenía que haber sido una gran científica, ser invitada a congresos internacionales, publicar mis descubrimientos en prestigiosas revistas; y sin embargo, lo único que he podido hacer es repetir y repetir las mismas fórmulas hasta el cansancio. Sé que al principio puse todas mis energías en función de hacer algo grande, pero esas energías poco a poco se fueron transformando en un malestar que me negaba a definir. Fue Euclides quien puso las palabras justas. Lo que pasa es que te sientes frustrada, me dijo un día. Y tenía razón.

No sabe la cantidad de veces que pensé dejar la CUJAE. Estaba harta de los alumnos, de la falta de comida, de las malas condiciones de trabajo, del viaje de casa al trabajo. Piense que si atravesamos la ciudad con una línea recta, Alamar, mi barrio, queda en un extremo; y la CUJAE, justo en el extremo contrario. Quizá en otras partes del mundo eso es simplemente un trayecto largo, pero en La Habana de entonces era casi una expedición.

Me decidí una mañana de 1991. Acababa de terminar una clase y fui al baño pero, antes de abrir la puerta para salir, escuché las voces de dos alumnas que entraban pronunciando mi nombre. Me quedé quieta para poder escuchar. No podían saber que estaba allí. Una afirmó que era cierto que yo tenía mal carácter, y casi me caigo cuando la otra replicó que, como se comentaba en el grupo, seguro que era porque yo estaba mal templá. O sea que, según mis alumnos, yo no sólo tenía mal carácter sino que andaba falta de sexo. En aquel momento era amante de un profesor de Física, pero mis estúpidos alumnos querían convertirme en su hazmerreír. Quizá no fuera para tanto, pensará usted, pero es que estaba harta, era como si la vida entera se estuviera burlando de mí. Fue la gota que colmó al vaso. Qué va. Esa gente no merecía mis esfuerzos. Aquel día tomé la decisión de abandonar el Instituto; y al terminar el curso, me fui.

¿Y dónde iba a encontrar trabajo? Dígame usted. ¿Qué diablos hace un matemático en un país en crisis? Nada. Joderse. No me quedó otro remedio que optar por cualquier cosa que al menos acortara la distancia entre el trabajo y mi casa. Gracias a un colega encontré un puesto en un Instituto Tecnológico de El Vedado, en pleno centro. Después de haber sido profesora universitaria, pasar a la enseñanza media es un trago amargo; pero los tiempos no ofrecían demasiadas opciones. Asumí mi nuevo puesto como algo transitorio. Ya cambiaría la situación, me dije, y lograría revalorizarme.

Y la situación cambió, es cierto, pero a peor. Por eso en 1993, yo continuaba en el Tecnológico recomiéndome el hígado, tratando de explicar fórmulas elementales a muchachos que no se interesaban en nada. También por eso, cuando Euclides me habló de Meucci y del documento inédito que él quería encontrar, yo sentí que de repente el mundo se abría. Mi antiguo maestro daba vueltas por su habitación contando la historia, mientras yo lo miraba fascinada. Un documento científico original. Eso era algo a lo que agarrarse, la palanca que podía mover nuestro pequeño mundo, como diría Arquímedes. Estaba que no sabía ni qué decir, y entonces recuerdo que me levanté y empecé a pensar en voz alta. No se podía dejar algo así en manos de cualquiera, ese documento pertenecía al patrimonio científico de la Humanidad. Pero, ¿tú estás seguro de que es auténtico, Euclides? Él dijo que sí, que estaba firmado y que aquella mujer tenía pruebas de que algún miembro de su familia había coincidido con el mismísimo Meucci en el Teatro Tacón. Es auténtico, Julia, te lo juro por mi madre. En mi vida había visto yo un documento científico original y ya me parecía tenerlo delante de mis ojos. ¿Te imaginas, Julia, lo que eso significa? Yo empecé a imaginar. Aquel documento era concreto, podía tocarse, era un pedazo de papel que tenía un significado preciso. Con él se podría demostrar una verdad traspapelada en la historia y hacer justicia a un gran inventor. Pero, además, se podía pasar a la historia como la persona que reveló una verdad oculta. Se podía escribir un artículo en alguna prestigiosa publicación científica, o dar entrevistas a la televisión extranjera, o participar en congresos internacionales y adquirir prestigio en el gremio. Ese simple papelito tenía el poder de sacarnos de nuestro anonimato y darle un sentido a los días de aquel año cero.

Hay que hacer algo, Euclides, dije finalmente. Y él sonrió afirmando, había que hacer algo: ese papel en manos de cualquier imbécil podía correr la peor suerte, sobre todo en aquellos tiempos de tantas carencias. Aquí, si te descuidas, Julia, la gente vende hasta a su madre. Llevaba razón, sólo que yo no imaginaba por dónde empezar la búsqueda. Él dijo tener algunas vagas ideas, aún debía reflexionar; pero lo más importante, por el momento, era no hablar de aquella historia con nadie. Mientras menos personas la conocieran, el documento podía correr con mejor suerte. Euclides puso el dedo índice en vertical sobre su boca y yo hice lo mismo. Sonreímos. Nuevamente nos tocaba compartir un secreto. Ya luego veríamos qué hacer, pero esa tarde me quedó bien claro que algo había que hacer. Era nuestro deber como científicos.

2

Creo que en este país todo el mundo recuerda 1993, porque fue el año más difícil del llamado Período Especial. La crisis económica llegó a su tope. Era como si hubiéramos alcanzado el punto crítico mínimo de una curva matemática. ¿Tiene presente una parábola? El cero de abajo, el hueco, el abismo. Hasta ahí llegamos. Incluso se hablaba de opción Cero, de la posibilidad de subsistir con el mínimo de los mínimos. Un año cero. Vivir en La Habana era como estar dentro de una serie matemática que no converge en nada. Una sucesión de minutos que no iban a ninguna parte. Como si todas las mañanas despertaras en el mismo día, un día que se ramificaba y se volvía pequeñas porciones que repetían el todo. Horas enteras sin electricidad. Poca comida. Arroz con chícharos a diario. Y la soja. Picadillo de soja. Leche de soja. En Europa eso será un lujo dietético, aquí era el pan nuestro de cada día. Y sólo teníamos derecho a un pan al día. Una pesadilla. El país dividiéndose entre dólar y moneda nacional. La noche desierta, los autos sustituidos por las bicicletas, comercios clausurados, basura amontonada. Fue también el año de la «tormenta del siglo», y el mar entró a la ciudad de tal manera que en algunas zonas la gente usaba caretas de buceo para pescar los productos que el mar sacaba de los almacenes de los hoteles. Un verdadero delirio. Y luego la calma. El país aún más destruido, pero en calma. Otra vez la sensación de no ir a ninguna parte y el sol que no nos abandonaba, como un castigo, golpeando las espaldas de la gente que seguía levantándose cada día para intentar vivir de manera normal.

En medio de todo aquello, la historia de Meucci me había llegado como una lucecita en plena oscuridad, así que esa tarde salí de casa de Euclides y eché a andar dándole vueltas a lo ocurrido. Me parecía rarísimo que aquella mujer regalara algo tan particular luego de guardarlo con tanto celo. Era evidente que, cuando la situación se había puesto mala, ella había vendido el documento y por una buena cantidad de dinero, porque estoy segura de que mi amigo no había podido ofrecerle gran cosa. No sabía qué íbamos a hacer en caso de tener suerte y dar con el nuevo propietario, porque nosotros no teníamos ni un kilo. Pero eso ya lo veríamos después. Lo importante en aquel momento era que yo caminaba sintiéndome distinta. Miraba a las personas que se cruzaban a mi paso y me preguntaba si entre ellas estaría la que conservaba el documento. Quizás alguien incluso lo llevaba en su bolsillo. ¿Sospecharía que yo también sabía? Era rarísimo, le juro. ¿Usted ha visto un holograma? Esas imágenes tridimensionales que se registran por medio de un láser. Cuando era amante del profesor de Física en la CUJAE, nos escondíamos en su laboratorio y una vez él me enseñó un holograma. Había una foto iluminada por un rayo y delante de nosotros la imagen se levantaba en tres dimensiones, como cualquier cuerpo que ocupa un espacio. Era tan hermoso que no pude resistir la tentación de acercarme a tocar la imagen, pero mi mano atravesó el cuerpo proyectado y no pude agarrarlo, porque no existía. Estaba delante de mis ojos, pero no existía. Así mismo me había sentido tantas veces en La Habana de aquel año, como un holograma, una proyección de mí misma y, a veces, hasta tuve el temor de que si alguien acercaba su mano a mi cuerpo iba a descubrir que yo no existía. Sin embargo, el día que supe de Meucci, de repente los hologramas fueron los otros, los que caminaban junto a mí por la calle.

¿Comprende? Yo conocía una historia que iba a interesar al mundo científico, a personas de otros países, y eso me volvía consistente y, en cierto modo, importante. Sí. Una semana atrás mi vida no tenía grandes acontecimientos. Pero las cosas habían empezado a cambiar justo el día que escuché por primera vez el nombre de Meucci, en la conversación que le conté a Euclides.

¿Cómo llegué a aquella cena? Le cuento rápidamente.

Poco tiempo atrás había conocido a la segunda variable de esta historia, que digamos se llama… Ángel. Sí, ese nombre es perfecto. Con él todo siempre fue como obra de la casualidad. Un día yo caminaba por la calle 23, después de salir del trabajo y, de repente, una enorme fuerza motriz me tiró al piso. Me quedé atontada y sólo pude ver cómo se alejaba el desgraciado ciclista que, al pasar, me había arrancado el maletín de la mano. Entonces escuché una voz a mi espalda y descubrí a mi ángel salvador, quien me ayudó a levantarme, recogió mis cosas y amablemente preguntó si quería lavar mis rasguños. Él vivía muy cerca. El desgraciado ciclista nunca podrá imaginar cuánto agradecí su agresivo gesto. Yo no conocía a Ángel, aunque ya lo había visto mil veces. Y era hermoso. Delgado, pero con músculos definidos. Rubio, pero tostadito. Además, tenía el pelo largo y no lo puedo evitar: me encantan los tipos con el pelo largo. A veces lo veía por ahí, siempre con un andar como cansado, como si tuviera la cabeza llena de cosas que le pesaban al caminar. De niña, mami decía que Anthony Perkins caminaba como aplastando huevos. Nunca entendí esa frase, pero Perkins se convirtió para mí en el de los huevos aplastados. Y lo cierto es que cuando me puse a analizar a Ángel entendí que él también caminaba como aplastando huevos. Despacio. Con cautela. Aquel día lo acompañé a su apartamento. No había nadie, así que me lavé manos y rodillas con calma. Antes de irme, para dejar una puerta abierta, le dije que podía pasar por mi trabajo y lo invitaría a un café. Él aseguró que también yo podía ir a su casa. Y chao, chao.

Los días que siguieron estuve pendiente de su visita. A Euclides le daba gracia verme ansiosa, pero insistía en que una mujer no debía meterse en casa de desconocidos. La iniciativa, según él, debía partir del hombre. Eso dijo hasta el día que coincidimos los tres en la calle. Euclides y yo íbamos conversando y al levantar la vista descubrí que Ángel caminaba hacia nosotros, pero no tuve tiempo de avisar a mi amigo. Ángel sonrió reconociéndome. Yo hice lo mismo. Cuando nos detuvimos frente a frente vino la sorpresa. Ángel dijo: ¡Qué casualidad! Me dio un beso en la mejilla y extendió la mano a mi amigo diciendo: ¿Qué tal, Euclides? ¿Cómo está? Euclides correspondió al saludo. Yo los miré perpleja: ¿Y ustedes se conocen? Euclides dijo que Ángel era amigo de uno de sus hijos y éste asintió. Al despedirnos, Ángel prometió pasar por mi trabajo. Pocos días después lo encontré esperándome a la salida del Tecnológico y así comenzó un lento, muy lento, proceso de acercamiento. Euclides me había contado que Ángel solía visitar su casa, cuando mi amigo aún tenía una familia. Dijo que Ángel era un buen muchacho y además... Ahí recuerdo que hizo una pausa y me miró con una sonrisa maliciosa antes de afirmar que, según creía, vivía solo, y quizá no fuera tan mala idea ir a visitarlo. El cabrón de Euclides conocía perfectamente mis problemas con la vivienda y, aunque Ángel me gustó desde el principio, no voy a negar que ese detalle era un punto más a su favor. Porque sí, Ángel vivía solo, en El Vedado. En un apartamento maravilloso, con un balcón que daba a la calle 23, que tanto me gusta, y una sala enorme donde había libros, cuadros, televisor y hasta un equipo de video. En este país, y más en esa época, tener un video te colocaba en una clase superior. Esto de que todos somos iguales a lo único que lleva es a marcar las diferencias con pequeños detalles. Créame.

Mi relación con Ángel, como le dije, fue un proceso lento. Él era un tipo complicado, pero ya le contaré después, ahora lo que interesa es cómo llegué a todas las variables y es que fue en su casa donde conocí a una de ellas. Ángel y yo nos habíamos visto unas cuantas veces y, aunque a mí me encantaba, lo nuestro aún no pasaba de miraditas y sonrisas. Una noche íbamos a salir. Yo estaba en la sala de su apartamento tomándome un trago mientras esperaba a que él terminara de vestirse o algo así. El caso es que estaba sola, sonó el timbre de la puerta y, cuando abrí, me encontré con un mulato de espejuelos que, digamos, se llama Leonardo, sí, como Leonardo Da Vinci.

Tengo que reconocer que la primera vez que vi a Leonardo, aunque sin llegar a parecerme ridículo, me dio risa. Se ve que no lo conocía. El hombre llegó de lo más correcto, disculpándose por haber aparecido sin que esperaran su visita, como si en este país alguien avisara, pero apenas descubrió la botella que estaba en la mesa dijo: Coño, Havana Club, ¡qué rico! En cuanto le serví se acomodó en el butacón y empezó a saborear su trago y a decir boberías, que si era el néctar de los dioses, cosas así. Evidentemente, hacía rato que el pobre no veía una botella de ron de verdad, porque en aquel tiempo se vendía solamente en dólares, y el dólar aún estaba prohibido. Ahí me enteré de que era escritor, que tenía varios libros publicados y muchos proyectos en el tintero.

Ángel apareció en la sala cuando ya Leonardo iba por el segundo o tercer trago. Me acuerdo de que éste se levantó explicando que yo había sido muy amable y que él necesitaba conversar sobre un asunto, pero Ángel respondió secamente que en esos momentos no podía. Yo no supe si había metido la pata al dejarlo pasar y, al parecer, Ángel notó mi duda, porque suavizó la expresión de su rostro y dijo que mejor hablaban otro día. Brindaron. Cuando el escritor se fue, Ángel se excusó explicándome que lo sacaban de quicio los que llegaban y eran capaces de quedarse hasta vaciar la botella de ron. Terminó su frase pasando un dedo por mi mejilla y entonces le creí.

No volví a ver al escritor hasta la noche que conocí a la siguiente variable. Es como si una me llevara a la otra. ¿Se da cuenta? Ángel me había invitado a una fiesta en casa de un artesano amigo suyo. Él conocía a mucha gente, yo a nadie, por eso me alegré un poco cuando vi aparecer a Leonardo. Ángel conversaba con el anfitrión de la fiesta cuando una mano se apoyó en su hombro y descubrí que era el escritor, al menos una cara conocida para mí. El artesano le sonrió a Leonardo, alzó la botella diciendo: Quedan en su casa, bobos de la penumbra. Y nos dejó solos. Fue entonces cuando Leonardo dio un pequeño giro para dejar pasar a la mujer que estaba a sus espaldas y nos presentó, con un gesto rimbombante, a la penúltima variable de esta historia: Bárbara Gattorno, quien dijo "chao" con una sonrisa que más que de oreja a oreja le daba la vuelta a la cabeza y, de paso, a todo el cuerpo; y así, de tanto dar vueltas, quizá lograba meterle las tetas en el ajustador, porque ciertamente llevaba uno más pequeño que su talla. Es una amiga italiana, pero habla perfectamente español, aclaró Leonardo.

Esa noche todos bebían, fumaban, hablaban, bailaban. Ángel y Leonardo desaparecieron un rato y yo me quedé conversando con Bárbara, que era de esas mujeres que proyectan seguridad en sí mismas y aparentan no tener dudas sobre nada. Dijo que era su primera vez en Cuba, que era periodista y estaba escribiendo sobre literatura cubana, que apenas había comenzado a leer a Leonardo pero ya era una experiencia, Cuba era una experiencia, la gente, los olores, la manera de mirar o de expresarse, que estaba loca por leer los manuscritos que tenía y por vivir todas las historias. Cierto que hablaba correctamente el español, con un acento cómico, pero bien.

Recuerdo que en algún momento cambié el ron por el agua, porque no bebo mucho. Que Ángel y Bárbara se metieron en una discusión sobre cine italiano. Que Leonardo y yo conversamos un rato. Y que, ya muy tarde, Ángel se acercó para pedirme al oído que lo sacara de ahí, porque esa italiana no paraba de hablar. Cuando nos despedimos, Bárbara propuso que cenáramos los cuatro en una paladar al día siguiente. Invitaba ella, aclaró.

Y así llegamos a la famosa cena donde mi vida empezó a cambiar, aunque yo aún no lo sabía, claro. En ese tiempo todavía las paladares eran ilegales, por eso el restaurante al que fuimos era muy discreto. Aquella noche estuvo muy bien, comimos rico, nos reímos y tomamos mucha cerveza. En un momento, Leonardo empezó a hablar de su obra. Su proyecto más ambicioso, según contó, era una novela sobre Meucci, el inventor del teléfono. Yo salté inmediatamente aclarando que quien había inventado el teléfono era Bell, Graham Bell, pero Bárbara me interrumpió afirmando que el verdadero inventor era su compatriota Meucci. El escritor retomó la palabra para agregar que, como matemática, yo debía saber que toda verdad es cierta hasta que se demuestra lo contrario, y lo contrario era que Meucci había inventado el teléfono, pero no sólo eso, sino que lo había inventado en Cuba. Yo no sabía de qué rayos estaban hablando y, tomando en cuenta la cantidad de cervezas consumidas, pensé que ellos tampoco. Por lo visto, Ángel estaba como yo, porque permaneció callado mientras el escritor seguía su discurso, hasta que, evidentemente, no pudo más, dio dos toques en la mesa con su lata vacía y dijo: Bárbara, ¿tú sabes el tiempo que hace que no tomo cerveza? Ella respondió con una sonrisa y pidió otra ronda. De ese modo, el tema de conversación fue sustituido por las explicaciones de Ángel a Bárbara sobre nuestro nacional estado de carencias, pero ya el nombre de Meucci había sido pronunciado. Fue así como me convertí en la última variable de esta historia y empecé a enredarme con ellos, sin darme cuenta, porque en realidad lo único que a mí me interesaba en esos momentos era Ángel. Cómo conquistarlo de una vez. Cómo salirme de ese círculo de conversaciones y miradas que no llegaban a ninguna parte.

Aquella noche, cuando salimos de la paladar, empezó a levantarse un viento de lluvia. Era agradable. Bárbara propuso seguir de fiesta, pero yo no podía, trabajaba al día siguiente. Ángel dijo que me acompañaría a buscar un taxi. Leonardo miró a la italiana: Si tú quieres… Nos despedimos. Mi costumbre de día era coger botella, pero de noche prefería ir al Capitolio, donde paraban taxis en moneda nacional. Ángel quería acompañarme, así que él marcó el camino. Emprendimos la marcha subiendo por la calle G. Él me hacía reír, a cada rato se detenía abriendo los brazos y su camisa se hinchaba, era un globo, decía que si no lo agarraba se iba a echar a volar. Las calles de La Habana con viento son una maravilla, tienen un extraño encanto, cierto ángel. Él volvió a detenerse con los brazos abiertos gritando: No puedo aguantar más, me voy. Me eché a reír y le tomé una mano para continuar, pero entonces él me sostuvo fuerte y clavó sus ojos en los míos. Me soltó y, muy despacio, alcanzó mi rostro con sus manos; sentí el calor en mis mejillas y su frase «no puedo aguantar más», susurrada muy serio. Yo también me quedé seria. Y el viento siguió y la camisa de Ángel continuó haciéndose grande, sólo que él acercó su cara a la mía y me besó. Yo lo besé. Nos besamos. Y el viento no dejó de soplar, hundí por fin los dedos en su pelo largo y Ángel con mi cara entre sus manos me siguió besando y pasándome la lengua y las manos por las mejillas y el cuello, hasta que se me cayó un arete. Sí, en medio de aquello sentí que se me cayó un arete, pero es de esas cosas que uno no quisiera sentir y siente. Y dije: Se me cayó un arete. Y entonces él, con total diligencia, se agachó y empezó a buscarlo. Dije que no importaba, no era una joya, pero él que sí, que cómo iba a perder un arete. Yo no lo podía creer. Llevaba más de un mes con ganas de aquel beso. Me entraron ganas de cogerlo por el cuello, pero lo que hice fue gritarle: Soy yo la que no puede aguantar más. Entonces se incorporó, sonrió como un idiota, dijo: Soy un idiota, ¿verdad? Y volvió a besarme para que el viento no me llevara lejos. Esa noche, apenas llegamos al apartamento, empezó a llover. Sé que dormimos poco, pero al día siguiente mis estúpidos alumnos me parecieron supersimpáticos y tuvieron la clase más hermosa de todo el curso.

Euclides se alegró mucho cuando le conté que por fin había conocido la carne de los ángeles. La verdad es que aún no podía definir si éramos novios, amantes o qué cosa, porque Ángel era un tipo bien complicado. Yo sospechaba que estábamos apenas en el primer capítulo de una larga historia, pero lo importante era que me sentía feliz. Euclides bromeó acerca del brillo de mis ojos y con una expresión hilarante dijo que había que reconocer que el muchacho tenía buen gusto. Entonces soltó una carcajada antes de afirmar que entre Ángel y él existía un denominador común. Su frase me pareció ingeniosa, por eso no pude olvidarla. No me quedó otra que acompañarlo en la risotada, porque tenía razón, acababa de convertirme en el denominador común entre los cuerpos de dos hombres.

Esta conversación la tuvimos un día mientras caminábamos rumbo a su casa. Un rato más tarde, después de cargar cubos de agua para llenar los tanques, Euclides me hizo la historia de Meucci y supe que en La Habana alguien tenía un manuscrito original sobre la verdadera invención del teléfono. No es extraño entonces que al salir de su casa el mundo me pareciera otra cosa. Ya le dije que una semana atrás en mi vida no había grandes acontecimientos. Pero de improviso todo había cambiado. Absolutamente todo. ¿Comprende?

3

Tengo que hacerle una pregunta: ¿Usted no se molesta si nos tuteamos? Es que le estoy contando cosas muy personales y el «usted» crea una cierta distancia. Nos tuteamos entonces. ¿Sí? Continúo.

Ya te dije que en ese tiempo Euclides había logrado sobreponerse a la depresión, aunque nunca logró recuperar su peso. El único problema era que se aburría. Después de pasar tantos años de intensa actividad debe ser difícil acostumbrarse a vagar por la casa sin nada que hacer, por eso se propuso releer sus libros científicos e investigar nuevos campos. Según él, el trabajo en la universidad le había robado mucho tiempo. Siempre había sostenido que el conocimiento científico nutría el alma y con el alma nutrida el cerebro funcionaba mejor y el cuerpo envejecía menos. Claro que, en 1993, tuvo que modificar el teorema; entonces sostenía que el conocimiento científico nutría el alma pero que el cuerpo se nutría con comida. Alma y cuerpo bien nutridos era lo que propiciaba el buen funcionamiento del cerebro con sus consecuencias positivas en todo lo demás. Para nutrir el cuerpo, Euclides se dio a la tarea de buscar alumnos a quienes impartir clases privadas de Matemática y, de esa forma, redondear su sueldo de retirado y la pensión de su madre, que apenas les alcanzaba para vivir. En cuanto al alma, tuvo la idea de crear un grupo de estudio que formábamos nosotros y dos colegas más, con quienes nos reuníamos cada sábado en casa de uno de ellos para discutir asuntos científicos. Comenzamos profundizando en la geometría fractal, que si la teoría del caos, que si Mandelbrot, que si el conjunto de Julia, del Gastón Julia de quien he sacado mi falso nombre. En fin, cosas de matemáticos. Nuestro grupo no aspiraba a llegar muy lejos, pero al menos intentaba evitar la muerte de las neuronas en aquel año terrible. Euclides me hacía reír con sus ideas. Según él, de su existencia quedaban excluidos el alcohol, los crucigramas y el banco del parque donde sentarse a conversar con los viejos del barrio. Él sólo admitía palabras que empezaran con *m*: matemática y mujeres, por ejemplo.

Con *m* también empieza Meucci. Pocos días después de conocer su historia volví a casa de Euclides. En mi visita anterior, él se había negado rotundamente a prestarme los apuntes que conservaba en su carpeta, había dicho que de su casa no salían. Por tanto, no me quedaba más remedio que terminar de leerlos allí. Estaba ansiosa.

Ya en su cuarto, luego de mi lectura, Euclides sintonizó la CMBF. El otro día mencionaste a un escritor, ¿qué más sabes de ese tipo?, comenzó preguntando. Según él, Leonardo podía ser una pista interesante porque, si estaba trabajando sobre Meucci, era muy probable que tuviera reunida bastante información y quién sabe si por ahí hasta podía serle útil en su búsqueda. Pero ésta no es tu búsqueda, Euclides, es nuestra búsqueda, encontrar ese documento es nuestro deber como científicos, afirmé. Y él me miró preguntando si estaba segura de que quería montarme en su mismo barco. Claro que lo estaba. Me entusiasmaba que el capitán fuera él y que volviéramos a nuestros viejos roles de tutor y alumna. Mi amigo sonrió complacido y afirmó que debíamos comportarnos como verdaderos científicos y tener presente cada mínimo detalle, porque todo era importante, incluso lo que aparentaba ser banal. El escritor era una pista interesante, pero nos faltaban datos, reiteró.

De repente, su cuarto se convirtió en nuestra vieja cátedra de Matemática. Me puse de pie, afirmando que debíamos empezar de cero, y mientras caminaba comencé a rememorar todo lo que sabía de Leonardo. Su físico, su forma de vestir, lo poco que Ángel me había contado sobre él. Pero lo más importante de todo era que yo sabía dónde encontrarlo. En la fiesta, mientras Ángel y Bárbara discutían apasionadamente sobre la evolución del cine italiano, Leonardo se había acercado a mí para conversar. Me contó que trabajaba en el departamento de personal de una empresa en la Habana Vieja, muy cerca de la Catedral. Su empleo no era nada del otro mundo, según dijo, más bien consistía en un aburrimiento burocrático, pero le permitía dedicarse a la escritura. Fue ahí cuando me dijo que podía hacerle la visita si algún día andaba cerca. Nada más natural que pasar a saludarlo. ¿Qué tú crees?, pregunté a mi amigo. Euclides sonrió diciendo que yo siempre había sido su mejor alumna. Él también quería conocerlo, pero por el momento no tenía ninguna justificación para hacerlo. Sin embargo, mi encuentro con Leonardo estaba servido en bandeja.

Tras decir eso, también él se puso de pie y comenzó a caminar mientras hablaba. Yo tenía que visitar a Leonardo para propiciar que saliera Meucci como tema de conversación. Seguro que hacer hablar a un escritor sobre su trabajo no era nada difícil, afirmó sonriendo. Luego tenía que empezar a hacer amistad con él, poco a poco, sin prisas, de manera que más adelante sería natural que Euclides también lo conociera, visto que nosotros éramos amigos. Si él sabe algo del documento, no lo dirá en un principio, Julia, debemos ser pacientes.

Euclides me fascinaba. De repente, lo vi allí, diseñando nuestra estrategia, y era como si estuviera resolviendo una de esas ecuaciones diferenciales que tantos dolores de cabeza daban en la universidad. Teníamos que ser muy cautos y no conformarnos tan sólo con lo que Leonardo nos pudiera contar sino tratar de averiguar también si ocultaba algo. Pero de eso puedo encargarme yo más adelante, Julia, concluyó, de momento tú debes tratar de atraerlo, ganarte su confianza, no creo que te sea muy difícil. Euclides me miró con una sonrisita que, no pude evitarlo, me mandó años atrás, a la cátedra de Matemática donde un Euclides un poco más joven sonreía de la misma forma mientras desabotonaba mi blusa. No será muy difícil, profe, dije. Y nos echamos a reír.

Bien. Euclides y yo teníamos un trato. Leonardo acababa de convertirse en nuestro objetivo número uno, en el limón que debíamos exprimir hasta sacarle todo el jugo. Es curioso porque, a veces, cuando las cosas parecen más jodidas, de repente hay un pequeño detalle que lo cambia todo. Eso seguramente tiene que ver con la falta de objetivos. No tener objetivos en la vida puede llevar a la destrucción del alma; y con un alma destruida no hay cuerpo que resista. Simplemente te mueres, te caes en pedacitos, desapareces. Yo siempre le he tenido miedo a la falta de objetivos. Sin embargo, en aquel momento tenía dos. De una parte, Ángel y de la otra, Meucci. ¿Te das cuenta?

Cuando existen objetivos concretos, el resto de los problemas se vuelven minúsculos, infinitesimales. Mis clases en el Tecnológico seguían careciendo de interés, pero ya no me preocupaban tanto. La situación del país seguía siendo un desastre, pero tampoco me importaba.

Ni la falta de comida, ni los apagones, porque yo tenía objetivos concretos. Blaise Pascal decía que lo último que uno sabe es por dónde empezar y, sin embargo, lo único que Euclides y yo teníamos claro era precisamente por dónde empezar. Pitágoras afirmaba que el principio es la mitad de todo. Siendo así, ya teníamos un buen trecho recorrido. El principio era Leonardo.

Fui a verlo esa misma semana, una tarde que terminé temprano en el Tecnológico y que no tenía cita programada con Ángel. Leonardo se sorprendió cuando me vio parada en la puerta de su empresa. Le conté que andaba por allí para unas gestiones en el Ministerio de Educación, que necesitaba hacer unas llamadas telefónicas y me había acordado de que él trabajaba cerca. No hay problemas, ven. Me condujo a su oficina donde, efectivamente, hice algunas llamadas, pero a números desconocidos, para luego quejarme de que mis gestiones habían sido inútiles. Eran casi las cinco de la tarde y a esa hora ya no había manera de localizar a nadie en su puesto de trabajo. Mi día había sido un desastre, comenté, todo me había salido mal, estaba muerta de cansancio. ¿Por casualidad él sabía dónde podía tomar un café cerca de allí? Leonardo conocía un puestecito, el café no era bueno, pero si yo no tenía prisa podía esperarlo un rato y nos tomábamos uno juntos. Mis ocupaciones habían terminado, le dije así que me senté junto a su mesa a esperar la hora de salida. Fue ahí cuando me preguntó por Ángel.

Era normal que preguntara, visto que nos habíamos conocido gracias a él, pero sinceramente la pregunta me tomó por sorpresa porque entre todo lo que había imaginado no había tenido en cuenta a mi amor. Por eso dudé un momento antes de responder: Está bien, hace unos días que no lo veo. Leonardo dijo que él no lo veía desde la noche de la paladar, pero que tenía que llamarlo, Ángel le caía bien. ¿Y Bárbara?, pregunté para desviar el tema. Bien, hace unos días que tampoco la veo, contestó. Pasadas las cinco salimos de la empresa, Leonardo recogió la bicicleta que tenía amarrada en el parqueo y fuimos caminando hasta el puestecito. Me invitó al café y, como yo seguía sin prisa, propuso ir a sentarnos un rato en la Plaza de Armas, para coger fresco y conversar.

Leonardo era de esas personas a quienes no hace falta sacarle las palabras de la boca, más bien sus palabras estaban siempre listas en la recámara, esperando el mínimo descuido para dispararse. Esa tarde contó muchas cosas. Supe que estaba divorciado y que tenía un hijo a quien no podía ver cuanto quisiera, porque vivía con la madre en Santa Fe, lejísimo, mientras que él había vuelto al Cerro, a casa de sus padres, donde se había construido un cuartico en el antiguo garaje. Recorrer aquella distancia en bicicleta no era fácil, así que le tocaba tener al niño cada quince días y visitarlo de vez en cuando. Supe que había publicado algunos libros en años anteriores, poesía y cuento; pero con el Período Especial vino también la crisis de las editoriales, la falta de papel y la reducción de las publicaciones; por tanto, hacía rato que no veía su nombre en la portada de un libro. Me entusiasmé al saber que escribía poesía, porque me encanta, y entonces prometió prestarme sus libros. Eran buenos, aseguró, o al menos eso habían dicho los críticos en su momento. Supe que luego de trabajar en varias cosas había optado por ese trabajito que tenía entonces. Un escritor, afirmó, es un ser complejo que percibe cosas que para los demás son transparentes y es capaz de encontrar belleza donde los demás ven porquería, por eso el escritor necesita mezclarse con el mundo pero sin permitir que el mundo lo engulla. ¿Entiendes lo que quiero decir?, preguntó. Y sin esperar respuesta, explicó que justo por eso trabajaba en aquella empresa, porque necesitaba estar en contacto frecuente con los seres humanos pero no podía enredarse con un trabajo que absorbiera todo su tiempo. Ése fue el momento que aproveché para indagar en su nuevo proyecto literario. Leonardo sonrió; sacó una cajetilla de cigarros de su bolsillo, me brindó, pero yo no fumo. Entonces se acomodó en el banco, encendió un Popular, aspiró profundamente, me miró y dijo: Mi nuevo proyecto es una bomba. Yo sonreí y quise saber más, por supuesto.

Se trataba de su primera novela y era un proyecto muy complicado y ambicioso. Una novela que se podía llamar histórica, entre comillas. Umberto Eco se había atrevido a meter el latín en *El nombre de la rosa* y había sido un éxito. Él quería meter la ciencia, pero de otra manera. Imaginaba una obra donde apenas había espacio para lo que entendemos como ficción porque todo estaba basado en hechos reales. Por supuesto, aseguró, todo lo que se escribe, absolutamente todo, incluso los libros de historia, son ficción, porque se basan en la interpretación que hace quien escribe. ¿Me entiendes, Julia? Yo asentí y él continuó: Por ejemplo, si alguien nos pedía a él y a mí, por separado, que contásemos esa tarde en la plaza, ambos íbamos a hacer una historia diferente, porque éramos diferentes y teníamos puntos de vista distintos. Nunca contaríamos la realidad, sino la ficción que nuestras mentes eran capaces de crear. Interesante, dije yo. Pero Leonardo estaba demasiado entusiasmado como para escucharme, incluso creo que no era a mí a quien miraba. Observaba algo que estaba más allá. Lo difícil, continuó, y de ahí la ambición de su proyecto, era hacer que la realidad fuera leída como se lee una ficción, que el lector se acomodara en su sofá convencido de enfrentarse una vez más al engaño literario, para que en un momento, ¡paf!, la absoluta realidad le cayera encima, porque cada mínimo detalle del libro estaba justificado con datos históricos demostrables y entonces ese espacio de ficción donde tan cómodamente estaba establecido empezara a tambalearse y el lector descubriera de improviso que estaba metido dentro de la historia con mayúscula. ¿No te parece extraordinario?, preguntó, y esta vez sí que me miraba. Yo medité unos segundos antes de balbucear que de todos modos, como había dicho él mismo, la historia contada también resultaba una ficción porque dependía de quien la contara. Creo que a Leonardo mi comentario no le gustó, porque hizo una mueca extraña con la boca antes de contestar: No, si lo que cuentas es absolutamente demostrable.

Me eché a reír afirmando que en lugar de a la Literatura bien podría haberse dedicado a las matemáticas, un campo donde las demostraciones eran fundamentales. Pero incluso en las matemáticas lo demostrado hoy podía ser revisado mañana, porque las demostraciones dependen del nivel de conocimiento que exista en el momento. Por ejemplo, agregué con entusiasmo, la geometría euclidiana (en esto lógicamente me refería al Euclides original, no a mi amigo) nunca hubiera podido resolver los problemas que se le plantean a la geometría fractal porque ambas responden a momentos distintos del conocimiento sobre la naturaleza. Leonardo abrió los ojos y yo, afortunadamente, hice una pausa, porque apenas mencioné la palabra *fractal* me vino en mente mi amigo y me di cuenta de que ya había olvidado que mi misión aquella tarde consistía en sacarle información a Leonardo; había olvidado el limón y el objetivo, y me estaba dejando enredar con sus discursos. Él sonrió diciendo que las matemáticas no eran lo suyo, que le habían hecho pasar muy malos ratos en la escuela, que lo suyo eran las palabras y que, bueno, que lo disculpara, porque a veces hablaba mucho, era cierto. Yo no tenía nada que disculpar, al contrario, repliqué, me encantaba todo lo que había dicho, era muy interesante y ¿cómo era que se llamaba el italiano?, el del teléfono, ése era el personaje de su novela, ¿no? Leonardo encendió otro cigarro diciendo: Antonio Meucci, licenciada, méta-selo en la cabeza y olvídese de Bell... Y añadió: ¿Tú no tienes hambre? Conozco a un tipo que vende pizzas aquí cerca, ¿vamos?

Pizzas. Las pizzas son de la tierra de Meucci y de esa forma Leonardo dio por concluida la disertación sobre su novela aquella tarde. La culpa fue mía, lo sé, porque en lugar de dirigir la conversación hacia donde me interesaba, me dejé llevar por él y por todo lo que estaba diciendo que, ciertamente, me parecía interesante. Siempre me pasa igual, no sé por qué, pero cuando empiezo a hablar con un hombre, me pierdo totalmente. De todas formas, mi objetivo era comenzar una amistad y agotar los temas en el primer encuentro cierra las posibilidades al siguiente.

Leonardo me llevó a un sitio donde, luego de atravesar un pasillo estrecho, llegamos a una ventana a través de la cual asomó su cabeza y compró dos pizzas. Dijo que yo estaba de suerte porque lo había cogido un día que tenía dinero; es que acababa de ganarse el Nobel, agregó, antes de echarse a reír para explicar que iba a publicar un cuento en una antología en España y le habían pagado veinticinco dólares, era rico, pero mejor si no me hacía muchas ilusiones porque él tenía un hijo que mantener y ese dinero tenía que durarle mucho tiempo. Veinticinco dólares no eran mucho, pero eran dólares y con ellos se podían comprar productos que sólo vendían en esa moneda, cosas elementales como el aceite o el champú. Y como el sueldo de Leonardo era en moneda nacional, pues sí, se sentía rico. Mordí mi pizza y tuve que alejar el cuerpo para que la grasa no manchara mi vestido y, antes de poder responderle, el escritor me aclaró que estaba bromeando, que en realidad a él le encantaba invitar a la gente, sólo que casi nunca podía. Por eso estaba contento de que yo hubiera aparecido justo ese día. Sonreí: Gracias, la próxima vez invito yo.

Una deuda es la garantía de una próxima vez. Ese día, luego de la pizza, echamos a caminar rumbo al Malecón donde yo debía pararme a coger botella para regresar a casa. En un momento, Leonardo pidió que me detuviera para observarme un instante. Me detuve y lo miré extrañada. Él reanudó su paso y me explicó que yo le recordaba a alguien. Dijo que el día que le había abierto la puerta en casa de Ángel creyó estar frente a una muchacha que había conocido tiempo atrás en Barcelona; tenía una cara muy parecida a la mía y, encima, había algo en mi forma de moverme que lo llevaba a pensar en ella. ¿Estuviste en Barcelona?, pregunté maravillada. En efecto, Leonardo había estado allí hacía unos años y era una ciudad hermosa, según contó, una ciudad donde cualquiera podría quedarse atrapado para siempre.

Leonardo tenía una forma de hablar que, sin necesidad de cerrar los ojos, hacía que una se sintiera transportada al sitio que estaba describiendo. Eso lo descubrí aquel día. Cada palabra suya fue como un pedacito de ciudad que se iba incorporando y así, poco a poco, estuve en Barcelona. Yo no he tenido la suerte de viajar, jamás he salido de esta isla, pero te juro que aún no se ha borrado de mi mente la ciudad que Leonardo construyó para mí mientras caminábamos y él empujaba su bicicleta china por las sucias calles de La Habana.

Aquella tarde, antes de despedirnos, Leonardo me invitó a una tertulia en su casa. Generalmente se reunía con algunos amigos cuando se iba la luz y así pasaban juntos el apagón, leyendo textos, bebiendo, jugando dominó y hablando mal del gobierno. Era divertido, dijo. La única condición que se imponía a los participantes era que tenían que aportar algo, una vela, una botella, un pan, una caja de cigarros, algo, porque él, por mucho que quisiera, no podía ofrecer más que su cuartico. Pero las damas sólo tenían que aportar su agradable compañía, añadió. Me pareció bien que Leonardo me estuviera viendo como un rostro independiente y no como la que siempre andaba con Ángel. Era fundamental para mis propósitos que ante sus ojos yo fuera una mujer con la que pudiera salir. De esa forma podríamos establecer una relación entre nosotros, sólo entre nosotros.

Acepté agradecida su invitación y le recordé, además, que seguía debiéndole una. Intercambiamos números de teléfono. Él me dio el de su trabajo y el de una vecina, por si acaso. Yo le di el del Tecnológico. Prometí llamarlo para ir a su tertulia y sonreí diciendo: Deudas claras preservan amistades. Así nos despedimos.

Cuando telefoneé a Euclides para contarle, se alegró de saber que habría una segunda cita. Al colgar me quedé jugando con el disco del teléfono. Estaba en la oficina de la dirección de mi escuela, pero de repente me sentía un agente secreto, una 007 de la ciencia. Eso me hizo gracia.

4

Como por inercia, se había establecido que las citas con Ángel estaban precedidas por una llamada mía en la que nos poníamos de acuerdo. Un día quedamos en que él pasaría a recogerme por el Tecnológico, después de unas gestiones que tenía que hacer, y comeríamos en su casa. Cuando llegamos, descubrí a una muchacha toda vestida de negro sentada frente a la puerta del apartamento. Apenas nos vio, se puso de pie y se echó en brazos de Ángel, llorando y diciendo: Angelito, déjame vivir contigo, por favor. Él la abrazó y besó su pelo susurrando: Cálmate, mi niña, mientras hurgaba con dificultad en su bolsillo buscando la llave de la puerta. La chiquita era bastante joven, llevaba puesta una camiseta, una saya larga, unas botas militares y un montón de pulseras. Me quedé unos pasos atrás sin saber qué hacer, hasta que él consiguió abrir y entrar con la otra que, colgada de su cuello, no paraba de llorar y repetir la misma frase. Unos segundos después escuché la voz de Ángel: Julia, entra.

Entré y ellos seguían abrazados. Cerré la puerta a mis espaldas, pero sé que me faltó suavidad porque el portazo obligó a la muchacha a levantar la cabeza. Tenía el rostro compungido marcado por dos líneas negras que partían de sus ojos. Ángel estiró un brazo en dirección a mí: Ella es Julia. Después la señaló a ella: Ésta es Dayani, mi hermana. Dayani pasó una mano por su nariz diciendo hola, se separó de Ángel, tiró el bolso en un butacón y se perdió pasillo adentro. Yo seguía parada en el mismo sitio, entonces Ángel se acercó y me explicó que aquello sucedía con frecuencia. Su hermana tenía dieciocho años y cada vez que discutía con su padre venía a parar a casa de él. Yo seguía callada. Él puso su mano en mi mejilla y la movió: Julia, mi Julia, ¿me estás oyendo? Suspiré y levanté la vista. Claro que lo escuchaba, quizá era mejor dejarlos solos. Él asintió con un gesto triste, pero me pidió que lo llamara al día siguiente. Que no dejara de llamarlo, reiteró.

El día siguiente era Primero de Mayo, lo recuerdo bien por cosas que pasaron luego. Llamé pero todo andaba mal, no podíamos vernos. Ángel iba a acompañar a su hermana a casa del padre. Estaba cansado, dijo. De lo que tenía ganas era de pasar un domingo tranquilo. ¿Por qué no vienes mañana al mediodía y te quedas a dormir? Se estaba acostumbrando mucho a mi presencia, agregó. Me mordí los labios y respondí que allí estaría.

En alguna parte leí una frase de Einstein que dice: Al principio todos los pensamientos pertenecen al amor, pero después todo el amor pertenece a los pensamientos. Cierto. Al inicio yo estaba fascinada con Ángel. Él era un tipo frágil y tú debes saber que la fragilidad de los hombres provoca una enorme ternura en las mujeres. Será nuestro instinto maternal. ¿Quién sabe?

No sé hasta qué punto, y desde luego que nunca me atreví a comentárselo, Ángel padecía lo que llaman el síndrome del abandono. Cuando era pequeño su madre se había ido del país, pero no pudo llevárselo porque el padre no autorizó su salida. Un tiempo después, sin embargo, el padre volvió a casarse y se fue a vivir con su nueva esposa, con quien tuvo a Dayani. A Ángel lo dejó con la abuela materna, quien lo crió y acompañó hasta el día de su muerte. De ella había heredado el apartamento.

Las historias de Ángel me fascinaron desde el inicio. Él había estado casado y, según decía, fue una gran historia de amor. Tan unidos estaban que su padre, quien ya en la época tenía un alto cargo en turismo, había intercedido por ambos para ponerlos a trabajar en una empresa cubano-brasileña. El problema fue que después de estar empleados allí, Margarita, así era como se llamaba ella, había logrado establecer fuertes contactos con los brasileños de la corporación. Como consecuencia, cuando llevaban apenas dos años de matrimonio, ella lo dejó y se fue a São Paulo con un contrato de trabajo de duración indeterminada. Mi ángel quedó destruido. Tiempo después fue enviado a la misma ciudad para un breve curso de capacitación. Ese viaje significaba la oportunidad de ver a Margarita e intentar reconquistarla. Pero ella no lo quería, es más, ya tenía a otro. Ángel regresó hecho trizas y no pudo aguantar seguir trabajando en el mismo sitio. Así pues, a pesar de que un puesto en una empresa mixta era lo que todos anhelaban por las ventajas económicas que traía, Ángel presentó su renuncia y se convirtió en un desempleado. Si no me equivoco, esa historia me la contó el día que vi por primera vez a Leonardo. Sí, aquella tarde después de que el escritor se fue, Ángel se disculpó por haber sido un poco brusco y aprovechó para aclararme que en realidad Leonardo no era muy amigo suyo, sino de su exmujer. Entonces me habló de Margarita. Supe que luego de la ruptura, él sólo había vivido romances pasajeros. Nunca había logrado olvidarla y, poco a poco, ella se fue convirtiendo en un fantasma que vagaba por la casa. Por eso a Ángel le gustaba definirse como un "alma sola, siempre sola", como dice la canción que tanto cantaba: "Si yo encontrara un alma como la mía". También por eso nuestro inicio fue difícil. ¿comprendes?

Por el fantasma de "Margarita está linda la mar y el viento, lleva esencia sutil de azahar…". A veces, por bromear, yo le recitaba ese poema, aunque no imaginaba entonces hasta qué punto llegaría a detestarlo.

Ángel tenía una mezcla de niño que necesitaba protección y de hombre que yo quería llevarme a la cama. En mi mentalidad de matemática está presente que los pequeños resultados son los que llevan al resultado final, por eso desde el principio sospeché que las cosas irían despacio. Me había costado cerca de un mes llegar a su cama, no sabía cuánto iba a costarme acabar de romper su cascarón de solitario. A veces me preguntaba cuál de los dos era el matemático. ¿Quién calculaba los movimientos?

El domingo, como acordamos, llegué a su casa a las doce en punto. Intenté con el timbre, pero no había corriente, así que tuve que golpear en la puerta hasta que abrió. Acababa de levantarse. Tenía los pelos revueltos y el aliento etílico, el ron es una bebida que no se puede ocultar. Lo seguí a la cocina y, mientras preparaba la cafetera, me contó que había acompañado a su hermana a casa, pero como su padre trabajaba hasta el mismísimo Primero de Mayo, había llegado a las mil y quinientas. Ahí se interrumpió, porque al abrir la llave del gas descubrió que no salía nada. No había ni electricidad ni gas y Ángel no era de esos cubanos hábiles que instalan un fogoncito de queroseno u otro invento para cocinar. Por fortuna, su padre le había dejado dinero y una botella de ron, así que para poder almorzar fuimos a una casa, por ahí cerca, donde vendían cajitas con comida.

La noche anterior, Ángel y su padre habían estado largo rato conversando y bebiendo unos tragos. Al final, era muy probable que él tuviera que llevarse a Dayani un fin de semana a Cienfuegos, donde vivía la abuela paterna, para que la hermana pudiera relajar tensiones.

Para Ángel resultaba curioso que los años lo hubieran convertido en el personaje conciliador de la familia. Era como una burla del destino. Después que su madre se fue, como te dije, el padre no duró mucho tiempo soltero. Era un hombre con suerte, siempre había trabajado en turismo y nunca le había faltado nada: por su parte, tenía capacidades profesionales, y por parte de sus mujeres, las comodidades de la vivienda. Primero, la madre de Ángel le abrió su apartamento en El Vedado; y, luego, la segunda esposa, su casa en Miramar. Sólo que en la nueva historia no había espacio para el niño. Ángel creció pasando algunos fines de semana en casa del papá y las vacaciones en la playa. Su hermana nació cuando él tenía trece años, plena adolescencia, burbujeo de hormonas, guerra al progenitor. Todo lo que normalmente sucede en este período Ángel lo vivió por triplicado a causa de esa chiquilla que lo iba desplazando de su papel secundario, ya asumido, hacia el rol del simple figurante. Por eso llegó a odiarla cuando ella era pequeña, aunque esto fue desapareciendo con el tiempo, y en su lugar nació un gran amor por esa muchachita que lo quería con locura.

Dayani había sido una niña consentida. Cuando se iban de vacaciones a Varadero, ella tenía siempre el mejor cuarto y podía levantarse de la mesa si no quería comer. Ángel no, él era varón y el mayor, debía respetar las reglas de su padre. Pero también ella había llegado a la adolescencia, como todos, burbujeo de hormonas, guerra al progenitor, y fue ahí donde empezaron los verdaderos problemas. Una vez, por ejemplo, se había pintado el pelo mitad rojo y mitad verde y así se fue para la Secundaria. Apenas la vieron aparecer la mandaron a la dirección y de ahí a su casa con una cita para los padres. ¿Y qué hizo papá cuando regresó de la reunión con la directora? Pues agarró a su hija por un brazo diciendo que si lo que quería era llamar la atención entonces iba a hacerlo. Fueron a una peluquería y pidió que la pelaran al rape. Dayani estuvo llorando todo el tiempo que el pelo se demoró en crecer. Ángel y Margarita, que por entonces estaban casados, fueron su paño de lágrimas, sobre todo Margarita, recalcó él, porque ellas se llevaban muy bien.

El problema era que, según él, luchar contra el padre se había vuelto el deporte preferido de su hermana; pero al padre le daba igual, decía que eran malcriadeces de chiquilla, y entonces todo esto se volvía contra sí misma. Ángel sospechaba que ella hasta se drogaba con sus amigos por ahí, porque alguna que otra vez se le había aparecido bastante descompuesta en el apartamento, pidiendo que la dejara dormir. Dayani sabía que en ese estado era mejor no llegar a casa de su padre y eso era lo que Ángel no soportaba, que ella se estuviera haciendo daño, que hiciera la revolución contra sí misma. Ahora su obsesión es tener dinero para irse del país, dijo suspirando. Ángel se sentía impotente. Por más que quisiera, sólo cariño podía darle, porque él tampoco tenía nada, y dinero mucho menos. Él vivía del alquiler esporádico de uno de los cuartos de su casa, aunque no tenía licencia para hacerlo, y gracias a la ayuda del padre, quien de vez en cuando le daba dinero o le llenaba la despensa. Con eso me invitaba a comer las "cenas de Reyes Magos" que él mismo cocinaba.

Aquella tarde, como tantas otras más adelante, estábamos en el sofá bebiendo del ron "cortesía de papá". Yo sentada y él acostado con su cabeza sobre mis muslos. Desde arriba Ángel se veía muy hermoso. Levantó una mano para acariciarme el pelo y preguntó si no me cansaba con sus historias. Le dije que para nada. Escucharlo era entrar en su mundo y empezar a pertenecer a él, aunque yo no formara parte de ese pasado. Él sonrió y quiso saber qué tal me había ido en esos días.

Esta semana vi a Leonardo, dije. Prefería que lo supiera por mí, antes de enterarse por el mismo escritor, que era tan parlanchín. Ángel dejó de acariciarme para preguntar: ¿A Leonardo? Sonreí y le conté que había pasado por su empresa para llamar por teléfono. Ángel giró su cuerpo para servirse otro ron mientras decía que ese tipo nunca lo había convencido mucho. Pues él dice que tú le caes muy bien, aseguré. Se dio un trago, volvió a reposar la cabeza en mis muslos y, sosteniendo el vaso con las dos manos, lo apoyó en su abdomen. Según él, yo debía tener cuidado con Leonardo; se conocían desde hacía tiempo pero nunca habían sido amigos, porque había algo en Leonardo que a él no acababa de convencerlo. No sabía cómo explicármelo, era simplemente una intuición, así que lo trataba bien pero no quería darle demasiada confianza y, a su modo de ver, tampoco yo debía dársela.

De pronto se me ocurrió que Ángel era de esos tipos que celan a los amigos de sus mujeres. Mi encuentro con el escritor le provocaba celos y eso me gustó. Pues mira, dije, Leonardo me invitó a una tertulia en su casa. Ángel me miró contrariado y, luego de unos segundos, afirmó que Leo no dejaba de sorprenderlo. También él estaba invitado; de hecho, iba a decírmelo, pero el anfitrión le había tomado la delantera. Me encantó confirmar sus celos. Saber que los dos estábamos invitados convertía la tertulia en una simple tertulia y no una ocasión para desarrollar mi amistad con Leonardo, pero ya encontraría otro momento. De cualquier modo, no estaba mal que Leonardo, además de ser el objetivo número uno en la búsqueda del documento de Meucci, pudiera ser utilizado como elemento peligroso para atraer a Ángel completamente. Entonces me incliné para besar su boca y ahí susurré: ¿No será que no te cae bien porque era amigo de Margarita está linda la mar y el viento? Él sonrió y, muy rápido, sacó su lengua hasta pasarla por mis labios antes de decir: Bruja… Agregó que su ex y el escritor eran amigos antes de que Ángel conociera a Margarita, que él sabía que Leonardo había estado puesto para ella, pero que ella lo había preferido a él. Esto último lo dijo con mucho orgullo y yo sonreí, me incorporé, bebí un sorbo de ron y, sin tragarlo, volví a sus labios para que el líquido corriera hacia su boca, para que llegara a su garganta y por allí escapara mezclado con mi saliva y mis sabores. Tuve ganas de preguntarle cuándo iba a sacar al fantasma de Margarita de su casa, pero no lo hice. ¿Para qué? Sospechaba que ella era una de esas historias que se quedan enredadas, como una alfombra colocada en el lugar inapropiado y que, cada vez que pasas, la esquinita se levanta y te hace tropezar haciéndose presente y piensas en cambiar la alfombra de lugar pero luego se te olvida, hasta que vuelves a pasar por el mismo sitio y a tropezar irremediablemente.

¿Sabes que Margarita se está yendo de este apartamento? Ángel hizo esa pregunta cuando terminamos de besarnos. Me quedé muerta, era como si me hubiera leído el pensamiento. Entonces me incorporé y bebí un trago como quien escucha cualquier cosa, para que no se notara mi curiosidad. Agregó que debería estarle agradecida, porque nos estaba dando de comer. Yo lo miré arqueando las cejas. Estoy vendiendo su ropa, dijo. Y siguió hablando. Contó que ella era un problema no resuelto, algo que se había escapado de sus manos, un ciclo no concluido por voluntad propia sino abortado violentamente.

Cuando Margarita dejó a Ángel para irse a Brasil, él aún la amaba, por eso no creyó en la ruptura definitiva. Pensó que ella estaba atravesando un momento de crisis y necesitaba soledad, sólo eso, un poco de soledad para restablecer su equilibrio interno. Ellos habían estado siempre muy unidos, demasiado. Margarita seguramente necesitaba probarse como ser independiente y para eso nada mejor que un viaje al extranjero, donde estás solo y todo lo que haces depende de tus capacidades como persona y como profesional. Eso fue lo que él imaginó. Pero cuando él fue a São Paulo, ella le dijo que no tenía la menor intención de regresar a su lado, al contrario, estaba felicísima de haber puesto tanto mar entre los dos. Es increíble cómo funciona el cerebro, dijo Ángel. Sí, porque aunque ella lo había despreciado, aun así él no quiso darse cuenta, no quiso aceptar la ruptura. Para él, todo era cuestión de tiempo, Margarita era su amor y no podía esfumarse de manera tan burda. Por eso regresó triste a La Habana, pero sin perder del todo las esperanzas de recibir una carta donde ella le anunciara su regreso.

De más está decir que esa carta nunca llegó. Margarita no iba a volver ni a Ángel ni al país, que ya estaba entrando en la gran crisis. Si es que hasta tenía novio brasileño, que es el primer paso que dan todos para empezar a quedarse. Todo había ocurrido muy rápido. Una noche estaban en la misma sala donde él me contaba la historia y de repente habían comenzado a discutir. En ese tiempo lo hacían con frecuencia, pero aquella noche el litigio fue creciendo y de una cosa pasaron a otra, hasta que se encontraron en medio de una revisión de lo que había sido su vida en pareja. La discusión se detuvo abruptamente cuando Margarita anunció que lo dejaba y que, además, en poco tiempo se iría de viaje.

Ángel hizo una pausa para servirse más ron. Aquella noche ella partió con una maleta pequeña, como si se fuera por una temporada. Por eso él quiso mantener intacto el apartamento, con las ropas y zapatos en el armario, con los libros y hasta el cepillo de dientes de ella. Todo listo para su regreso. Y así había vivido durante años, hasta que el tiempo le hizo comprender que, ya antes de dejarlo, Margarita tenía pensado irse del país.

Ángel suspiró con una sonrisa triste antes de añadir que hacía poco había decidido comenzar a deshacerse de las pertenencias de ella. Le venía bien porque vender las cosas reportaba dinero y, además, era como si poco a poco Margarita comenzara a retirarse, a dejarlo en paz. Pero tenía que ser él quien cerrara el ciclo, para poder librarse del fantasma definitivamente. Tengo un plan, dijo, ¿te cuento? Yo asentí moviendo la cabeza, cómo no iba a interesarme. Pues bien, había empezado por ropas y zapatos, luego le tocaba a los libros, después a los recuerdos de pareja y por último a las cosas más personales, que enviaría a Brasil con una carta que dijera simplemente: Adiós. Mientras hablaba, me pregunté si no sería mejor vender lo vendible y echar el resto a la basura, pero Ángel tenía un plan y había que respetarlo. Me limité a sonreír. Dijo que todo el proceso era muy importante, porque no se trataba de olvidar la historia y decir que su matrimonio había sido un fracaso. No, se trataba de cerrar el ciclo, conservar lo hermoso, estar consciente de lo aprendido y colocar a Margarita en su justo lugar dentro de los recuerdos. Sus palabras me gustaron y también aquella mirada como perdida. Ángel se incorporó sentándose junto a mí, terminó su trago de un golpe y dijo que era importante conservar la historia para saber quiénes éramos.

Conservar la historia, esa frase me gustó. Ángel necesitaba cerrar el ciclo de su historia para poder conservarla. Ese día comprendí que nuestra relación no iba a poder comenzar con mayúsculas hasta que Margarita no estuviera en su justo lugar dentro de los recuerdos. Así había dicho él. Algo tenía que hacer yo para que así fuera, aunque aún no sabía qué. No todavía.

5

La semana siguiente pasaron cosas que sólo pude entender mucho después. Como habíamos acordado, llamé a Leonardo para confirmar la tertulia y le pregunté si podía llegar un poco antes, porque terminaba temprano en el trabajo. Dijo que no había problemas. La luz se iba a las ocho y a partir de ese momento la gente empezaba a aparecer; si llegaba antes, con suerte hasta me podía invitar a un plato de arroz con chícharos. Y seguiré en deuda contigo, dije. Y antes de echarse a reír, respondió que más que por la deuda, me debía preocupar por los intereses. Simpático, Leo. Ese día Ángel debía visitar a su hermana, por eso acordamos vernos directamente en casa del escritor, eso me permitiría aparecer sola. Leonardo vivía en un garaje, un diminuto espacio con una cama, una mesa de trabajo con su máquina de escribir Remington, un mueble lleno de discos de acetato y casetes de música, varios libreros, y una cocinita de queroseno. Además, en una esquina había un baño minúsculo. Apenas llegué calentó los chícharos, colocó una mesita plegable, dos sillas plásticas, también plegables, y nos sentamos a comer.

Leonardo había crecido en casa de los padres, pero mientras estaba en la universidad, y visto que el garaje sólo se usaba para guardar trastos viejos, había decidido limpiarlo y convertirlo en su guarida. Tú ni te imaginas, dijo, la de cosas que han visto estas cuatro paredes. Luego se casó y se fue a vivir a Santa Fe con su mujer, donde había pasado casi dos años construyendo una casita en el patio de la casa de sus suegros. Allí creció su hijo, pero al contrario de lo que narran los cuentos infantiles allí su mujer y él no vivieron felices el resto de sus vidas. Se divorciaron y Leonardo regresó al Cerro. Después de tantos años sin uso, el cuarto del garaje estaba hecho un desastre, pero él ya no tenía edad para estar viviendo con sus padres. No le quedó otra que reconstruirlo. Montó las tuberías e instalaciones eléctricas, agregó el baño, hizo los libreros, consiguió un colchón, pintó las paredes con lechada y listo, otra vez tenía su guarida. Generalmente, la madre cocinaba y él sólo debía prepararse el desayuno y calentar la comida. El único problema era la falta de refrigerador pero, total, para qué quería uno si casi nunca había corriente. No vivía en un palacio, agregó, pero aquel refugio lo había construido con sus propias manos.

Miré a mi alrededor. Ya me hubiera gustado tener un sitio así, pero mi situación era bien distinta. Yo crecí en Alamar, un barrio en la periferia, a quince kilómetros del centro. Edificios rectangulares, idénticos todos. Mi casa está en un quinto piso sin ascensor. Desde el balcón se ve la parte de atrás del edificio de enfrente y, desde los cuartos, los balcones del edificio de atrás. Lo más triste es que, aunque lo tenemos cerca, no podemos ver el mar. Se respira, pero no se ve. De niña no me molestaba vivir allí, pero cuando creces y la pintura se empieza a descascarillar, porque es la misma desde que inauguraron el edificio, entonces las cosas comienzan a verse distintas. Alamar es como un gran panal de abejas que no produce nada. La vida está en otra parte. Mis padres se divorciaron siendo yo pequeña, cuando descubrieron que ya no se amaban y que, además, cada uno tenía un amante. Así pues, y visto que todavía entre ambos existía un gran cariño y dos hijos, determinaron separarse de la forma menos dramática posible. Papi se fue a vivir con su amante y en mi casa se instaló el amante de mami, que es mi padrastro y que ha sido como un segundo padre. A decir verdad, ni mi hermano ni yo hemos tenido carencias paternales, más bien todo lo contrario. Poco después de la ruptura, se abrió para nosotros un nuevo universo. Los fines de semana, papi solía visitarnos con su nueva esposa y las dos hijas que tenía ella de un matrimonio anterior. Las mujeres cocinaban. Los hombres bebían ron. Y los niños jugábamos pensando que era maravilloso tener una familia tan grande y con dos papás. Te juro, sólo he visto a mis dos padres discutir a causa del dominó. El resto del tiempo, pura armonía. Casi da asco.

Mi infancia, entonces, transcurrió feliz viviendo en el apartamento de dos cuartos. De niños, mi hermano y yo dormíamos juntos, hasta que mami dijo que ya éramos grandecitos y no estaba bien compartir cuarto. Mi hermano no entendió, pero igual le tocó irse al sofá de la sala. Así pasamos algunos años hasta que a él se le ocurrió casarse. ¿Y dónde se iba a meter la pareja? En la casa familiar, claro. Entonces hubo que redistribuir el espacio: un cuarto para el nuevo matrimonio, otro para el viejo matrimonio, y yo al sofá. Esto ocurrió después del divorcio de Euclides, lo recuerdo bien, porque primero fui yo quien lo consolé cuando tuvo que irse a casa de su madre, pero luego fue él quien me consoló por lo del sofá. Euclides al menos tenía una habitación e, incluso, teléfono. Yo ni siquiera eso, el único aparato del que podíamos disponer era del vecino del segundo piso y con frecuencia estaba roto. Por suerte, en aquel momento no leí el artículo "El teléfono se inventó en Cuba", porque me hubiera cagado de la risa y sé exactamente qué utilidad le habría encontrado al periódico. En fin que, dadas mis condiciones, te será fácil comprender las ideas que pasaron por mi mente cuando supe que Ángel vivía solo.

Con Leonardo era otra cosa. Su refugio me provocó una sana envidia. Simplemente eso. Él era un hombre bastante organizado porque, salvo el reguero de papeles encima de la mesa, todo lo demás parecía puesto en su sitio. La cama estaba tendida, había una alfombrita a la salida del baño, adornos de cerámica en las baldas de los libreros, un afiche de la película *Memorias del subdesarrollo* colocado en la pared y, a su alrededor, varios dibujos infantiles. ¿Son de tu hijo?, pregunté. Él asintió levantándose para recoger los platos. Dijo que mejor no le hablara de ése, porque era la candela y él estaba muy molesto. Al niño de Leonardo, como a casi todos los de su edad, le había dado por pintar y cada vez que iba a visitarlo agarraba lo primero que encontraba para hacer un dibujo. Esa noche Leonardo quería leer uno de los últimos poemas que había escrito, pero por más que buscó el dichoso poema no aparecía y él estaba seguro de que el niño lo había cogido para uno de sus dibujitos. Si mi propio hijo atenta contra mi carrera, ¿a dónde vamos a llegar?, concluyó mientras ponía a hervir un cacharro con agua para preparar una infusión de caña santa.

El espacio del garaje era increíblemente elástico, porque esa noche nos reunimos una decena de personas. Los primeros fueron acomodándose en las pocas sillas plegables que había. Luego apareció Bárbara, la italiana, con su gran sonrisa y, sobre todo, con dos botellas de ron Havana Club que levantaron un aplauso en la concurrencia. Me alegró encontrarla y enseguida vino a sentarse junto a mí, a preguntar cómo me iba, qué sorpresa verme, qué simpático eso de reunirse alrededor de unas velas. Era como estar en un funeral o en la Edad Media, le encantaba, porque además resultaba muy romántico. Es que somos muy románticos, afirmé con desgano.

Cuando Ángel llegó, ya Leonardo y sus amigos llevaban un rato leyendo textos. Además de las velas, había un farol que era el que se pasaba a quien le tocaba leer. A ese ritmo, pensé yo, aquellos escritores iban a terminar pareciéndose a Borges, aunque no precisamente por su genialidad literaria. Alguien estaba leyendo en el momento en que Ángel apareció. Él hizo un gesto de saludo general y para no interrumpir se introdujo despacio hasta sentarse en el piso, justo enfrente de Bárbara y de mí.

La ronda de lecturas fue larga. Entre tantos poemas y relatos leídos en voz alta, la verdad es que me aburrí un poco. Por eso, apenas llegó Ángel, apagué mi sistema de escucha y desvié la atención hacia él que, evidentemente, tenía roto su sistema de escucha. Pasó todo el tiempo sentado, bebiendo y absorto en sus pensamientos. Cuando finalmente dieron por concluida la ronda, entre dos de los presentes armaron una mesa que salió de debajo de la cama, mientras otro anunciaba que afuera comenzaba el dominó. Ése fue el momento que aproveché para acercarme a Ángel. ¿Y Dayani?, pregunté. Respondió que seguía mal. Él había tenido ganas de quedarse en casa, pero sabía que yo lo esperaba y por eso estaba allí. No obstante, quería irse temprano. Luego me contaría, no era ése el momento. Y ciertamente no lo era, porque enseguida apareció Bárbara para saludar, botella en mano. También se acercaron otros para saludar a Ángel y extender el vaso hacia la italiana. Ella sirvió sonriente. Ángel sonrió aceptando un trago. Yo preferí seguir con la caña santa.

Un rato después, Leonardo vino a preguntarme si jugaba dominó, porque se había quedado sin pareja. Acepté con gusto y, aprovechando el momento, lo tomé del brazo alejándonos de los demás para comentarle lo mucho que me habían gustado sus poemas. Agregué, además, que me interesaba leer el resto de su obra. Leonardo agradeció complacido, se asomó a la puerta para pedir que le avisaran en su turno y, después de tomar una vela, me condujo a uno de los libreros. Aquí tienes, dijo poniendo en mis manos un libro y explicando que era el primero. Me los iba a prestar todos, pero poco a poco, para que no fuera a aburrirme. A cambio, yo tenía el compromiso formal y serio de darle mi opinión al terminar la lectura. Deudas, deudas y más deudas era lo que yo necesitaba. Perfecto.

Cuando nos llamaron a la mesa de dominó, Leonardo no sospechaba que soy una gran jugadora. Mis padres y mi padrastro se han pasado la vida jugando, así que aprendí desde chiquita y, sin alardes, soy un monstruo. Si hay algo en este juego que los hombres no soportan pero que a mí, lógicamente, me divierte, es que ganen las mujeres. Esa noche, salí con el doble nueve y todos me dijeron "bota gordas", pero cuando ganamos la primera, uno de los que salió del juego me miró con mala cara. Yo ni caso. Él me había torturado leyendo un cuento larguísimo, así que había llegado el momento de la revancha. Ganamos y ganamos. Leonardo estaba eufórico, los otros nos miraban cada vez peor y hasta se habían confabulado para destruirnos. Hacía rato que no quedaba Havana Club y bebían un destilado inmundo, pero el último trago del buen ron lo habían guardado como premio para la pareja que lograra levantarnos de la mesa.

Ni sé cuánto tiempo estuvimos jugando, pero mucho rato después de que llegara la luz y de que algunos se fueran, empecé a sentir sueño. Miré el reloj y, en efecto, era como la una de la mañana. Al otro día trabajaba, así que anuncié que terminaba el juego. Los que quedaban protestaron pidiendo venganza, mientras que Leonardo se puso de pie orgulloso, me dio un gran beso en la mejilla y se sirvió tranquilamente el trago de Havana Club destinado a nuestra derrota. Miré a mi alrededor y sólo estábamos nosotros.

Adentro uno dormía en la cama. Bárbara y Ángel conversaban sentados en el piso y, apenas me vieron, él dijo con una sonrisa: Acabaste con todos, ¿verdad? Agregó que se había asomado afuera, pero yo estaba tan concentrada en el juego que ni lo había visto. Ángel tenía los ojos rojos y un vaso en la mano. Dije que era tarde y tenía que marcharme. ¿Dónde vives?, preguntó la italiana. Contesté que en el fin del mundo y Ángel se levantó diciendo que yo me quedaba a dormir en su casa, era muy tarde y el transporte estaba malísimo. Le tendió una mano a Bárbara para ayudarla a levantarse y ella comunicó que, siendo así, no había problemas: también ella vivía en El Vedado, podía pagar un taxi y nos íbamos juntos.

De regreso hablamos poco, Ángel dormitaba en el asiento delantero y nosotras detrás. El carro nos dejó en la esquina del apartamento, di un beso a Bárbara, él dijo chao ya desde la calle y, apenas empezamos a subir las escaleras, echó un brazo encima de mis hombros diciendo que estaba muerto, que hacía mucho que quería irse pero yo no paraba de jugar y que se había tomado todo el alcohol de mierda que habían llevado los poetas de mierda. De veras que tenía un aliento que más que aliento era tufo. En casa se tiró en la cama y, con bastante trabajo, conseguí quitarle la ropa. Me abrazó pidiendo que durmiera con él, que no lo dejara solo. Yo lo abracé hasta que se quedó dormido, entonces pude levantarme, quitarme la ropa, poner el despertador y volver a acostarme, de espaldas a él, tratando de evitar que el tufo llegara a mi nariz. Por la mañana dejé una nota de buenos días y me fui a trabajar. Él seguía en el quinto sueño.

Ángel estaba durmiendo su borrachera. En este país todos beben. Cuando están tristes beben porque están tristes, pero cuando están contentos beben porque están contentos. Cuando no están ni contentos ni tristes, entonces beben porque no saben qué les pasa. Si tienen ron bueno, beben ron bueno, pero si no tienen ron bueno, destilan alcoholes y se los beben. El asunto es beber. Todo el tiempo. ¿Te das cuenta? Todo el tiempo.

Por fortuna, Ángel era consciente de ello, porque al día siguiente me fue a buscar al Tecnológico para pedir disculpas. Decidimos pasear un rato. La situación de su hermana lo tenía muy contrariado. Dayani no le hablaba al papá y acusaba a la madre de apoyarlo en todo. Según ella, solo Ángel lograba comprenderla medianamente, pero no le permitía vivir con él. Estaba muy sola, decía, por eso lo único que deseaba era largarse del país y borrarse del mapa. Ángel me dijo que podía hacer un esfuerzo y llevársela algunos días a su apartamento, pero eso podía convertirse en otro problema, porque una vez abiertas las puertas iba a ser muy difícil dar marcha atrás.

¿Cómo iba a sacarla del apartamento? No, imposible, ella no debía entrar y punto. En medio de todo, lo que más le preocupaba era la fijación de Dayani con irse del país. Quería quitarle esa idea, por eso le había propuesto que buscaran juntos un cuarto para alquilar en otro sitio y así ella podría pasar un tiempo alejada de casa. Claro, para alquilar hacía falta dinero y en aquel tiempo se trataba de dólares, que Ángel no imaginaba de dónde sacarían. Pero al menos la idea le había gustado a Dayani. El padre, sin embargo, dijo que le tenía sin cuidado: su hija era mayor de edad y fuera de casa podía hacer lo que quisiera, pero que no contaran con su ayuda, no para que se fuera a vivir de cualquier manera. Por lo pronto, Dayani había prometido a su hermano que buscaría dinero. Él haría otro tanto, y para ayudar a que las tensiones comenzaran a ceder en la casa paterna había decidido finalmente viajar con ella a Cienfuegos por unos días. Cambiar de aires y recibir los mimos de la abuela le harían bien a la muchacha. Todo es tan complicado, Julia mía, concluyó y la palabra *mía* se quedó resonando de tan bonita que era.

Esa tarde contó, además, que en casa de Leonardo se le había ocurrido alquilarle un cuarto a Bárbara en su apartamento. No era que ella estuviera buscando alquiler, pero quizá si él le proponía un buen precio ella aceptaba, parte de ese dinero podía ir a Dayani y el resto para él. ¿Qué tú crees?, preguntó. Todavía la palabra *mía* continuaba resonando y, como si no bastara, mi ángel me volvía partícipe de sus decisiones. Era demasiado hermoso, tanto que contesté que me parecía una buena idea. Sí, era una magnífica idea. Él besó mi mejilla y dijo que apenas regresara de Cienfuegos llamaría a la italiana.

No nos volvimos a ver hasta después de su regreso. Yo lo extrañaba, y extrañaba su piel. Los días sin su cuerpo parecían ser más largos, inmensamente largos. Como si comenzaran en una pendiente que declina hacia las doce del mediodía y a partir de esa hora la pendiente invirtiera su sentido, en ascenso esta vez, porque justo a las doce existía como una especie de agujero por donde el día goteaba y se escapaba. Algo confuso.

Decidí entonces aprovechar su ausencia para concentrarme en el objetivo Leonardo, a quien llamé luego de haber leído disciplinadamente la mitad de su libro. Para mi sorpresa, el escritor dijo que quería escuchar en vivo y en directo todas mis impresiones, así que propuso ir juntos al teatro. En aquel año había muy pocas cosas que hacer. La crisis energética nos mantenía en penumbras; por tanto, cines y teatros abrían sus puertas tan sólo los fines de semana. Era, me imagino, como vivir en un país en guerra, pero sin bombas, porque la bomba ya había estallado en otra parte y a nosotros nos quedaban las penurias, la falta de opciones, la desolación. Ir al teatro con Leonardo me pareció una magnífica idea y a Euclides ni te cuento. Aquel sábado, luego de la reunión del grupo de estudio, fui a casa de mi amigo para bañarme y comer algo. Antes de irme, me besó en la frente, deseándome buena fortuna.

A la salida del teatro Leo me propuso ir al Malecón. Liberó la bicicleta de los tres candados que tenía puestos, me invitó a tomar asiento en la parrilla y pedaleando me condujo hasta el muro que marca las fronteras de esta ciudad con el resto del planeta. Si el muro del Malecón pudiera hablar, sé que no le alcanzaría el tiempo para contar todas sus historias, porque ha visto de todo: inicios y rupturas de parejas, confesiones, intentos de suicidio, recitales, escándalos, conjuras, suicidios consumados, fecundaciones, despedidas, risas, llantos… El muro lo ha visto todo. Y aquella noche nos vio a Leonardo y a mí conversar. Primero sobre su libro de poesía, porque ésa había sido mi justificación. Luego sobre su futura novela, porque ése era mi objetivo real. Leo era una de las personas con conversación más fascinante que yo había conocido hasta el momento. De veras. A veces estaba hablando y los espejuelos se le empezaban a resbalar por el sudor, él continuaba hablando y entonces, en lugar de mirarme a través de los cristales, veía asomar sus ojos por encima de ellos, pero él seguía hablando y sólo cuando llegaba a una frase donde consideraba que debía existir un punto y aparte, sólo en ese momento, con el dedo índice empujaba los espejuelos para colocarlos en su sitio. Eso me hacía gracia.

Fue aquella noche cuando me empezó a hablar de Meucci, no de su proyecto de novela que revolucionaría el género, sino del personaje histórico. Y como bien había sospechado Euclides, Leo era un ratón de biblioteca que llevaba tiempo consultando documentos. La literatura, y esto es algo que yo nunca habría sospechado, en algunos casos se parece a la ciencia. Leonardo pensaba escribir una novela, pero antes de hacerlo, le tocaba investigar, sumar resultados, analizar hipótesis, verificar fuentes, hacer demostraciones. La novela partía de una intuición, aunque eso era tan sólo el inicio, sobre todo en su caso, donde la historia contada tenía que ver directamente con un personaje histórico. Me parecía fantástico: la intuición es apenas el punto de partida. Según Poincaré, los descubrimientos matemáticos nunca se generan espontáneamente, sino que presuponen una sólida base de conocimientos preliminares bien madurados. Justamente algo así sucedía con la novela que quería escribir Leo: antes de generarla, debía acumular y madurar toda la base de conocimientos. Aquella noche, mientras hablaba, me pregunté dónde encontraría mayor placer, si en la escritura propiamente dicha o en la investigación, porque ciertamente sus ojos, a través de los cristales o sin ellos, mostraban un entusiasmo extraordinario.

Del italiano yo apenas conocía lo que me había contado Euclides, pero Leonardo dominaba mucha más información. Aquella noche conversamos muchísimo y cuando se hizo tarde él propuso llevarme en bicicleta hasta el Capitolio para que tomara un taxi. Así, de camino, dijo, le pasábamos por al lado al Teatro Tacón o al Gran Teatro, que es como se llama ahora, y quien sabe si nos encontrábamos con el fantasma de Meucci que seguía dando vueltas. Leonardo fue contándome historias del teatro, desde sus inicios hasta nuestros días, todo mientras pedaleaba y yo veía el sudor bañando su camisa. Era simpático Leonardo, créeme, y mientras más lo conocía más cómoda me resultaba la misión de convertirme en amiga suya. Él era de esas personas que pueden pasar inadvertidas la primera vez, pero basta que les dejes abrir la boca para que tu atención se concentre en sus palabras. Tenía el don de los encantadores de serpientes. Y lo sabía, por supuesto.

6

Unos días después fui a ver a Euclides para darle el parte de mi entrevista con el escritor, pero cuando llegué estaba ocupado dando clases. Fue su hijo, que estaba de visita, quien me abrió la puerta y me anunció que tenían un nuevo miembro en la familia. Me condujo al baño y allí encontré a la vieja, de rodillas frente a la bañadera, donde se encontraba un perrito que más que perro era una pobre criatura flaca, gris, mojada y con los ojos muy abiertos. El muchacho, a quien llamaban Chichí, se lo había encontrado cerca de un basurero, pero según él, era un *poodle* que habían echado a la calle y que apenas estuviera seco y peinado, iba a mostrar su verdadero pelaje. Ese año, montones de perros abandonados inundaron las calles con sus caras de susto.

Después del baño, Chichí puso el perro al sol y comenzó a frotarlo. El otro parecía agradecer, se sacudía y se encorvaba rascándose por todas partes. Me dio pena y risa, el pobre animal estaba hecho un etcétera, eso dije y, como por milagro, él levantó la cabeza y ladró por primera vez desde su llegada. El muchacho me miró sonriendo y volviéndose al perro, puso una mano encima de su cabeza para concluir: Te llamarás Etcétera. Así que fui yo la responsable de su nombre y este nombre sí es de verdad, pero como ya el perro murió, nadie va a reconocer a su dueño. O al menos eso espero.

En cuanto al dueño, en teoría era Chichí, pero como su madre era alérgica al pelo de los animales, él decidió llevarlo a casa del padre y la abuela. Sabía que Euclides iba a ofrecer resistencia, pero que al final adoptaría al perro. Y así ocurrió. Chichí era el hijo más joven de Euclides, el único que no se había ido del país y, aunque a veces su padre se molestaba con él, siempre acababa comprendiéndolo. Los hijos son el dolor de cabeza del que no quieres curarte, decía. Chichí había dejado la universidad porque quería ser escritor y, según él, la universidad no servía para nada. Se dedicaba, pues, a escribir; y para ganar dinero, vendía productos alimenticios. Esa actividad que, por supuesto, era ilegal, se la había ocultado a Euclides, quien lo había descubierto una noche cuando la abuela del muchacho había servido de comida dos bistec de res. La carne de res era un lujo y, aunque Euclides la había devorado con ansias de sobreviviente, se había llevado un disgusto. Imagínate, era un profesor retirado que daba clases privadas para mantener a su madre, mientras que el hijo se dedicaba a negocios ilegales y encima él tenía que agradecerle la comida. Según la vieja, el pobre muchacho lo único que quería era ayudar a su papá. Según Euclides, el muchacho ya era un hombre y era un irresponsable. El muchacho nunca dijo nada, simplemente siguió llevando cosas de comer que, con el tiempo, su padre terminó por aceptar sin protestas.

El día que Chichí se apareció con Etcétera a Euclides no le resultó extraño que, al terminar su clase, ya el hijo no estuviera en casa, mientras que el perro dormía plácidamente en un cojín. Los hijos son el dolor de cabeza del que no quieres curarte, repitió antes de invitarme a pasar al cuarto para hablar de nuestros asuntos tranquilamente. Él sabía que yo tenía muchas cosas que contar.

Una vez allí, comencé a referirle todo lo que Leonardo me había dicho sobre Meucci. Euclides ya sabía algunas cosas, pero según nuestro método de estudio, no se deben omitir detalles. Por tanto, comencé la historia por el principio. Antonio Meucci nació en 1808, en Florencia, y allí estudió diseño e ingeniería mecánica en la Academia de Bellas Artes, pero, visto que era un tipo con bastantes inquietudes, también profundizó en química, física, acústica y en los conocimientos sobre electricidad que se tenían entonces. Euclides iba confirmando los datos con movimientos de cabeza. Con esta preparación y, siendo aún muy joven, Meucci empezó a trabajar como tramoyista en el Teatro de la Pérgola donde, entre otras cosas, se dedicó a construir aparatos que servían para el trabajo cotidiano. Según Leonardo, el teatro aún conservaba o conserva uno de sus inventos, una especie de tubo acústico que comunicaba el escenario con los pisos superiores donde estaban los técnicos encargados de los cambios de escena. Hoy, un aparato de ese tipo puede parecer elemental, pero hay que considerar que hablamos de inicios del siglo XIX. El genio de un inventor a veces radica en descubrir el uso más simple que puede tener el objeto más simple. ¿No te parece?

Meucci vivió muchos años en Florencia, pero terminó yéndose, porque sus inquietudes no se limitaban al mundo científico. Parece ser que sus ideas liberales y republicanas le causaron problemas y eso lo llevó a aceptar una oferta de trabajo en La Habana. Tiempo antes, se había casado con Ester, quien trabajaba en el vestuario del mismo Teatro de la Pérgola, y con ella llegó a estas tierras en 1835, junto a una compañía de la ópera italiana. En aquel momento, el Teatro Tacón aún no había abierto sus puertas, pero ya el matrimonio tenía un contrato, ella como encargada del vestuario y él como responsable técnico, en el que sería el mayor teatro del continente.

Hice una pausa. Euclides suspiró profundamente y luego de varios movimientos de cabeza y algunas interjecciones apenas audibles, terminó diciendo: ¿Y este tipo de dónde coño sacó tanta información? Mi amigo estaba sorprendido y creo que, también, un poco molesto. Era como si le doliera descubrir que existía otra persona obsesionada por lo mismo que él. Pero Leonardo era un escritor y su interés por Meucci no era únicamente científico, le fascinaban el personaje y su vida, la infancia, el amor, los escenarios donde se había movido, por eso era natural que su búsqueda abarcara tantos territorios. Cuando me había contado del Teatro Tacón, por ejemplo, mientras pedaleaba y yo observaba el sudor en su espalda, poco a poco pude trasladarme hasta el lugar que evocaba su discurso, un sitio de tal belleza y elegancia que había arrancado palabras de elogio a la mismísima Condesa de Merlín, nuestra primera escritora. Yo conocía el teatro en su versión actual, pero las palabras de Leonardo tenían como un tono amarillento de papel viejo. ¿Me entiendes? Así pude contemplar el lujo decimonónico del teatro recién inaugurado y admirar el brillo que desprendía la lámpara de fino cristal que colgaba sobre la platea. Según Leonardo, la lámpara, que había sido importada de París, se había convertido en un icono del lugar, pero lamentablemente unos años más tarde terminó rota debido al mal manejo en una reparación. Me contó de los bailes de máscaras que se celebraron durante los festejos de carnaval que coincidieron con la inauguración del teatro, en 1838, y puso tal entusiasmo en sus palabras que casi parecía que él hubiera participado. No sabía qué habían estado haciendo Meucci y su mujer hasta esa fecha, pero sí sabía que una vez que el Tacón comenzó a funcionar, el matrimonio se había instalado en unos apartamentos en el mismo edificio del teatro, donde tenían vivienda y laboratorios. Desde allí, Meucci desarrolló su inventiva para mejorar la acústica y la maquinaria del lugar.

Mientras Leonardo hablaba, yo asistí a las presentaciones de la ópera italiana, escuché a Enrico Caruso, vi actuar a Sarah Bernhardt, oí sonar el violín de Brindis de Salas. Presencié el homenaje en honor a Gertrudis Gómez de Avellaneda y fue como si hubiera sido yo quien colocara la corona de laurel en su cabeza. Leonardo hablaba y yo lamenté no haber ido nunca de verdad a las funciones del Ballet Nacional de nuestro tiempo, ni siquiera para ver a Alicia Alonso, que es parte de la historia viva del teatro, pero el escritor sí que la había visto y casi lo escuché aplaudir después de verla bailar *Giselle*. Así, mientras viajaba en la parrilla de una bicicleta, sorteando baches por una oscura ciudad de 1993, fui conociendo todas las transformaciones y cambios de nombre que sufrió el lugar hasta convertirse en el Gran Teatro de La Habana. Fue un viaje en el tiempo, hasta que llegamos justo frente al edificio y Leonardo dejó de pedalear y nos bajamos, yo con las nalgas hechas trizas por los tubos metálicos de la parrilla, él secándose el sudor de la frente con un brazo. Míralo, Julia, es siempre hermoso, dijo. Y sí, aunque la escasa luz que llegaba de lejos apenas permitía vislumbrar su arquitectura, el Teatro Tacón seguía siendo muy hermoso.

Euclides se rascó la cabeza cuando le conté y volvió a suspirar antes de decir que el Teatro Tacón era importante, porque allí Meucci había inventado el teléfono. A él no le interesaba la historia del lugar ni toda esa parafernalia que el escritor evocaba para impresionar. Lo que le importaba era que, justo en ese sitio, Meucci había escrito el documento que nosotros debíamos encontrar. Toda esa historia y esa verborrea del escritor podían impresionarme pero eran intrascendentes, simple atrezo, la espumita del café. En resumen: información accesible a todo el mundo. Por el contrario, los detalles de la vida del italiano eran otra cosa, y comprobar que Leonardo dominaba más información que él, lo ponía a reventar de curiosidad.

Pero es un ratón de biblioteca, afirmé. Según me había contado Leonardo, llevaba años investigando y no sabría decir la cantidad de horas que había pasado en la Biblioteca Nacional consultando los periódicos de la época: *Diario de La Habana, Diario de la Marina, El Noticioso* y *Lucero*, hasta que finalmente había comenzado a encontrar referencias de Meucci. Gracias a los viejos periódicos, Leonardo había podido hacerse más o menos una idea de los años de Meucci en el Teatro Tacón y también de su partida de La Habana, pero las notas periodísticas no eran suficientes, eran apenas un capítulo de la investigación, una perlita que anunciaba que valía la pena seguir buscando. Otros datos le habían llegado, según contó, por fuentes disímiles, artículos publicados en diferentes lugares, en Cuba o en el extranjero. Euclides me interrumpió para preguntar: ¿En el extranjero? Sí, efectivamente, Leonardo había comentado la lectura de algún que otro artículo venido del extranjero y, aunque yo había preguntado de dónde, su respuesta había sido: De aquí y de allá.

De aquí y de allá. Coincidía con Euclides en que ésa era una respuesta bastante vaga, pero sinceramente no había tenido la impresión de que Leonardo intentara esconder algo, más bien me parecía que no quería apartarse del tema principal. Eso dije y Euclides me miró moviendo la cabeza y afirmando que mi manera de razonar era de una inocencia inaudita.

Según él, que Leonardo tuviera acceso a información venida del extranjero era más que peligroso. Tú sabes que ahora las cosas son diferentes, hay turismo, personas que viajan, muchos cubanos que viven fuera y vienen de vacaciones, pero en aquel momento, en 1993, apenas comenzaba el ir y venir de gente de aquí para allá. La palabra *extranjero* era justamente eso: algo extranjero a nuestra vida cotidiana. Encima, existía una especie de fantasma inducido desde las altas esferas del país hasta las más bajas, que provocaba en la gente una cierta reserva o precaución en el trato hacia todo lo venido de afuera. Mucho más en aquellos años, en que los amigos que vivían más allá de nuestras costas, Unión Soviética y casi todo el campo socialista, habían desaparecido dejándonos prácticamente solos flotando en medio del mar y con los Estados Unidos a noventa millas. La palabra *extranjero*, por tanto, nunca resultaba indiferente, aunque podía variar su significado, según la edad de quien la pronunciara. Para unos el extranjero era el demonio y para otros la salvación. Sin duda, para mi amigo Euclides el concepto estaba más cerca del demonio que de la salvación. Al extranjero habían partido sus hijos y ya no los había vuelto a ver, el extranjero era una tierra desconocida, un lugar situado en alguna parte del planeta, distante, inaccesible.

Todo eso yo podía entenderlo y estaba completamente de acuerdo con que el acceso a la información que tenía Leonardo resultaba extraño y hasta sospechoso, pero lo que no pude soportar en aquel momento fue que Euclides dijera que mi razonamiento era inocente, sólo porque no me parecía que el escritor intentara ocultarme algo. Si su objetivo hubiera sido ocultar información bastaba con no mencionar la procedencia de los artículos. ¿No es cierto? Sin embargo, lo había mencionado como algo natural. Esto significaba que conversar conmigo le resultaba natural y que, por tanto, poco a poco, yo iría conociendo los detalles y llegaría incluso a saber de dónde le llegaban los artículos y si tenía noticias sobre nuestro documento. Mi objetivo era exprimir al limón, sólo que quería y tenía que hacerlo a mi manera. Te juro, hay muchas cosas que yo puedo soportar, pero lo que no admito ni admitiré nunca es que subvaloren mi inteligencia. Eso jamás.

Entonces, recuerdo que me puse de pie y, haciendo evidente mi molestia, miré a mi amigo afirmando que si mi forma de razonar le parecía inocente, quizá fuera mejor que se buscara a otra persona que razonara de manera más eficaz. Euclides primero me miró serio y luego, muy despacio, comenzó a dibujar una sonrisa que empezó en la parte derecha de la boca y se fue extendiendo hasta cubrirla enteramente. Yo te adoro, ¿sabes? Fue lo que dijo después fijando sus ojos en los míos. Agregó que su intención no era ofenderme, aunque mi comportamiento de mujer ofendida era de una sensualidad escandalosa; que él sabía que se estaba poniendo viejo, pero que no por eso dejaría de admirar mi inteligencia y mi carne. Así dijo: mi carne. Y si tratarme de inocente me había molestado, pedía miles de disculpas.

Sonreí bajando la cabeza para apartar los ojos de su mirada. Hay cosas de las que sólo podemos ser conscientes con el paso del tiempo. El cuerpo cambia, pierde tersura, se va a cubriendo de manchas, envejece, pero lo que me resulta curioso es que en su interior, o al menos en el interior de esta cosa cada vez menos peluda que llamamos cabeza, es como si no pasara nada, como si uno siguiera siendo siempre el mismo. Creo que de no existir los espejos tampoco existiría la palabra *envejecer*. Cierto, quizá uno notaría menos resistencia física, pero de no existir los espejos sería difícil explicarse el porqué, entonces se acudiría al psicólogo para decirle: no entiendo qué me pasa, me canso con frecuencia. El psicólogo, puesto que tampoco conocería el concepto *envejecer*, miraría a su paciente quien, físicamente no era igual que el paciente de veinte años, y concluiría que la diferencia de aspecto se debía, sin duda, a problemas en la vida afectiva. Eso, algo no andaba bien en la vida afectiva del paciente y de ahí el cansancio. No podía tratarse de otra cosa. El paciente de mediana edad, conmovido, se iría contento a casa, pensando que en el fondo no era nada, que los problemas afectivos podían resolverse y, para comenzar a hacerlo o al menos intentarlo, por el camino se dedicaría a piropear a las muchachitas. Qué cómico. ¿No? Es el cuerpo quien envejece y deja atrapado en su interior al pensamiento. El riesgo que se corre es que a veces, de tan encerrado que queda, el pensamiento se convierte en la propia trampa, comienza a podrirse y entonces, como reacción lógica, el proceso se invierte. El pensamiento envejecido se apodera del cuerpo. Ese debe ser, digo yo, el principio de la muerte que, por supuesto, no está necesariamente ligada a una edad física.

Euclides siempre había sido un tipo seductor y nada iba a impedir que lo siguiera siendo, porque su mente y sus ojos mantenían el deseo de la carne. Ese día, mi molestia duró realmente muy poco. Euclides me miraba y yo sentí una especie de ternura. ¿Cómo explicarlo? Sentí como si algo recorriera mi caja torácica con un movimiento ondulatorio. ¿Puedes entenderme? Hacía tiempo que él había dejado de ser para mí un hombre «mirable», pero no era cuestión de edad, era cuestión de costumbre, de la amistad que nos unía; sin embargo, para él, además de amiga, yo seguía siendo una mujer «mirable».

Levanté la vista, vi a Euclides allí mirándome y comprendí que me quería, pero también que, de algún modo, estaba solo y yo era importante para él. Muchas de sus ilusiones se habían ido al carajo, no tenía pareja, estaba retirado, compartía casa con la madre, iba como deslizándose suavemente y sin remedio hacia un estado de inercia donde estás condenado a no soñar más. Sólo que Euclides se resistía. Mi Euclides iba a aferrarse con fuerza a las paredes para que el deslizamiento fuera lo más lento posible. Para eso tenía sus libros científicos y un gran sueño: encontrar el documento de Meucci. Ese día también comprendí que él me necesitaba, porque para llegar a Leonardo dependía de mí, yo era la pieza clave entre él y el escritor y, si quería conocer todo lo que sabía Leonardo, no podría hacerlo sin mí.

Suspiré profundamente y dije, por fin, que si Leonardo sabía algo del documento me lo diría a su debido tiempo, que no había de qué preocuparse, yo sabía hacer las cosas. Euclides sonrió sin agregar nada y entonces, como no dijo nada, justamente por eso, acerqué mi boca a la suya y besé sus labios. Fue un beso corto, pero un beso al fin. Cuando me separé, tampoco dijo nada, fui yo quien sonrió afirmando: Yo también te adoro, ¿sabes?

7

No vi a Ángel hasta unos días después de su regreso de Cienfuegos, porque estaba complicadísima en el trabajo. Me dijo por teléfono que tenía ganas de ver- me y propuso que pasáramos la noche del viernes en su casa, porque el sábado quería llevarme a un lugar maravilloso, un sitio «místico». Yo acepté, claro. Ángel tenía la virtud de inventar realidades distintas, cenas de lujo en medio de la crisis, tardes tirados en el piso, cosas que me hacían escapar de la realidad cotidiana.

El sábado partimos bien tempranito, pero por más que insistí se negó a decirme a dónde íbamos. Luego de reco- rrer media ciudad en guaguas abarrotadas, maldiciendo el transporte y las largas horas de espera, desembarcamos en el Jardín Japonés, que está en el Botánico. Una verda- dera maravilla, te juro. Un sitio fuera del mundo, místico, como había dicho él. Llegamos casi al mediodía, justo para almorzar en el restaurante ecológico. Para mí lo del restaurante fue otra sorpresa, porque cuando Ángel explicó que se trataba de comida vegetariana, tuve mis reservas. Siempre he sido vegetariana de segunda genera- ción, o sea que la vaca se come la hierba y yo me como a la vaca, pero en aquel tiempo a las vacas podíamos encontrarlas en el mismo sitio que a los dinosaurios: en los libros. Considerando que mi alimentación diaria era a base de chícharos o frijoles, arroz, col y soja, la especialidad del restaurante no me pareció, en principio, prometedora, sin embargo allí estaba mi ángel para hacerme entender que toda esa maravilla de platos vegetarianos llenos de colores no eran simple hierba sino alimento natural, combinación de sabores, sin conservantes, pura salud y equilibrio.

Luego fuimos a pasear por el jardín. Según él, daba la impresión de haber caído dentro de una fábula, o dentro de un sitio que existía en la imaginación de otra persona, por tanto nosotros éramos parte del sueño de ese otro alguien, éramos como los personajes que se mueven dentro de las páginas de un libro. Eso me gustó. Y caminando por el sendero que bordea el lago, viendo las plantas, sintiendo el ruido del agua y respirando paz, de veras daba la impresión de estar en otra parte, como si la ciudad y su crisis no existieran o estuvieran lejísimo, en el extranjero, por ejemplo, yo qué sé.

Terminamos el paseo sentándonos junto a unos pinos, donde él me contó del viaje a Cienfuegos. Había estado bien, una ocasión perfecta para conversar con su hermana. Pero lejos de lo que yo podía imaginar, en lugar de serenidad, mi ángel había encontrado desasosiego. Dayani continuaba triste y esa tristeza arrastraba todo lo que encontraba a su alcance, incluido él. El único consuelo era que ella seguía contemplando la posibilidad de buscar un alquiler para vivir sola. Pero él seguía sin saber qué hacer. A mí se me ocurrió entonces decirle que su hermana debería visitar al psicólogo. No lo puedo evitar, soy bastante práctica: si tienes un problema, intenta resolverlo y si no puedes, entonces busca ayuda, los psicólogos están para eso ¿no? Dayani me parecía una muchachita desorientada, quizá un especialista podía encaminarla. Ángel se echó a reír: para llevar a su hermana al psicólogo habría que amarrarla e, incluso así, sería capaz de morderse la lengua con tal de no hablar. La única que lograba sacarle las palabras era Margarita que, vaya casualidad, había estudiado psicología.

A decir verdad, yo no contaba con la visita del fantasma de Margarita en el Jardín Japonés, así que me eché hacia atrás apoyando la cabeza encima de mis manos mientras recitaba: «Y una gentil princesita, tan bonita, Margarita, tan bonita, como tú», en un tono que, seguramente, fue irónico, porque él me miró avergonzado y murmuró que no quería hablarme de ella. Entonces acercó su cara a la mía y con un rostro extraño me pidió que lo disculpara, dijo que andaba totalmente revuelto, que ir a ese lugar conmigo le hacía bien, yo le aportaba calma, conmigo sentía que podía hablar de todo, yo era la única persona que sabía de su vida privada. Me quedé mirándolo hasta que lo atraje hacia mí para abrazarlo. No te preocupes, susurré, y así nos quedamos un largo rato sin decir nada, escuchando el rumor del agua y el canto de los pájaros.

En algún momento volvimos a hablar. El Jardín Japonés, ya te dije, es un lugar místico, invita al éxtasis y a las revelaciones. Y esa tarde yo tuve una gran revelación, pero no divina, sino que me enteré de algo muy importante. Luego de algunas bromas y besos, juré que no me molestaba escuchar hablar de Margarita, al contrario, me agradaba que Ángel me hiciera partícipe de su vida interior. Él dijo que se sentía un poco estúpido pero que le hacía bien hablar con normalidad de su ex, eso también ayudaba a cerrar el ciclo. Se recostó junto a mí, apoyando un codo sobre la hierba y la cabeza en su mano. ¿Sabes qué cosa me fascinaba de Margarita?, preguntó. Yo no sabía, por supuesto. Entonces, sin apartar la vista de la hierba y abriendo los ojos con una expresión entre cómica y perturbada, afirmó que Margarita sabía exactamente de dónde venía, llevaba consigo su historia personal, pero no se trataba sólo de recuerdos, era algo palpable. Palpable, repitió.

Margarita conservaba la historia de su familia materna gracias a las tradiciones que se habían transmitido de generación en generación. Todo había empezado con el nacimiento de una niña llamada Margarita, hija de dos españoles que habían llegado a Cuba en el siglo XIX. Según Ángel, el nacimiento de la niña había determinado que el matrimonio decidiera plantar sus raíces aquí, y por tanto aquella niña Margarita marcaba el inicio de algo. Era la primera cubana de la familia y sus padres quisieron hacer de esto un hecho extraordinario que quedara registrado para toda la descendencia. Entonces crearon la tradición. Las tradiciones se forman por repeticiones, a veces voluntarias, a veces obligadas pero, al fin y al cabo, repeticiones. Pues bien, cuando aquella primera Margarita se casó, recibió de su madre lo que era el inicio de la reliquia familiar, que consistía en una foto, la primera foto de familia, alguna joya particular y recuerdos de los padres. Además, y para que la tradición se perpetuara, la Margarita recién casada tenía que nombrar Margarita a su primera hija. Parecía increíble pero, según Ángel, esa costumbre había arraigado tanto en la familia que cada Margarita había buscado su hija para perpetuarla. Así pues, de generación en generación, el día de su matrimonio cada Margarita recibía la reliquia que fue agrandándose con los años, haciendo crecer el árbol genealógico y sumando fotos, sellos de cada época y recuerdos que pudieran tener alguna significación en la vida de los padres. Era por eso que, al casarse con Ángel, Margarita había recibido la historia de su estirpe, los nombres y rostros de sus antepasados a partir de la primera nacida en Cuba, el mapa de toda una familia.

Esa historia me pareció lindísima, a veces uno apenas

si llega a conocer el nombre de los abuelos y bisabuelos. A partir de ahí, casi siempre la traza se pierde, nuestro pasado puede durar tan sólo tres generaciones y luego el olvido, la nada, el no saber quién estuvo antes e ignorar que quizá esa persona que no te gusta tiene algo de tu sangre, es parte de tu familia. Ángel puso tal pasión mientras contaba, que ahí sí tengo que reconocer que de algún modo, en aquel momento, envidié a Margarita. Una mujer con su historia personal a cuestas no podía ser una mujer cualquiera, afirmó, porque sabía exactamente en dónde estaba, era la propietaria de su pasado, íntegro y sin posibilidad de modificaciones. Eso lo fascinaba. ¿Entiendes? Ángel tenía una enorme debilidad por las que él llamaba «mujeres con historia». Al menos en aquella época era así. Me parecía tan loco a veces. Una vez llegué a su casa y en el piso había tremendo reguero de películas de video; quise ayudarlo para poner orden pero se abalanzó sobre las cintas y ni tocarlas pude. Fue después cuando me hizo el cuento de su desconocida favorita, cuando dijo ser el custodio del pasado de una desconocida.

Antes de irse a Brasil, Ángel había ido a casa de la madre de Margarita a recoger las cartas que la familia quería enviarle. Como ves todos sus cuentos tenían que ver con Margarita. Además, visto que su intención era reconquistarla, había logrado grabar casi toda la música de Benny Moré, a quien ella adoraba. Cartas y casetes, junto al resto de sus cosas, fueron a parar a una mochila militar FAPLA, de esas que andaban de moda después de la guerra de Angola. Ángel la cerró con un candado y la despachó como equipaje. Sucedió que, ya en São Paulo, al llegar al hotel e intentar abrir la mochila, descubrió que se había equivocado. Había recogido en el aeropuerto una mochila militar FAPLA, pero no era la suya. Una vez forzado el cierre, encontró ropa de mujer, artesanías varias y un paquete con cintas de video. Lo peor fue que no halló nada que pudiera identificar a la propietaria de tan preciadas pertenencias. Y, por más que Ángel se excusó, Margarita nunca creyó que fuera verdad el equívoco y mucho menos que él hubiera hecho el esfuerzo de grabarle todo Benny Moré. Es más, le acusó de ser incapaz de llevarle cartas de su familia. Estaba molestísima. Definitivamente, Ángel no tenía suerte con Margarita. Él se deshizo de las artesanías y de la ropa de mujer de la mochila equivocada, pero quiso conservar los videos. En ellos se veía a una niña que daba sus primeros pasos, asistía a la fiesta de los pioneros, celebraba cumpleaños y pasaba las vacaciones en familia. Según él, tenían que existir razones ocultas para la confusión de las mochilas y estaba seguro de que, si alguna vez encontraba a la niña de los videos, que ya sería una mujer por supuesto, algo cambiaría en su vida. Durante mucho tiempo se había obsesionado con esa idea. Ya casi no veía las cintas, porque las conocía de memoria, pero le gustaba ponerlas cuando se sentía solo o cuando algo le salía bien. Lo que lo fascinaba no eran las imágenes en sí, sino que éstas eran la historia de una mujer y que esa mujer viajara llevando a cuestas la historia de su vida, pero no en el recuerdo, sino en algo palpable. Palpable.

¿Te das cuenta qué clase de loco? Aquella tarde sé que sentí envidia, tanto por Margarita como por la mujer de los videos, porque algo las hacía distintas. Se lo dije, claro, y recuerdo perfectamente el brillo de sus ojos mientras se incorporaba acercándose más. Entonces se mordió el labio inferior, como tenía por costumbre, antes de afirmar que yo tenía mi historia escrita en la piel. Bajó la vista hacia mi vientre y susurró: Déjame verla, anda…

Hace años que me operé de apendicitis. Ahora estas operaciones apenas dejan marcas, pero yo me operé mucho antes, por eso tengo una cicatriz, y a Ángel le encantaba. A veces, mientras estaba tendida, pasaba su dedo encima de ella, recorriéndola despacio. Yo sentía su dedo y luego su lengua. Le gustaba pasarme la lengua por la cicatriz. Decía que era una marca importante, que no era como abrirse un hueco en la oreja o pintarse un tatuaje, o colgarse collares y usar anillos. Era otra cosa. Una puerta al interior. Algo demasiado personal. Una cicatriz nace sin que tengamos el tiempo o la prerrogativa de decidirlo. Él pasaba su lengua y murmuraba frases. Preguntaba si yo estaba consciente de que un día había estado desnuda delante de mucha gente. Yo dormía. Los médicos tomaron mi cuerpo para abrirlo, seguramente muy despacio, y vieron mi interior como yo nunca podré verlo, metieron sus manos, cortaron, extirparon y cosieron. Cuando desperté, mi cuerpo aparentemente era el mismo, sólo que ya existía esta cicatriz que me va a acompañar el resto de mi vida. Según Ángel, era como despertar de un sueño profundo, de esos que parecen reales, y sentir el desasosiego de quien duda si fue sueño o realidad; pero bastaba con llevarse una mano al vientre y ahí estaba la cicatriz para recordar que no había sido un sueño. Mi cuerpo tenía historia y la llevaba escrita. Cuando me pidió en el Jardín Japonés que le mostrara la cicatriz, supe que para Ángel yo no era una mujer cualquiera, sino alguien que llevaba a cuestas su pasado. Un pasado palpable. ¿Te das cuenta? Era como Margarita o como la de los videos: una mujer especial.

De hecho, creo que en ese momento nació mi costumbre de tocarme la cicatriz cuando no me siento bien. Si algo no funciona, si es uno de esos días en que me miro al espejo y todo va mal, y me siento gorda y canosa y con las arruguitas que empiezan a hacerse evidentes en mi cara; si descubro que no sé qué responder, que hay cosas que no entiendo, que mis neuronas se embotan y mis pies no tocan tierra firme; si me sucede todo eso, entonces, necesito tocarme la cicatriz para sentir que todo vuelve a su sitio, que las ecuaciones tienen resultados positivos y que dos más dos siguen siendo cuatro. Mientras que no se demuestre lo contrario, por supuesto.

Todo esto, digamos, que fue un descubrimiento personal, pero la gran revelación de aquella tarde todavía no había llegado. Después de que Ángel sacara la cabeza que había metido bajo mi blusa para besar mi cicatriz, se recostó boca arriba y siguió hablando. Dijo que yo debía sentirme afortunada porque, sucediera lo que sucediera, mi cuerpo siempre iba a tener su cicatriz y, por tanto, tenía pocas posibilidades de perder mi historia.

El caso de su desconocida favorita era bien distinto, porque Ángel se había convertido, por obra y gracia de una confusión, en el portador de su pasado, un pasado que no le pertenecía a él y, por tanto, esperaba que algún día, quizá otra vez por obra y gracia de la confusión, pudiera restituirlo a su verdadera dueña. ¿Te imaginas lo triste que debe sentirse con su pérdida?, preguntó antes de agregar que seguramente era una tristeza tan grande como la de Margarita, porque también ella había perdido su pasado. Sí, Ángel me contó que Margarita ya no conservaba la reliquia familiar; él lo supo la última vez que la había visto, justo en aquel viaje a São Paulo, cuando fue a visitarla con intenciones de reconciliación y se la encontró feliz con su novio brasileño. Luego de un largo encuentro donde él había intentado convencerla de su amor y había terminado convencido del desamor de ella, pudieron encontrar la calma para hablar de otras cosas, del futuro, del pasado, y entonces Margarita se echó a llorar diciendo que ya no tenía la reliquia y que, por culpa de ella, se rompería la tradición familiar. Ángel aprovechó sus lágrimas para abrazarla, pero aparte del placer por el contacto físico, sintió también muchísima pena. ¿Recuerdas mi plan para desaparecer a su fantasma de mi vida?, preguntó. En efecto, Ángel soñaba con poder recuperar algún día la reliquia, hacer un paquete junto a una nota que dijera "adiós" y enviarlo a Brasil para que, de esa forma, ambos encontraran la paz que necesitaban.

Ángel de veras que era un ángel. Dijo que, definitivamente, yo era una afortunada por llevar mi historia a cuestas, pero no sólo la mía, porque las historias personales también son las historias de un tiempo pasado. En los videos de su desconocida, por ejemplo, que era un poco más joven que nosotros, estaban todos aquellos años, esa infancia en blanco y negro, los objetos, los movimientos de la gente, las costumbres. Y en el caso de Margarita esto se volvía una explosión, porque eran muchas generaciones. Yo ni podía imaginar, afirmó, lo orgullosa que estaba ella por ser propietaria de la reliquia. Para que me hiciera una idea, la reliquia contenía la primera foto de familia que había sido tomada en uno de los primeros estudios fotográficos de la ciudad, el mismo estudio en donde, años después, el niño José Martí se había tomado la foto que todos conocemos. También contenía, dijo, un papel que según la versión familiar había escrito el italiano que dicen inventó el teléfono.

Cuando escuché esa frase: «el italiano que dicen inventó el teléfono», sentí una punzada en la barriga. ¿Estás hablando de Meucci?, pregunté. Y él dijo que sí, ése mismo. La familia contaba que los padres de la primera Margarita habían trabajado en el teatro con él y que se habían quedado con un papel que le pertenecía. Ángel no estaba seguro de que el tipo hubiera inventado nada, pero de cualquier modo lo importante era que el papel había sido escrito en aquella época; por tanto, papel, tinta y escritura pertenecían a otro tiempo.

Yo me quedé muerta, te juro. Ángel estaba hablando del documento de Meucci, él había visto el documento y no sabía de qué me estaba hablando. Por eso, de repente dejé de escucharlo. Sé que él siguió porque su boca se movía, pero yo no podía escuchar más que la frase «el italiano que dicen inventó el teléfono». Entonces mi mente, ya sabes, soy matemática y las neuronas de un matemático siempre están en ebullición, mis neuronas empezaron a agitarse, a relacionar. Recordé las palabras de Euclides, la historia de la mujer maravillosa, propietaria del documento, y entonces me vino la imagen del día en que Euclides y yo tropezamos con Ángel en la calle y la sorpresa (sólo entonces comprendí que era una sorpresa) de Euclides ante Ángel, su prisa por decir que el muchacho era amigo de su hijo, su cambio de comportamiento, cómo conocía que Ángel vivía solo. Entre Euclides, Ángel y el documento de Meucci había una mujer que era Margarita. Eso era, lo vi todo clarísimo. Euclides, mi gran amigo Euclides, tan adorador de las mujeres, había tenido una relación con la esposa de Ángel. Entonces, ella era el «denominador común». Aquella vez, cuando mi amigo sonrió afirmando que entre Ángel y él existía un denominador común, creí que se refería a mí, pero no, el denominador era Margarita. Así que la puta de Margarita era la propietaria del documento de Meucci. Te parece increíble, ¿verdad? Pues más me lo pareció a mí. De los dos millones de habitantes que tiene esta ciudad, yo conocía a dos que habían visto el documento. Increíble. Era evidente que Euclides sabía bien quién era Ángel, pero no estaba claro si Ángel sabía exactamente quién era Euclides y eso, al menos en aquel momento, pensé que sería mejor no preguntárselo.

Los japoneses saben construir jardines y, sin duda, los suyos son lugares de meditación, pero yo no podía mantenerme sentada. Quería escribir en un papel todos los elementos para volver a analizarlos tranquilamente. Cuando Ángel me empujó suavemente preguntando si lo estaba escuchando, besé su boca y lo invité a dar otro paseo. Necesitaba estirar las piernas.

8

Creo que *euforia* es la palabra justa para definir cómo me sentí después de la revelación del Jardín Japonés. Estaba como Arquímedes, con ganas de gritar "eureka", aunque todavía no había descubierto nada, porque sinceramente saber que mi amigo había tenido una historia con la mujer de Ángel no aportaba mucho a la investigación, era tan sólo un dato más.

De entre las frases del matemático Poincaré me encanta la que dice que con la lógica demostramos, pero con la intuición encontramos. Yo había tenido simplemente una intuición, me tocaba entonces aplicar la lógica. Ese domingo no lo pasé con Ángel. Después de nuestra maravillosa tarde en el Botánico, dormí en su apartamento y regresé a Alamar en la mañana. Los domingos tienen la tendencia a ser días largos y lentos, como si el mismo domingo se aburriera de sí. A esta característica se le sumaba que en mi casa todos estaban presentes. Aquel domingo seguramente fue de los clásicos: mi hermano preparaba en su cuarto una red de pescar; mi padrastro martillaba en el balcón arreglando cualquier cosa; mami hacía el almuerzo saliendo a cada rato de la cocina para ver la televisión en la sala; mi cuñada escogía el arroz delante de la televisión acompañada por su amiga, la vecina de al lado, quien mientras tanto se pintaba las uñas de los pies; la olla de presión silbaba con los frijoles dentro, y en el patiecito trasero del apartamento piaban los diez pollitos que mami se había empeñado en criar a pesar de las protestas de mi padrastro por convertir la casa en gallinero. De todas formas, la casa siempre parecía un gallinero. Por eso cada vez que quería trabajar tenía que encerrarme en el cuarto de mami. Ese día me metí en el cuarto, puse a Roberto Carlos, que es uno de mis cantantes preferidos, tomé papel y lápiz, y me dispuse a analizar los elementos con que contaba.

Que Euclides nunca hubiera comentado su relación con la mujer de Ángel resultaba por una parte extraño, pero por otra lógico. Supongamos lo siguiente: Ángel lleva a su mujer a casa de un amigo, donde también vive Euclides, un padre muy simpático y de gran conversación quien, entre broma y broma, echa miraditas a la muchacha. Conozco de sobra las maneras de mi amigo. Margarita cae en sus redes y, poco a poco, comienza a responder con otras miradas que ni su esposo ni la esposa de Euclides alcanzan a descubrir. Un día, mientras los muchachos están en otra cosa, Euclides y Margarita fijan cita y así comienza el romance, del que Ángel no se enterará.

Postulado uno: al descubrir que era Ángel el tipo de quien yo hablaba, Euclides experimenta un cierto embarazo y hasta vergüenza. Entonces opta por no contarme su historia con Margarita, de esta forma evita colocar a Ángel en la posición del tarrúo y evita, además, echar mierda sobre sí mismo. Por otra parte, en ese momento, yo aún no sabía de la existencia del documento. Todo parece lógico y evidente.

Postulado dos: Euclides me habla del documento y dice que la mujer se lo dio, o sea que se lo vendió, a otra persona. Ángel coincide en su versión diciendo que ella ya no tenía el documento, pero Margarita salió del país con la idea de no regresar, o sea que evidentemente lo vendió para tener dinero, sin decirle nada al marido, por supuesto. ¿Por qué no vendérselo a Euclides? Porque Euclides no podía pagar mucho, claro. En este punto, yo ya sé de la existencia del documento, Euclides sabe de mi relación con Ángel y aun así prefiere no contar que la propietaria era la mujer de Ángel. ¿Por qué? Porque Ángel no puede aportar nada a nuestra búsqueda, a él lo han engañado y Euclides lo sabe.

Postulado tres: Euclides y yo queremos el documento, pero Ángel, aún desconociendo su importancia científica, también quiere recuperarlo para devolverlo a la dueña y cerrar su ciclo. Esto puede ser un problema, aunque no creo que Ángel esté buscando demasiado, lo suyo es más bien una ilusión romántica y Euclides no lo considera como elemento interesante, prefiere sin embargo explorar otros horizontes: Leonardo, por ejemplo.

Postulado cuatro: según Ángel, Leonardo era un viejo amigo de Margarita. Leonardo está escribiendo una novela sobre Meucci que, según él, será una bomba, porque estará basada en hechos históricos demostrables.

Piensas lo mismo que yo, ¿verdad? Leonardo puede saber perfectamente de la existencia del documento gracias a su amiga Margarita y puede ser, incluso, quien lo compró. Euclides no lo conoce personalmente, pero yo le confirmé, sin saberlo, que el escritor era amigo de la exmujer de Ángel, por tanto su sospecha inicial es más que lógica.

Conclusiones: todas las flechas apuntan hacia Leonardo. Decidí, entonces, que si Euclides prefería no comentar lo de Margarita, yo tampoco lo haría, quizá más adelante, pero no en esos momentos porque realmente no hacía falta y no quería que mi amigo se sintiera obligado a darme explicaciones sobre algo que a mí no me interesaba. Si Margarita había traicionado a Ángel era un problema suyo y no sería yo quien revolviera las cosas. Ojos que no ven, corazón que no siente, como dice el dicho, así que las cosas podían quedarse como estaban. Mientras tanto yo, conociendo la identidad de la propietaria del documento, podía indagar sutilmente si Ángel podía aportar nuevos datos y continuar exprimiendo al limón Leonardo.

Esa misma semana llegué sin avisar al trabajo del escritor. Dije que, como la otra vez, andaba en gestiones en el Ministerio por allí cerca y aprovechaba para saludarlo. Él no pareció sorprendido con mi visita. Afirmó que le encantaba verme y que yo siempre llegaba en el mejor momento. Pregunté si se había vuelto a ganar el Nobel, pero dijo que no, era otra cosa, y que si quería enterarme podía acompañarlo, porque había quedado en reunirse más tarde en casa de un amigo escritor para una breve lectura de textos en presencia de Bárbara, quien andaba reuniendo información para su trabajo sobre la literatura nacional. Yo, aunque no lo dije, no tenía muchos deseos de escuchar otra de esas interminables lecturas, sino de conversar con él, pero por fortuna agregó que antes del encuentro tenía que hacer una gestión. Eso me daba un tiempo sólo para nosotros. ¿Vienes entonces?, preguntó. Y dije que sí, claro. Ya me las arreglaría para escapar de los escritores.

Recuerdo que ésa fue la tarde en que Leonardo me habló de su viaje a Luanda. Sí, porque después de los kilómetros que recorrimos bajo el sol, él pedaleando y yo en la parrilla, llegamos a nuestro primer destino que era la casa de una conocida suya, una argentina que escribía para una revista de teatro en su país, y a quien Leo, el ratón de biblioteca, llevaba un artículo sobre los teatros de La Habana, tomado de un anuario de 1933, que una muy buena amiga había sacado de la Biblioteca Nacional.

Leonardo no pensaba regalarle el artículo a la argentina, por supuesto, sino vendérselo por un módico precio en dólares. De algo tenía que vivir el escritor. ¿No? Una vez hecho el negocio, salimos del apartamento y fuimos a sentarnos a la escalinata de la universidad, que era donde Leo tenía cita con Bárbara. Allí me contó que el esposo de la argentina era un militar cubano que él había conocido en Angola. Leonardo había sido corresponsal de guerra, aunque de eso no quiso hablar, dijo que fue el peor viaje de su vida, pero que incluso de los peores momentos se podía sacar algún destello luminoso, y entonces comenzó a hablar de la ciudad, a la que gustaba llamar Linda-Luanda. Ya te dije que me encantaba escucharlo, de no haber sido escritor no veo qué otro oficio podía haber tenido. A veces, mientras pedaleaba en su bicicleta china y contaba una historia, yo sonreía desde atrás, porque resultaba como raro, no sé, fuera de lo que uno imagina normal, que una persona de tanta cultura, que ha viajado, un estudioso que tiene montones de experiencias y está dispuesto a comerse el mundo, en fin, que alguien como él no tuviera más que una bicicleta para moverse. Pero este país es así. Un día se lo dije. ¿Y sabes qué contestó? Que la bici estaba bien para los músculos de las piernas, todo lo demás él lo llevaba por dentro. Leonardo era, sin duda, un tipo muy positivo.

Esa tarde habló un buen rato sobre su Linda-Luanda y yo quedé, como siempre, fascinada por su manera de contar hasta que, visto que las historias se le terminaban y hablábamos de viajes, aproveché para preguntar si entre tanto moverse por el mundo había estado alguna vez en Italia. Ésta fue la mejor forma que encontré para caer en Meucci, claro, pero Leonardo dijo que no. De Italia conocía muchas cosas, pero nunca había estado ahí. Y hablando de Italia, mira quién viene por ahí… Se puso de pie al mismo tiempo en que yo levantaba la vista para ver a Bárbara, que ya subía la escalinata sonriente, como siempre y, como siempre, con una blusita ajustada donde las tetas apenas tenían espacio para respirar.

Bárbara me hacía gracia, siempre estaba contenta, como si todo estuviera de maravilla y La Habana le sonriera en cada amanecer. Pero ella era extranjera, claro. Vivía en una ciudad que quedaba a diez centímetros de la ciudad en que vivíamos nosotros, porque aunque ocuparan el mismo espacio, su Habana y la nuestra no eran la misma. Éramos especies distintas en el mismo zoológico. ¿Me entiendes? Ella, de las especies exóticas, ésas ante las cuales la gente se detiene; nosotros, de las que siempre están y ya nadie mira, las que reciben las cáscaras de los plátanos que la exótica se come. Bárbara no tenía la culpa de nada de esto, por supuesto, ella era simpática y hacía lo que podía. Esa tarde, luego de sus besos cariñosos, Leonardo le comunicó que tenía unos dólares, los que había ganado con la venta del artículo, y que necesitaba que ella le comprara unas cosas en la tienda. Acuérdate que todavía era ilegal tener dólares y, por tanto los cubanos no teníamos acceso a ciertas tiendas. La italiana dijo que sí, que claro, que todo lo que pudiera hacer por él, por su hijo y por toda esa gente maravillosa, lo haría.

Esa noche nos reunimos en casa de un escritor amigo de Leonardo. Qué gracioso, ahora me doy cuenta de que decidí llamarlo de este modo por Da Vinci, sin pensar que hay un magnífico escritor cubano que se llama Leonardo Padura, pero no tienen nada que ver. ¿Ok? Yo a Padura no lo conozco. Bueno, el anfitrión preparó la caña santa que llevó Leo y nos reunimos en la terracita del apartamento. Ahí empezaron las lecturas que, como casi siempre, yo aprovechaba para mis reflexiones personales. Los escritores, y esto lo comprendí luego de las múltiples lecturas que presencié, son personas que necesitan de una profunda atención, necesitan que los escuchen y los elogien todo el tiempo, como si fueran niños grandes. Seguramente todos necesitamos en cierta medida la aprobación del otro, pero esto en los escritores creo que se multiplica y, en algunos casos, de manera desproporcionada. Siempre me ha llamado la atención que escritores y artistas sean vistos como criaturas únicas, con vidas excepcionales, como si todo el tiempo se la pasaran recibiendo a grandes personajes y hablando con mayúsculas sobre argumentos sublimes y profundos. No tengo nada en contra, pero me sorprende que los científicos no sean valorados de la misma manera. Muy poca gente piensa en los científicos; sin embargo, detrás de cada cosa que tocamos, por muy ordinaria que resulte, hay cientos de neuronas que trabajaron en su creación, porque la ciencia es un trabajo colectivo: alguien descubre una cosa, luego otro la mejora y otro la mejora aún más, y así. Por ejemplo, ahora que todos andan con la fiebre del celular, ¿tú crees que alguien sabe quién es Antonio Meucci? Pues claro que no. Y lógicamente no pretendo que la gente conozca la historia de cada inventor, pero al menos podrían ser reconocidos a nivel popular de la misma forma que los artistas o escritores. ¿Tú no crees?

Leonardo y sus amigos eran otra cosa, claro, ellos tenían, digamos, la esencia del escritor, pero les faltaba el resto. Además, en aquellos años, ninguno publicaba, porque no había papel, así que estaban más que convencidos de la profundidad de sus textos y más que necesitados de una audiencia, sobre todo si entre los participantes se encontraba uno de esos animales exóticos que, encima, andaba buscando autores para su trabajo sobre literatura cubana.

No sé si en otro momento de su vida Bárbara se sintió tan importante, pero aquella noche fue la reina. Luego de cada texto, sus palabras fueron escuchadas con enorme atención, su risa provocó risas, sus cruces de piernas incitaron las miradas de los presentes, sus preguntas dieron paso a respuestas inmediatas, y su sed provocó que el anfitrión fuera al apartamento de los bajos a comprar vino de naranja casero para que la italiana conociera los productos nacionales. Eso fue al final de la lectura, cuando yo ya estaba pensando en irme, sin saber que Leonardo había reservado para ese momento la noticia que quería comunicar a la concurrencia. A su regreso, el anfitrión sirvió vino para todos y se acomodó pidiendo a Leo que dejara el misterio y acabara de contar lo que quería. El escritor sacó un papel de su mochila, se puso de pie, aclaró su garganta y empezó a leer: «Diario de La Habana, 16 de diciembre de 1844…». Era la fotocopia de un artículo que hablaba de la gala hecha en el Gran Teatro Tacón en beneficio del señor Meucci, a quien el autor elogiaba y llamaba «inteligente tramoyista». El artículo terminaba diciendo, más o menos, que el público de La Habana siempre sabía honrar con distinguido aprecio los espectáculos buenos y meritorios. Cuando Leo acabó de leer, alguien preguntó de dónde lo había sacado y él respondió orgulloso que le había costado un jabón y un beso en la mejilla de su socia, que trabajaba en la Biblioteca Nacional. Entonces, la noche empezó a ponerse interesante.

Según contó Leonardo, su socia era una joya, porque incluso le había conseguido algún que otro «librillo», pero no siempre podía ayudarlo, por supuesto. Él había consultado muchos periódicos en la biblioteca y tenía una lista de todas las fotocopias que necesitaba, sólo bastaba esperar a que la otra pudiera hacerlo y darle su merecido regalito. Aproveché entonces y comenté que era fantástico para su novela contar con aquel artículo y, como quien no quiere la cosa, pregunté si tenía otros documentos de ese tipo. Leonardo dijo que sólo tenía artículos, pero muy importantes porque iban revelando poco a poco las huellas de Meucci en nuestra ciudad, con esto dejó aplastado mi intento de indagación y abrió paso a uno de sus momentos de protagonismo verbal, una vez comprobado el interés de los otros hacia el italiano.

A Leonardo le debo casi todo lo que sé de la vida de Antonio Meucci y la fascinación que despertó en mí el personaje, porque la verdad es que Meucci era increíble. Lo imagino hiperactivo, incapaz de quedarse quieto, curioso y observador. Si viviera en la Cuba nuestra, de seguro sería un magnífico marido, de esos que arreglan todo lo que se rompe en casa, tipo mi padrastro, con la diferencia de que, además, Antonio necesitaba crear, era un inventor nato. Cuando trabajaba en el Teatro Tacón, por ejemplo, además de sus normales obligaciones como responsable técnico, desarrolló su inventiva para mejorar la acústica del lugar y creó un espejo de agua en los sótanos, gracias a la desviación de un río subterráneo que pasaba cerca de allí. Esto mejoraba su trabajo, pero sin duda no era suficiente para el espíritu inquieto de Antonio, quien se sentía atraído por todo cuanto había a su alrededor. Así pues, desarrolló un procedimiento químico para momificar cadáveres que, aunque al parecer no fue un éxito total, resolvía en parte los problemas de conservación de los cuerpos que debían ser transportados a Europa. Unos años más tarde, incursionó en el campo de la galvanización, que consistía en recubrir con oro o plata objetos de metal, una técnica que se empleaba en las armas para evitar su oxidación. Meucci logró hacer un contrato verbal, de cuatro años de duración, con el gobernador de la isla y comenzó a ocuparse de las espadas y armas del ejército; con este fin, montó un taller de galvanización que fue uno de los primeros que existieron en nuestro continente. Fue más o menos en ese tiempo cuando el Teatro Tacón ofreció la gala en su nombre a la que hacía referencia el artículo que Leonardo leyó aquella noche.

Luego vino el huracán del año 1846, que fue

tremen- do y dejó muertos, heridos y ruinas en todas partes. Muchos teatros quedaron destrozados, entre ellos el Teatro Tacón, aunque sus daños fueron menores en comparación con el resto. Una vez hechas las reparaciones iniciales, Meucci fue nombrado director de la restauración, momento que aprovechó para crear un sistema de ventilación en el teatro y, con el calor que hay en este país, seguro que su invento fue muy bien visto. Cuando el Teatro Tacón reabrió sus puertas, los cambios técnicos y decorativos habían mejorado considerablemente el lugar.

A esto le siguió un período en el que, al parecer, las cosas no anduvieron muy bien; y Pancho Marty, el propietario, decidió volver a cerrar el teatro. Meucci no tenía mucho trabajo, ya había terminado su contrato para la galvanización de las armas y tenía que ocupar sus neuronas en nuevos proyectos. Fue entonces cuando comenzó a experimentar con la electroterapia. En aquellos momentos estaba muy de moda curar enfermedades mediante descargas eléctricas, siguiendo las teorías sobre el magnetismo animal. Antonio no permaneció ajeno a estos estudios y en su taller, situado en el mismo teatro, comenzó a hacer experimentos de electroterapia, primero con sus empleados y luego con pacientes.

Y al fin llegamos a 1849 y al histórico día en que durante uno de esos experimentos Antonio Meucci descubrió que la voz humana podía transmitirse por vía eléctrica. Parece ser que estaba con un paciente en plena terapia, que había cables de cobre, baterías y electrodos, que ambos se encontraban en habitaciones diferentes, que el paciente tenía en su boca un instrumento de cobre, que Antonio tenía en su mano un instrumento similar y que, luego de una descarga eléctrica, escuchó el grito del paciente, pero no fue un grito como el que se escucha a través de las ventanas, sino una voz que llegaba por el cable. ¡Eureka! Ése fue el principio.

Me parece fascinante. La ciencia es así, un día estás haciendo una cosa y de repente descubres otra. En un segundo es como si el mundo se te abriera y pudieras ver algo que existía delante de tus ojos, pero que era transparente. Es como un chispazo que, para hacerse visible, necesita producirse delante de una persona que sepa verlo. Te doy un segundo: ¡Chac!, si no logras verme podrán pasar montones de años hasta que alguien logre nombrarme. Pero Meucci lo vio y supo que la palabra podía transmitirse por medio de la electricidad, y a partir de esa primera intuición se dedicó a aplicar la lógica y todos sus conocimientos sobre el tema para construir su «telégrafo parlante».

Los diseños de esos primeros experimentos eran el contenido del documento que Euclides y Ángel habían visto, el documento que quizá Leonardo conocía, el documento que había pertenecido a los antepasados de Margarita. Quizá uno de aquellos parientes estuvo presente en los experimentos que siguieron al primer grito, y quién sabe si hasta había colocado el instrumento de cobre en su boca para gritar su nombre, sabiendo que con ese gesto inauguraba un nuevo período de la historia, aunque todavía tuvieran que pasar muchos, demasiados años, para que esto fuera reconocido.

9

Luego del encuentro con los escritores, intenté varias veces llamar a Euclides para contarle lo que había aprendido sobre Meucci y mi certeza de que Leonardo era una pista que podía llevarnos a alguna parte, pero el teléfono de mi Tecnológico tenía fijo el tono y por más que marcara números seguía manteniendo la misma nota, precisa, invariable y prolongada al infinito. No te rías que es cierto, el teléfono se inventó en La Habana, pero lo más normal en aquel año era que no funcionaran los teléfonos.

Determiné entonces ir directamente a su casa. Antes había decidido no mencionarle lo de Margarita, pero el hecho de saber que Leonardo tenía fotocopias de diferentes artículos abría para mí nuevas posibilidades, porque si bien el escritor había negado poseer otros documentos que no fueran los artículos, eso podía:

Primero: no ser cierto, o sea que Leonardo poseía el documento, pero vista su importancia no quería confesarlo.

Segundo: ser cierto, o sea que no lo poseía, aunque esto no excluía la posibilidad de que conociera su existencia.

Lo que sí tenía más que claro era que la relación de Leonardo con Margarita se volvía súper importante y, unida al interés del escritor por Meucci, lo convertían en elemento clave y sospechoso. ¿Cómo explicarle estas conclusiones a Euclides sin hablar de Margarita? Simplemente no podía. ¿Entiendes? Mi amigo era un profesor acostumbrado a teoremas y demostraciones y si estaba interesado en Leonardo yo acababa de comprender que era justamente porque sabía que el escritor conocía a Margarita, ella era la variable que a mí me faltaba al inicio. Si llegaba a su casa afirmando que estaba segura de algo porque sí, Euclides no iba a creerme, porque en la ciencia no existe el Espíritu Santo. Concluí entonces que lo mejor era que habláramos de todo. No había necesidad de regodearse en la historia de Margarita, simplemente dejar en claro que ella había sido la propietaria del documento, sólo esto contaba para nuestro objetivo.

Sucedió que cuando llegué sólo encontré a la vieja y a Chichí. Los apagones estaban acabando con los equipos eléctricos y el refrigerador de la casa ya daba los últimos suspiros, así que Euclides había tenido que salir a resolver una pieza que hacía falta para repararlo. Sé que lo esperé bastante. La vieja no paraba de hablar de Etcétera quien, una vez recuperado, había vuelto a ser un hermoso *poodle* blanco y ya gozaba del privilegio de dormir en la cama junto a sus pies. Chichí, por su parte, me resultaba de lo más cómico, porque se empeñaba en leerle sus cuentos a la abuela y la vieja me miraba con asombro para concluir que su nieto era un genio, aunque ella no entendía lo que escribía. A Euclides los cuentos de su hijo no le hacían mucha gracia y la verdad es que a mí tampoco. Chichí escribía sobre la situación del país, la prostitución que iba creciendo, los robos de bicicletas, los balseros, la degradación de la sociedad. Todo lo que veíamos día a día y que, sinceramente, a mí no me interesaba escuchar, mucho menos en una historia que no iba a publicarse. Él era un poco como los amigos de Leonardo, sólo que más joven, más directo y mucho más práctico porque, mientras soñaba con ser escritor, se dedicaba a vender productos de contrabando. Esa tarde empecé a escuchar un cuento, pero apenas se fue la luz, y, visto que Euclides no regresaba, decidí marcharme.

No sé cuántos días estuve incomunicada gracias al maldito teléfono de mi Tecnológico pero, en cuanto volvió a funcionar, la directora decidió limitar su uso. Dijo que el aparato estaba en su oficina, que era un medio básico para el trabajo y que, por tanto, los profesores teníamos derecho a una corta llamada personal, dos en casos de urgencia y cero a larga distancia. Estúpida bruja. No me quedó más remedio que elegir entre llamar a Euclides o a Ángel y, por supuesto, preferí al segundo porque quería verlo. Ya hablaría con Euclides en nuestra reunión de los sábados.

Quedé con mi ángel creo que para el jueves, sí, porque el viernes pasó otra cosa. El jueves entonces me fui a su apartamento, donde lo encontré un poco disgustado porque no tenía casi nada para invitarme a comer, ni dinero para comprar comida. Lo único bueno que le quedaba era un poquito de ron, dijo, pero no era el ron lo que a mí me interesaba, así que sonreí anunciando que esa noche me ocupaba yo de cocinar. El menú fue sencillo: arroz y col revuelta con cebolla, algo muy sano y nutritivo, como si estuviéramos en el Jardín Japonés. Podría decir que todos estábamos cada día más flacos, pero queda más bonito si digo «estilizados».

Ése fue el primer día que cociné en casa de Ángel y tengo que decirte que como experiencia me gustó, era como si fuéramos una pareja de verdad, yo moviéndome en la cocina y él sentado en una silla con los pies encima de la mesa y un vasito de ron en la mano. Una pareja normal que conversaba sobre cualquier cosa, las estupideces de la directora de mi trabajo o las crisis de Dayani. En un momento me acordé de aquella idea que había tenido Ángel de alquilarle un cuarto a Bárbara y se lo pregunté. Respondió que la había llamado para proponérselo, pero la italiana no quería irse de donde estaba, seguro que pagaba muy poco, afirmó, porque él había propuesto un precio muy bajo, pero la otra agradeció sin aceptar. Entonces comenté que la había visto.

En realidad yo quería hablar de Margarita, o más bien de la reliquia familiar que contenía el documento, por eso mencioné a Bárbara para de ahí pasar a Leo- nardo y de ahí a Meucci. Es gracioso, porque cada vez que Ángel hablaba de su exmujer me sentía un poco incómoda; sin embargo, aquel día era yo quien quería hablar de ella, quería que él continuara con la historia de la pérdida de la reliquia para saber si existía algún dato, por pequeño que fuera, que resultara interesante para mí. Con esto no le hacía mal ni a él ni a nadie, simplemente se trataba de acumular información, exprimir los limones al máximo, sólo eso. ¿Comprendes?

Mientras poníamos la mesa, empecé a hablar de la lectura de los escritores. Ángel comentó con cierta ironía que era notable mi creciente amistad con Leonardo y terminó haciendo un gesto con la boca, de esos que me obligaban a detener el mundo, tragar en seco y contar: Uno, dos, tres, para no caerle encima y quitarle la ropa. En lugar de eso, sonreí preguntando si estaba celoso y él dijo que no, cómo iba a estar celoso de un tipo como Leonardo. Nos sentamos a la mesa, sirvió agua para los dos y continuó hablando. Según Ángel, el escritor no merecía los celos de nadie, era un pobre tipo, inofensivo, aunque a veces un poco raro para su gusto. Ahí partió en un delirio, sí, un verdadero delirio. Dijo que Leonardo no era totalmente humano, que pertenecía a la raza de los nuevos centauros. ¿No te das cuenta de que en lugar de piernas tiene un par de ruedas?, preguntó. Y yo me eché a reír. Ángel continuó su discurso afirmando que en este país habíamos alcanzado un alto grado de desarrollo tecnológico y estábamos probando nuevas creaciones, seres del futuro. Entre ellos, la última invención eran los nuevos centauros, que vivían a golpe de picadillo de soja y agua con azúcar, criaturas perfectas que no necesitaban del petróleo para transportarse y empleaban lo mínimo necesario de recargas energéticas para no caer de rodillas. Según él, Leonardo era una de esas criaturas, que en lugar de caminar, rodaba, se desplazaba suavemente. Incluso hasta cuando se sentaba en un sofá se le veía incómodo, porque no sabía dónde meter las piernas. Las suyas eran como un órgano que había evolucionado en una fusión simbiótica con los pedales de la bicicleta y ya ni recuerdo tenían de su anterior función. Seguramente, concluyó, el hombre que viviría en el futuro en Cuba no tendría piernas, pero sí un estómago pequeño y un par de ruedas. ¿Qué tú crees?, preguntó antes de tomar un bocado de col que masticó como un salvaje.

A Ángel se le ocurría cada cosa. Comenté que, visto que nosotros no teníamos ruedas, era una pena que fuéramos criaturas en vías de extinción. Él se echó a reír diciendo que no me preocupara, porque éste era un país de seres mutantes acostumbrados a la supervivencia: si no nos salían ruedas, con tal de no perecer terminaríamos convertidos en otra cosa. Lo más curioso es que tenía razón. Creo que después de aquel año cero, aquí todos nos convertimos en otra cosa. Aunque para algunos sea difícil reconocerlo, todos nos transformamos. Hay un antes y un después. Es como la guerra, ya te lo dije, sin explosiones vivimos una especie de posguerra que desencadenó los instintos más elementales de cada cual, la necesidad de sobrevivir. Y aquí, por suerte o por desgracia, somos como las cucarachas que para no ser exterminadas se acostumbran al veneno y hasta le cogen gusto. Por suerte o por desgracia. No lo sé.

Ángel siguió hablando de Leonardo con el mismo tono de desprecio, dijo que no había leído nada suyo ni pensaba hacerlo, que él no era nadie para determinar mis amistades pero que desde el principio le había parecido muy extraña esa repentina apertura de Leonardo hacia mí y ese invitarme a peñas en su casa o a acompañarlo a lecturas. Julia, mi Julia, dijo, creo que ese tipo, en el fondo, lo que quiere es acercarse a mí. Yo no entendí su frase y se lo hice notar con un gesto de la cara. Ángel sonrió e introdujo varias veces el tenedor en el plato sin agarrar la col. Entonces afirmó que el mundo era muy chiquito. Leonardo sabía que no le caía bien, dijo, y sin embargo intentaba por todos los medios acercarse a él, por puro interés. Preguntó si me acordaba de la historia de la reliquia familiar de Margarita y le dije que sí. Pues resultaba que, como Margarita era muy amiga del escritor, éste sabía que dentro de la reliquia familiar existía un documento del italiano ese del teléfono y por supuesto que le interesaba para su novelita. El problema era que creía que lo tenía Ángel. Aquí, de repente, fue como si algo se abriera, una puerta, una ventana, no sé, pero una inmensa luz, porque acababa de confirmar mis sospechas de que, efectivamente, el escritor sabía del documento. ¿Te das cuenta? Yo no dije nada, sin embargo, abrí los ojos fingiendo que la historia me interesaba por sí misma y Ángel continuó hablando. Dijo que Leonardo se había cansado de llamarlo para pedirle el documento y, visto que no había conseguido más que un trato educado y una negativa, era evidente que intentaba utilizarme para acercarse de manera más amistosa. Pero estaba muy jodido, porque no era Ángel quien tenía el documento, no era él quien se había apropiado de lo que no era suyo;

ese pedazo de papel era parte de la reliquia que pertenecía a su exmujer y el día que lograra recuperarlo no sería para dárselo al escritor sino para devolvérselo a su legítima dueña y cerrar de una vez por todas un capítulo de su vida. Mi ángel habló un poco molesto y yo lo entendí, pero no podía desaprovechar la ocasión, así que pregunté, como quien no quiere las cosas: ¿Y quién lo tiene? Él hizo un gesto de cansancio. Tu amigo Euclides, dijo hundiendo el tenedor en el plato para llenarlo. Y antes de engullir aquella miserable col, concluyó: El padre de Margarita.

Por suerte yo no tenía nada en la boca porque me hubiera atragantado. El padre de Margarita. Euclides era el padre de Margarita. Pensé lo mismo que tú estás pensando, ¿por qué coño no me lo había dicho? Mi encabronamiento fue grande, no mayor que el que vino después, pero grande, porque no podía creer lo que estaba escuchando. Que Euclides fuera amante de la mujer de Ángel resultaba coherente pero, ¿el padre? ¿Cómo el padre? Eso fue lo que pregunté y él terminó de tragar antes de confirmarme que así era, el padre, el progenitor, quien había puesto la semilla que engendró a su ex, el también padre de un amigo que él visitaba mucho y por quien conoció a la hermana, Margarita, que pasó de ser la hermana de su amigo a su novia, que luego fue mujer y luego exmujer, convirtiendo de esa forma al padre de su amigo en suegro, que luego devino exsuegro. Si no me lo había dicho antes, agregó, era porque el mismo Euclides, días después de que coincidiéramos en la calle, le había telefoneado para pedirle que no me hablara de ella, argumentó su gran amistad conmigo y lo innecesario de mezclar a su hija, que era un tema tan doloroso. Imagínate, dijo, después de llegar a Brasil, Margarita se llevó a su hermano y eso para el viejo fue duro.

Yo seguía sin poder creerlo y Ángel notó mi desconcierto, porque agarró mi mano para decirme que ésa era
la verdad y que Euclides debía de tener sus razones para
habérmelo ocultado. Margarita y su padre tenían muy
malas relaciones, me explicó, y mucho antes de irse, ella
ni siquiera le hablaba. Ángel había vivido todos aquellos
años de conflicto, Margarita estaba muy unida a su madre,
y la verdad era que, en aquel tiempo, Euclides a veces
se portaba un poco mal, vaya que engañaba a su mujer
y eso la hija no lo soportaba. Euclides, al parecer, era
un tipo muy interesante y con mucho éxito, sobre todo
entre las alumnas, porque tanto Margarita como Ángel
habían escuchado los rumores de no pocas conquistas
del profesor en la Universidad. Yo también conocía ese
tipo de conquistas, pero me limité a callar, por supuesto.
Ángel me miraba como quien acaba de meter la pata e
intenta justificarse. Él comprendía a Euclides, dijo, y en
cierto modo podía hasta entender que le hubiera pedido
que no mencionara a Margarita, porque de pequeña ella
había sido la niña de sus ojos. Mira, se levantó, fue al
cuarto y regresó con una caja de zapatos donde guardaba
cosas de su exmujer. Vi una foto de Euclides junto a sus
tres hijos pequeños y otra con la niña Margarita sentada
en sus hombros. Ángel tuvo la delicadeza de evitarme la
visión de la Margarita adulta, que seguramente estaría
dentro de alguno de los paquetes de fotos.

Cuando él la había conocido, contó, las relaciones con
su padre comenzaban a lastimarse. Según Ángel, Euclides
estaba demasiado metido en su vida, su universidad, sus
conquistas, y no supo ver el alejamiento de la hija, que al
principio fue callado pero poco a poco se hizo evidente.
Ella fue ignorándolo, expulsándolo despacio de su vida.
Ángel lo vivió todo, las preocupaciones de Margarita
por su madre, las diatribas contra el padre, las conversaciones con el hermano. Seguramente por eso, afirmó,

entre Margarita y Dayani había nacido una relación tan fuerte, era como si ambas se reconocieran, como si cada una viera en la otra el reflejo de sí misma, una más joven viendo su futuro y otra mayor viendo el pasado o quizá imitándose mutuamente.

Lo que le puso la tapa al pomo, o sea, lo que determinó que la madre de Margarita decidiera divorciarse, fue que un día llegó a casa fuera de hora y encontró a su marido en la cama con una muchacha. Eso fue definitivo tanto para ella como para Margarita, quien decidió no dirigirle nunca más la palabra a su progenitor. Claro, continuó Ángel, ya eso era lo último que faltaba, porque aún estaban viviendo las consecuencias de la crisis que se había producido años antes, cuando Euclides había cumplido cincuenta años. Resulta ser que un amigo de la familia lo había visto en Las Cañitas del Habana Libre, sentado muy meloso con una chiquita, seguramente una alumna, una puta de esas que andan conquistando profesores para buscar buenas notas. Así dijo y yo sentí una punzada en el estómago, casi me quedé sin respiración y sólo logré balbucear: ¿En Las Cañitas? Ahí mismo, afirmó Ángel, y siguió contando que, apenas lo supo, Margarita se puso como una hidra, aunque no había tenido el valor de enfrentar al padre.

Yo creí que me moría, te juro, porque la puta de Las Cañitas era yo, aunque no estaba buscando buenas notas, porque las tenía por mí misma; estaba buscando... nada, no buscaba nada, simplemente era amante de un tipo que me satisfacía y estaba feliz de festejar con él sus cincuenta años, sólo eso, mientras en su familia era el caos. En ese momento quise que me tragara la tierra, que Ángel no siguiera hablando y que a mí me tragara la tierra. Pero Ángel siguió hablando.

Aquella historia había abierto una gran herida en la familia, que aún no estaba cerrada el día en que mi amigo fue sorprendido con la muchacha en la cama matrimonial. Según la madre de Margarita, la puta de la cama era la misma puta de Las Cañitas de años atrás; pero según Margarita, la identidad de la susodicha era irrelevante. El problema era Euclides, no la otra, era su padre quien mentía. Yo no sabía dónde meterme, estaba asistiendo sin poder decir nada a todo el espectáculo que Euclides me había ahorrado y me sentí culpable. Aunque en el fondo yo no tuviera culpa, me sentí mal, muy mal, y tuve ganas de salir corriendo y abrazar a Euclides y decirle que lo hermoso era que nuestra amistad perduraba, a pesar de todo. Eso quise hacer, pero Ángel siguió hablando.

Cuando él y Margarita decidieron casarse, ella no le hablaba al padre, pero era el matrimonio, así que decidió visitarlo para darle la noticia y limar asperezas. Parece ser que luego de una larga conversación y cuando parecía que las cosas comenzaban a normalizarse, Euclides preguntó por la reliquia familiar. Él sabía que su hija era la heredera de la reliquia y que ésta contenía el documento del italiano del teléfono. Y el caso era que también a Euclides le interesaba ese documento desde hacía mucho tiempo, pero mientras estuvo casado con la madre de Margarita, ésta nunca se lo había querido dar. ¿Sabes qué se le ocurrió a Euclides?, me preguntó Ángel. Pues se le ocurrió proponerle a Margarita que le vendiera el documento. Ella iba a casarse, el dinero le hacía falta y a él acababan de pagarle por un artículo que había publicado en una revista científica de Colombia. Para Margarita aquello fue como un jarro de agua fría a la tres de la mañana en pleno invierno, por eso lo mandó al mismísimo carajo para siempre. Claro, *siempre* es una palabra demasiado larga, agregó Ángel, porque Margarita tenía un gran corazón y, por eso, tiempo después quiso reconciliarse con el padre. Lo vio una vez y después él fue a casa a visitarla, y en una de ésas logró recuperar el documento. Le robó el documento, Julia, le robó su reliquia sin que ella se diera cuenta, ¿entiendes? Eso le había contado Margarita, entre lágrimas, en su viaje a São Paulo, y por eso Ángel quería recuperarlo todo, porque le parecía injusto y porque nadie tenía derecho de robarle la vida a otra persona. Mira, dijo revolviendo entre los papeles que estaban en la caja de zapatos: ahí sólo estaba un pedazo de la vida de ella, algunas fotos, papeles de la escuela. Mira esto, dijo otra vez sacando una página arrancada de una revista: ella la había guardado como prueba de la ofensa, era el artículo que Euclides había publicado en Colombia, por el que había recibido el dinero con el que intentó comprar el documento del dichoso italiano. Yo tomé la hoja de revista, vi sus colores, el título del artículo, el nombre de mi amigo Euclides en letras grandes, empecé a leer y ahí el mundo se detuvo. Sí, la Tierra de repente dejó de girar y sentí como si un fuego empezara a envolverme desde los pies hasta la cabeza haciendo giros alrededor de mi cuerpo y quemándome mientras leía rápidamente, con una velocidad increíble, como si no necesitara de la vista y pudiera cerrar los ojos para recitar lo que explicaba el artículo firmado por Euclides; porque lo que explicaba el artículo, lo que exponía el insigne profesor cubano, lo novedoso de sus argumentos, las demostraciones matemáticas, el pequeño aporte al pensamiento científico universal, la idea tan bien desarrollada, era mi tesis. Sí, era en síntesis mi trabajo de tesis de la universidad, ese trabajo que me había costado horas de insomnio y por el que había recibido felicitaciones y con el que me había graduado de licenciada en Matemática, y que no había publicado en ninguna parte, sólo era un montón de papeles que conservaba de recuerdo en una gaveta de mi casa. Euclides se había robado mi inteligencia. Y mi inteligencia es mi vida.

   ¿Puedes comprenderme? Yo pienso, luego existo, y lo demás, que se vaya a la mierda.

10

Sé que aquella noche apenas pude dormir. Cerraba los ojos y, sintiendo los ronquidos de Ángel a mi lado, sólo conseguía ver imágenes de Euclides. Su cara escuchando mis explicaciones durante la tesis, su sonrisa en Las Cañitas, su mano tomando la mía para besarla antes de acercar el rostro y alcanzar mi boca, sus miradas, sus elogios a mi inteligencia, sus preguntas, su cuerpo desnudo. Todo era Euclides, mi admirado profesor, mi buen amante, mi gran amigo. Euclides, el mentiroso, que seguramente reposaba tranquilo en su cama mientras yo daba vueltas escuchando roncar a los ángeles. Euclides, el ladrón, porque eso era, un miserable ladrón y en esos momentos me era completamente indiferente el drama de telenovela entre padre e hija, hombre que engaña a su mujer, hijos que toman partido, divorcio, depresiones, llantos, todo eso era una reverenda mierda ante lo otro, porque él había robado mis ideas, me había traicionado publicando con su nombre algo que no le pertenecía, ganando dinero a mi costa. ¿Te das cuenta? Tan sólo con recordarlo me pongo furiosa. ¡Qué va!, así no podía dormir. Me levanté, me serví un vaso de agua y fui a recostarme al balcón de la sala, desde donde podía verse la calle que me gusta tanto. Necesitaba meditar.

De todo lo que había contado Ángel algunas cosas no me quedaban claras, pero no había querido preguntarle, no era prudente en esos momentos. Ángel era un buen tipo que se había enamorado hasta los huesos de una mujer y que mantenía fija la idea de que sólo cerrando el ciclo de esa relación lograría estar limpio para enfrentarse a otra historia. La otra historia era yo y, lógicamente, el cierre de su círculo me interesaba sobremanera. Para que esto sucediera, era absolutamente necesario que mi ángel recobrara la reliquia familiar que incluía el dichoso documento de Meucci. Una vez recobrada, Ángel podría proceder con la última parte de su plan, enviar todo a Margarita, sentirse limpio y dedicarse a mí que, sin duda, lo primero que haría sería mudarme al Vedado con él e inaugurar de esa forma un nuevo período en mi vida, más interesante y con muchas más perspectivas que el que llevaba viviendo. Según había dicho aquella noche, su mayor preocupación era que Euclides se había apropiado de la reliquia, porque le interesaba el documento. Él no podía adivinar qué fin quería darle su exsuegro a aquellos garabatos escritos en un viejo papel, pero de lo que sí estaba seguro era de que Euclides nunca lo soltaría porque llevaba años tras él. Por tanto, a Ángel se le hacía muy difícil imaginar cómo recuperar la reliquia.

A mí tampoco me parecía fácil recuperarla. Sin embargo, no era muy complicado sospechar qué fin quería darle Euclides al manuscrito. Alguien que es capaz de robarle las ideas a una alumna para publicarlas bajo su nombre y ganar méritos y dinero, ¿qué no sería capaz de hacer con un documento original sobre la invención del teléfono? Piensa que en aquel entonces, salvo en Italia y para unos pocos interesados en el tema, Meucci era un perfecto desconocido, incluso en su época algunos periodistas lo habían tildado de italiano loco por intentar usurpar una invención que claramente pertenecía a

Graham Bell, como reflejaban los documentos legales y los libros de historia. No hay dudas de que Bell inventó el teléfono, el único problema es que lo inventó unos años después de Meucci. Para ser más exacta, en 1876 Bell obtuvo su patente y pronunció lo que quedó para la historia como la primera frase telefónica: «Por favor, venga, señor Watson, le necesito». Pero era a Meucci a quien debió haber llamado, porque ya en 1849 el italiano había hecho su primer experimento, sólo que de esto, hasta ese momento, no había pruebas escritas. La prueba, como había dicho Euclides, estaba en aquel documento de la reliquia familiar: aquellos garabatos a los que se refería Ángel eran el diseño del experimento y ya sabes que las ciencias no se explican con palabras, las palabras son para el arte y la filosofía, en la ciencia cuentan los números, fórmulas, esquemas o diseños. Un científico, antes de empezar a hablar, agarra su bolígrafo y pinta cosas, garabatos para los no entendidos, demostraciones para los iniciados. Si Euclides había sido capaz de robarse mi trabajo, imagínate qué podría hacer con la prueba de la invención del teléfono. O mejor, qué podía imaginar él que podría hacer. Sé que la mayor preocupación del planeta no es saber quién es el verdadero inventor del teléfono. Saberlo es completamente intrascendental. Pero no te olvides de Einstein: todo es relativo. Cuando no se tiene nada, un poco puede ser mucho. O quizás ser todo. Aquí, en la Cuba del año cero, Euclides podía convertirse en un personaje y hasta alcanzar un cierto renombre ante la comunidad científica internacional, viajar a algún congreso, dar conferencias y, de repente, revalorizarse como lo que siempre había querido ser: un prestigioso científico, en lugar de estar llenando a cubos de agua los tanques de su casa antes del apagón. O podía, simplemente y en el peor de los casos, ganar un dinero con el que poder comer un poco mejor.

Sus objetivos estaban claros, pero ciertos detalles me confundían. Según Ángel, Margarita le había contado que su padre tenía la reliquia. Vamos a ver, si Euclides poseía el documento, ¿por qué me había hablado de él? De tenerlo, lo mejor era callarse para que nadie supiera nada. ¿No? Sin embargo, apenas le comenté la conversación con el escritor y la italiana, él me había mostrado la carpeta con la información sobre Meucci y me había hecho la historia del documento. Fue por él que supe de su existencia. Eso me parecía extraño. ¿Y entonces?

Postulado uno: Euclides quiere hacerse de un nombre a través de este documento, aunque no tiene contactos importantes fuera de Cuba. Cuando menciono el interés del escritor, Euclides se preocupa, porque descubre que hay otra persona interesada en Meucci y, de saber la existencia del documento, querrá tenerlo. Él sabe que el asunto va a cautivarme. Entonces decide hablarme del documento para que yo no sospeche que en realidad lo tiene él. De paso me utiliza para sacarle información al escritor y así completar su archivo sobre Meucci, cosa que le será útil el día en que finalmente pueda usar el documento para hacerse de un nombre.

Postulado dos: Euclides no ha podido hacer nada con el documento, porque no tiene contactos importantes. Está viviendo una situación económica muy difícil y es su hijo, metido en el mercado negro, quien le resuelve parte de la comida. Cuando yo menciono el interés del escritor en Meucci, Euclides de repente ve una posible salida para el documento. Él no conoce personalmente al escritor, pero si éste trabaja sobre el tema le interesará el manuscrito que Euclides podrá venderle para mejorar su situación, aunque sólo sea por un corto período. Suponiendo que el escritor tenga dinero, claro. ¿Por qué mencionarme el documento? Pues porque el interés científico del tema va a cautivarme, yo conozco al escritor y puedo, inocentemente, llevar a Euclides hasta él.

Pero había otro detalle importante: Ángel. Mi ángel era el marido de la hija de Euclides, por tanto mi antiguo profesor sabía que Ángel había visto la reliquia, pues su hija la había heredado el día de su matrimonio. Lógicamente, la mujer de quien había hablado Euclides y a quien yo había imaginado como una amante más, era simplemente su esposa. Es de suponer que durante su matrimonio él había hecho lo imposible por hacerse con el documento; sin embargo, ella no había cedido ya que éste formaba parte de la reliquia que luego había pasado a su legítima heredera, su hija Margarita. Euclides se había atrevido entonces a proponerle la compra a su propia hija, pero la muchacha tampoco aceptó. La primera vez que hablamos sobre el manuscrito, Euclides había señalado la importancia de no comentar el tema con nadie. Ni con Ángel, había recalcado. ¿Por qué? Pues lógicamente porque Euclides tenía el documento y quería mantener a Ángel al margen de esta historia y, sobre todo, no despertarle interés en el documento. Euclides no sabía la bobería sentimental de mi querido amor, ni su barroca intención de cerrar ciclos, ni su obsesión con las mujeres con historia. No sabía nada de eso. Por consiguiente, Ángel no le interesaba para nada. Quien le interesaba era el escritor, que llevaba años recopilando datos y dominaba detalles que el mismo Euclides había conocido gracias a mi inocente participación.

En todos los casos yo era la comemierda que Euclides estaba utilizando, del mismo modo en que me había utilizado mientras hacía la tesis. ¡Qué rabia! Aquella noche, como te dije, apenas dormí, volví a la cama pero apenas dormí. A las seis y media ya estaba en la cocina vestida para irme al trabajo y preparando el café. De repente sentí unos brazos que me tomaban por la espalda, di la vuelta y abracé a mi ángel con su cara de dormido y su pelo revuelto. Me extrañó que estuviera despierto tan temprano, pero dijo que se había sentido solo, que la cama era grande sin mí, que lo abrazara fuerte fuerte antes de irme. Volví a abrazarlo y tomamos café. Me encantaba Ángel recién despierto, era tierno, lento y hermoso. Antes de salir para el Tecnológico volví a abrazarlo y dije que esa noche no podría ir a su casa, hablaríamos el fin de semana.

Pasé furiosa todo el día. Los alumnos me parecían más brutos y estúpidos que de costumbre, así que les mandé un estudio individual, que trabajaran solos, que aprendieran a usar el cerebro, yo ya sabía utilizarlo y en esos momentos mis neuronas estaban a mil. Por la tarde, apenas terminé, salí caminando a una velocidad que daba miedo. Las horas pasadas sólo habían servido para acrecentar mi incomodidad. A Euclides le tocaba escuchar todo lo que yo tenía atragantado.

Cuando llegué a su casa la vieja estaba abanicándose, con la puerta abierta y sudando la gota gorda porque desde el mediodía no tenían electricidad y por tanto no podía encender el ventilador. Euclides acababa de salir a darle una vuelta a Etcétera, pero yo no tenía prisa, dije que podía esperarlo y nos sentamos a conversar. Esa tarde, Chichí llegó con unos amigos y si lo recuerdo es porque apenas aparecieron escuché una voz llamándome: ¡Profe! Miré y era una muchacha que, sinceramente, no recordaba. Sabes cómo es, el profesor es uno, los alumnos miles, pero ella afirmó que yo había sido su profesora en la CUJAE, que mi asignatura le encantaba, que qué tal me iba, que si continuaba en la universidad. Respondí cortésmente que había cambiado de sitio, sin dar detalles, y ella sonrió diciendo que trabajaba como ingeniera, pero que en realidad quería ser escritora. Ahí Chichí pasó a presentarme a sus amigos, todos futuros escritores, según agregó orgulloso. Yo los miré. Uno flaco con el pelo largo, vestido de negro, licenciado en Geografía. Otro, también pelúo, parecido a Conan el Bárbaro, licenciado en Biología. Ella, de pelos rizados y ojos claros, con un shorcito corto y unas piernas flacas, graduada de Ingeniería electrónica. Según Chichí eran roqueros, vanguardistas y querían ser escritores. Yo me pregunto: ¿para qué coño estudiaron ciencias entonces? En este país cualquiera hace cualquier cosa y es graduado de lo contrario, menos yo, por supuesto, pero bueno… eso no venía al caso comentarlo.

Estuve escuchando la conversación de los muchachos sobre los conciertos de rock en el Patio de María y sobre sus proyectos literarios, hasta que Etcétera apareció en la puerta y más atrás Euclides, todo sonriente por lo concurrido que estaba el apartamento. Yo besé su mejilla, dejé que hablara con su hijo, me despedí de los visitantes, esperé a que encendiera el farol y sólo entonces comuniqué que teníamos que hablar. Él sin duda imaginó que traía nuevas informaciones, porque abrió los ojos, encendió una vela y me invitó a pasar al cuarto.

Mentiste, Euclides, fue lo que dije apenas cerró la puerta. Él me miró sorprendido y, con la vela aún en las manos, se acercó preguntando qué pasaba. Repetí: Mentiste, Euclides, me mentiste. Si en ese momento se le hubiera ocurrido pedir perdón porque había tomado mis ideas para publicar su artículo; si hubiera comenzado a hablar, a disculparse, a intentar aclarar el asunto; si hubiera contado de Margarita, no sé, si me hubiera dado una mínima señal, quizá todo hubiera sido distinto, pero no lo hizo, simplemente se limitó a pedir que me calmara y a preguntar otra vez qué sucedía. De ese modo confirmaba que eran varias sus mentiras y que no iba a cometer el error de condenarse antes de escuchar mi acusación. Euclides siempre fue muy inteligente. Yo lo miré seria, suspiré, y dije que él conocía a Ángel, porque había sido su suegro, pero por lo visto había preferido ocultarme ese detalle. Mi antiguo profesor sonrió de mala gana, suspiró y puso la vela encima de un estante mientras comentaba: Ah, es eso. Agregó que entonces ya Ángel me lo había dicho, que no me preocupara, iba a contármelo todo; era una historia triste, pero ya era hora de ponerle nombre a sus tristezas, yo era de las personas que él más quería y nunca sería capaz de hacerme daño, mucho menos de mentirme. En realidad, quería decírmelo desde hacía mucho tiempo.

De repente me volvió la furia, pero una furia enorme, porque en medio de todo lo que acababa de decir, aún resonaba su frase: «Ah, es eso». Y era una frase de alivio, de «menos mal que no sabe lo otro», de «qué susto me diste por gusto». ¿Y por qué no me lo dijiste?, pregunté. En ese momento volvió la luz, así, de improviso, vino la luz y Euclides me miró sonriendo antes de comentar: ¿Viste que no es tan grave?, hágase la luz. Ignoré su sonrisa y volví a preguntar en un tono de voz más alto por qué había mentido. Mi antiguo profesor pidió nuevamente que me calmara y abrió la puerta sólo para gritarle a su madre que apagara el farol y que no nos molestara porque teníamos que trabajar en un proyecto. Ella anunció que tocaría a la puerta cuando la comida estuviera lista. Yo volví a preguntar por qué había mentido. Él no sonrió esta vez, dijo que si tan alterada estaba por una tontería, era mejor ahorrarle la conversación a su madre y a los vecinos. Entonces encendió el radio con CMBF, como de costumbre.

Según él, no había contado nada porque simplemente no venía al caso. Desde el principio era evidente mi interés por Ángel y decirme que había sido el marido de su hija, por una parte, hubiera despertado en mí una curiosidad innecesaria y, por otra, lo hubiera obligado a hablar de Margarita. Yo bien sabía, o mejor, yo era la única que sabía las consecuencias que había traído para él la partida de sus hijos, primero de Margarita y luego de Robertico. Estuve deprimido, Julia, ¿recuerdas? Y la depresión trajo el fin de la universidad, el fin de su carrera, el fin de su vida social. El día en que nos encontramos con Ángel en la calle, tuvo la tentación de contarme, pero luego pensó que era mejor no hacerlo, porque mi historia era independiente de la suya. De hecho, agregó, tenía que confesarme que había llamado al muchacho para pedirle que tampoco él me contara, era un pacto entre caballeros, pero si mi ángel lo había roto significaba que era lo justo. Euclides sólo quería lo mejor para mí, por eso se había atrevido a llamarlo, porque a decir verdad ellos no tenían muy pocas relaciones. Cuando Margarita vivía con Ángel, ella no le hablaba a Euclides, por tanto, el muchacho se había convertido en un yerno fantasma. ¿Para qué llenar de fantasmas tus ilusiones, Julia?

Dijo que prefería ver a Ángel como mi muchacho, alguien nuevo en su vida, y no como el yerno que nunca tuvo, el esposo de la hija que no le hablaba porque nunca pudo perdonarle que fuera infiel. Es que fui infiel muchas veces, Julia, muchas, puntualizó. Entendí que con su frase de paso estaba dejando en claro que yo no había sido la única, aunque me pareció innecesario puesto que jamás he pretendido serlo, los amantes son cuerpos que se toman hasta que dura el idilio, luego queda el olvido o la complicidad.

En ese momento sé que hubo una pausa. Los dos callamos. Euclides decía verdades. Yo me perdí pensando en Las Cañitas, en lo que había contado Ángel, en que el razonamiento de Euclides resultaba lógico, en que él no tenía que justificar conmigo sus amantes ni podía imaginar todo lo que sabía Ángel gracias a Margarita. En esto y en lo otro. Me perdí en una serie de pensamientos, hasta que Euclides me interrumpió para decir que ésas eran sus razones, que esperaba que yo lograra entenderlo y ya que conocía todos los detalles, entonces había algo más que quería contarme. Visto que se hizo la luz, hágase totalmente, agregó.

No dije nada, era mi turno de escuchar y, ciertamente, estaba muy ansiosa. Su hija llevaba el mismo nombre de la madre, dijo Euclides, ése era un nombre que se repetía en la familia, costumbres heredadas, nada del otro mundo. Lo más importante, o sea, lo que Euclides quería comunicarme por ser un asunto que interesaba a ambos, era que Margarita, su exmujer, había sido la propietaria del documento de Meucci, era de ella de quien me había hablado, y si no reveló su identidad desde el principio fue por lo mismo, para no mezclar mi vida sentimental, pero ya que yo sabía, entonces no había necesidad de ocultarme el dato, yo debía conocer toda la verdad. El documento lo vi en casa, Julia, porque pertenecía a mi mujer y por eso tengo la certeza absoluta de que existe, porque lo tuve en mis manos, anunció. Las cosas comenzaron a ponerse interesantes. Hice un gesto de sorpresa y sonreí antes de afirmar: entonces lo tiene tu exmujer. Pero Euclides dijo que no. Por razones de índole familiar, herencias sentimentales y cosas por el estilo, la madre se lo había dado a la hija. Entonces lo tiene tu hija en Brasil, afirmé muy segura de mí misma y él volvió a decir que no. El documento estaba en Cuba, su hija sabía que a él le interesaba, pero como quería castigarlo, antes de partir se lo había dado a otra persona. En la misma habitación donde estábamos, Margarita le había comunicado su decisión de regalárselo a alguien que, según ella, sabría darle un buen uso. Lo tiene el escritor que tú conoces, Julia, él era amigo de mi hija, concluyó.

Tuve que echarme a reír, no pude evitarlo, es que me tomó por sorpresa, te juro. Creo que solté un: ¡Euclides, por favor!, mientras reía, pero él se acercó mirándome de forma extraña y preguntando, casi a gritos, si creía que mentía. Margarita le había dicho que se lo dejaba al escritor y él juraba solemnemente que si había omitido ese detalle era a causa de mi relación con Ángel y lo que ya había explicado. Es más, para decirlo todo, desde aquel encuentro en la calle, había tenido la certeza de que Ángel nos llevaría al escritor de quien hablaba Margarita. Él no lo conocía, pero sabía que trabajaba sobre Meucci, que era amigo de su hija y, por consecuencia, amigo de Ángel. No podía decírmelo al inicio, porque no quería enredar las cosas, pero ya todo estaba claro para ambos. Euclides estaba exaltado, suspiró para calmarse y, dándome la espalda, dijo que Leonardo continuaba siendo la pista más segura hasta que se demostrara lo contrario, nuestra única pista, si es que aún queríamos hablar de «nuestra». Entonces dio la vuelta para mirarme y pedir que disculpara, por favor, sus omisiones, que lo había hecho así para no hacerme daño, pero que no mentía. Si alguien miente son ellos: mi hija, el escritor, los libros de historia, ellos mienten, Julia, yo no.

Con esas palabras terminaron sus confesiones de aquella noche. Ningún comentario sobre las ideas que me había robado, ninguna luz intensa, sólo un pequeño foco encendido sobre la cabeza de Leonardo para intentar perderme en una pista idiota. No tuve dudas de que Euclides tenía el documento y quería utilizarme para seguir reuniendo información. ¡Qué rabia! ¡Qué ganas de gritarle ladrón y mentiroso! Pero no lo hice. No era el momento. Su discurso había servido para reafirmar mi enfado y hacerme tomar una decisión. Definitivamente, Euclides no merecía el documento de Meucci. Ese papel debía estar en otras manos, más limpias y puras, que luego podrían darle un uso justo, pero eso ya lo vería después. Por el momento, mi decisión fue recuperar la reliquia que él conservaba. Cierto, él había sido mi profesor y yo su mejor alumna, debía entonces responder a todas sus enseñanzas. Decirle lo que había hecho con mi tesis sólo serviría para ponerlo en estado de alerta y para que desconfiara de mí, sabiendo que yo ya no confiaba en él. No. Mi querido profesor debía pensar que yo seguía siendo su aliada, sin sospechar que el juego acababa de invertirse.

Suspiré y dije que no se preocupara, seguíamos montados en el mismo barco, él era mi capitán y Leonardo nuestra pista. Euclides echó un suspiro con una mirada ilusionada y sonrió: Continuamos entonces, mi Julia. Me limité a devolverle la sonrisa, aunque omití decirle por qué lo hacía.

11

No fui a la siguiente reunión del grupo científico, porque la verdad es que no tenía ganas de ver a Euclides. En la mañana lo llamé desde casa de mi vecino para decirle que me dolían los ovarios o cualquier cosa, el asunto es que no podía salir. Si él me creía o no, tampoco importaba. Aproveché para llamar a Ángel, pero no respondió. Decidí intentarlo de nuevo más tarde. Volví a mi apartamento y creo que me puse a lavar, no recuerdo, sólo sé que me sentía incómoda y mi casa estaba llena de gente, como de costumbre. Siempre hay ruido y todo está agitado. En esta ciudad la gente habla como si fuéramos sordos, las madres gritan desde los balcones para llamar a sus hijos, la música hay que escucharla alta y los secretos se anuncian a puertas abiertas. Yo achaco la responsabilidad de este comportamiento al Caribe, ese mar tan caliente y tan revuelto. ¿Qué tú crees? Por eso, cuando no me siento bien y ni siquiera tocarme la cicatriz me consuela, necesito ver el mar. Él puede entender lo que me pasa, puede darme consejos y hasta calmarme o, al menos, sé que me va a escuchar.

Esa tarde me fui a pasear por la costa. Tenía muchas razones para sentirme mal. Primero, por lo que me había hecho Euclides, claro, eso nunca lograré digerirlo. Luego, porque… ¿cómo explicarte? Me parecía que mi vida estaba como a medias. Vamos a ver, Euclides era lo que podía llamarse mi único amigo y, sin embargo, acababa de descubrir una traición enorme, seguramente un momento de debilidad suyo, claro, no dudaba que él me quería, pero me jodía infinitamente que fuera capaz de haberme hecho eso e incapaz de confesarlo. O sea que mi único amigo no era un amigo con mayúsculas. ¿Entiendes? Yo nunca he sido de grandes amistades, desde chiquita siempre fui bastante solitaria, pero uno, al menos uno, debería ser completo, digo yo. Por otra parte estaba Ángel. ¿Qué relación teníamos nosotros? Éramos amantes, sólo eso, no éramos una pareja, ni novios, ni «te presento a mi compañera», no, éramos amantes y sólo nosotros lo sabíamos.

En esa época, mi hermano se la pasaba molestándome, preguntaba con quién dormía cuando no volvía a Alamar, decía que tuviera cuidado de no andar con extranjeros, que por qué no traía el tipo a casa. Mi hermano nunca sabía nada de mi vida, pero siempre quería ejercer de hermano varón. La verdad es que a mí me habría gustado presentarle a Ángel, sólo que Ángel no era mi novio, no era una relación completa. ¿Entiendes? Amante y amigo a medias, sin hablar de mi vida profesional, por supuesto, porque ya ése era el punto que remataba mi caída. Un desastre. ¿No?

Estuve caminando bastante rato, pero no pude dar con ningún teléfono para llamar a Ángel y, aprovechando que pasé por una parada en el mismo momento en que se detenía una guagua, me monté sin pensarlo dos veces. Ya encontraría algún aparato que funcionara y, si podíamos vernos, al menos ya estaría del lado de allá de la bahía, más cerca de su casa. Dante Alighieri debió incluir, entre los castigos de su infierno un viaje de

Alamar a La Habana en guagua. Ahí uno se siente verdaderamente cerca del prójimo, tan cerca que su respiración llega directamente a tu cara y puedes confundir su cuerpo con tu cuerpo. Ya no sabes si esa pierna que te roza pertenece a ti o al vecino, si la mano dentro de tu cartera es tuya o del vecino, si lo que sientes clavado en tus nalgas te gusta o te incomoda. No puedes definir exactamente nada, sólo esa gota de sudor que se desliza recorriendo tu columna vertebral, casi del mismo modo en que se desplaza la guagua bajo el sol del trópico, lenta y fatigosamente.

No resistí el castigo mucho tiempo, así que apenas pude me bajé y seguí andando por el Malecón, siempre frente al mar, al calentito y revuelto mar. Sinceramente, me hubiera gustado pensar en otras cosas, pero era difícil apartarme de Meucci y de todo lo que giraba en torno a él, mucho más en aquel momento en que ya había tomado la decisión de sacarle el documento a Euclides. Sí, porque a Euclides lo iba a seguir queriendo a mi modo, pero él no merecía el documento, eso estaba fuera de discusión. Aquella tarde empecé a imaginar cómo hacerme con la reliquia que, probablemente, guardaba en su cuarto. Podía, por ejemplo, esconderme cerca de su casa y esperar que él bajara a pasear a Etcétera, entonces subir y decirle a la vieja que lo esperaría en su cuarto. O podía estar allí con él y esperar a que se metiera en la ducha. O fingirme enferma e intentar que me cediera su cuarto para dormir toda una noche. Podía inventarme un sinfín de maneras que, sin duda, me convertirían en una ladrona, pero como dice el dicho: ladrón que roba a ladrón tiene cien años de perdón. ¿No es así?

Lo que me parecía más curioso era que yo había llegado por puro azar a un punto donde todos estaban dando vueltas desde hacía mucho rato. Sí, porque todos, por motivos distintos, andábamos tras lo mismo.

¿Qué buscaba yo en aquel documento? La verdad es que no tenía ningún motivo en especial. Primero había sido la curiosidad científica y las ganas de colaborar con un amigo, ahora lo hacía para castigarlo. No sé. Si lo pienso, creo que simplemente necesitaba tener un objetivo, algo que me salvara del vacío de aquel año. El interés de Ángel era más evidente, quería recuperar la reliquia de Margarita y ésta incluía el documento. Los motivos de Euclides ya los hablamos. En cuanto al escritor, estaba claro que el documento le interesaba para apoyar la historia sobre la cual estaba trabajando. En una de nuestras primeras conversaciones, él había hablado de la necesidad de demostrar que la historia contada no era una ficción sino la pura realidad, la historia con mayúscula, y eso sólo podría demostrarlo con el manuscrito de Meucci, claro. Pero vamos a ver: según Ángel, Margarita le había dicho que Euclides tenía el documento. Afirmaba, además, que Leonardo pensaba que lo tenía él. Por su parte, el mentiroso Euclides decía que Margarita le había dicho que era Leonardo quien tenía el documento. ¿Qué decía el escritor? Nada. Decidí entonces llamarlo antes de volver a intentar comunicarme con Ángel.

Tuve que caminar bastante hasta dar con un teléfono que funcionara. Me respondió un Leonardo amable y contento de hablar conmigo. Dijo que pasaría la tarde en casa porque estaba con su hijo; y que si yo no tenía nada que hacer podía visitarlo, total, el niño en casa era como tener un huracán de fuerza 5 y él no podía dedicarse a otra cosa que no fuera controlar a la fiera. Le dije que pusiera a calentar el agua para la caña santa porque en un rato llegaría, y colgué.

Cuando llegué encontré la puerta del garaje abierta, ya la infusión se había enfriado y Leonardo estaba tirado en la cama junto a su hijo, enseñándole un mapamundi. El muchachito me hizo gracia. Era el vivo retrato de su padre, un mulatico de espejuelos y mirada simpática que apenas me vio, se incorporó, respondió a mi saludo con un «Buenas» y miró a su papá preguntando si yo era su novia. Leonardo se levantó para recibirme mientras le explicaba que yo era una amiga y, para que su amiga no pensara que ellos eran unos regados, era mejor si él recogía los libros que estaban encima de la cama, y todos los dibujos y lápices que había por el suelo. El niño hizo una mueca, se acomodó los espejuelos y se dispuso a cumplir con los consejos del padre. Daba gracia verlos, la verdad, mientras uno se dedicaba a recoger papeles del piso, el otro ponía a calentar el caldero con la caña santa, era como si fueran la misma persona en dos dimensiones diferentes, sólo que en esos momentos el de la dimensión mayor me dirigía la palabra, mientras el otro, desde su posición, alzaba la cabeza furtivamente para dirigirme miradas de inspector desconfiado. Cuando todo estuvo recogido, Leonardo propuso al niño que fuera un rato a la casa a ver a los abuelos. Al chiquillo no pareció gustarle la idea, me miró de medio lado y, dirigiéndose al padre, preguntó por qué quería quedarse a solas conmigo, si yo no era su novia. El padre hizo una mueca, se acomodó los espejuelos y con un gesto señaló la puerta. El niño se fue rezongando.

Apenas desapareció, Leonardo echó un suspiro, dijo que estaba loco por darse un trago pero que no le gustaba hacerlo delante de su hijo. Sacó la botella que escondía detrás de unos libros y, mientras echaba un chorro en su caña santa, contó que en la mañana había ido a donar sangre. Este país, afirmó, se había vuelto loco. Como la situación estaba tan mala y la gente tenía tan poca comida, pues casi nadie quería ir de voluntario a donar sangre, qué va, no había energías para eso. ¿Y qué se habían inventado en su barrio? Pues a cambio de una donación regalaban una botella de ron. Tremenda locura, pero la verdad es que el ron también estaba carísimo y, total, él tenía una salud de hierro, así que en esos momentos se sentía muy bien: con su sangre quizá salvaba una vida y, a cambio, su organismo recibía un poco del roncito que tanto le gustaba. ¿Quieres?, preguntó. Yo prefería la caña santa sola. Encima, si aceptaba un trago me iba a sentir como una auténtica vampiresa, la verdad.

Esa tarde me hizo escuchar por primera vez a Frank Delgado, su trovador preferido, a quien yo no conocía y que ahora me encanta aunque, sinceramente, aquella vez apenas lo escuché como fondo musical de las palabras del escritor. Leo era capaz de hacer hablar a los objetos, pues en cada uno de ellos se escondía una historia. Me llamó la atención ver, dentro de la latica donde guardaba los lápices y bolígrafos, una cuchara de madera rusa, de ésas pintadas a mano, muy bonita, y entonces me contó de su breve estancia en Moscú. Dijo que la cuchara se la habían regalado en el bulevar Arbat, un sitio fascinante, lleno de librerías, artesanos y discos baratos. Él no tenía mucho dinero, pero se quedó encantado con las cucharas y matrioshkas que vendía una señora, todas decoradas a mano, hechas por ella. Leonardo sentía una gran admiración por quienes eran capaces de construir algo con sus propias manos, de ahí seguramente venía su destreza, porque él también era capaz de hacer muchas cosas, aunque lo suyo siempre le parecía poco. Aquella mujer, sin embargo, era una maga y tanto alabó él su trabajo que a la pobre no le quedó más remedio que regalarle una cuchara. Y ahí estaba, acompañando a los lápices y bolígrafos con los cuales Leonardo escribía su obra.

Su obra era la novela de Antonio Meucci; ya en ese momento yo no tenía que inventar artificios para llegar al tema, porque el tema venía solo. Leonardo estaba tan metido en esa historia que era imposible que no hablara de ella. Me dijo que acababa de leer unos artículos muy interesantes que esclarecían detalles sobre los primeros experimentos de Meucci. Según Basilio Catania, insigne científico y estudioso italiano, autor de dichos artículos, los teléfonos creados en La Habana, a pesar de ser aún muy rudimentarios, tenían ya en cuenta el principio de la resistencia variable, que sería utilizado tiempo después por Thomas Alva Edison en su micrófono de carbón. O sea que, desde un inicio, la criatura de Meucci ya se planteaba algunos problemas que fueron surgiendo más adelante. El tipo era un adelantado. Mientras Leonardo hablaba, me gustaba imaginar a Antonio, durante el tiempo que el Teatro Tacón se mantuvo cerrado, metido en su estudio haciendo diseños, pruebas, cometiendo errores y volviendo a empezar, porque de eso se trata: de intentar mil veces hasta dar con un resultado que nos satisfaga.

Luego de aquella primera experiencia en que el grito de un paciente marcó el punto de partida, Meucci se propuso seguir experimentando. Y como su intención no era, lógicamente, hacer sufrir a los pobres pacientes propiciándoles descargas eléctricas que harían gritar a cualquiera, inventó un instrumento que básicamente reproducía al anterior, pero que contaba con un cono de cartón. Así pues, de un lado estaba el paciente con su instrumento hablando dentro del cono y del otro estaba el científico con un instrumento similar, escuchando lo que provenía del cono. Con esta pequeña variación, se aprovechaba la potencia acústica del cono, se reducía la magnitud de la corriente aplicada y, encima, se lograba una mejor transmisión del sonido. Imagino que el italiano no dormiría de pura felicidad.

En 1850 el Teatro Tacón volvió a abrir. El contrato del matrimonio Meucci terminaba pero Leonardo no sabía exactamente por qué decidieron abandonar la isla. Podía ser la consecuencia lógica del fin del contrato, pero según los datos con que contaba había que tomar en consideración otros factores. En esa época, comenzaban a darse a conocer dentro de Cuba algunas voces a favor de la independencia de España. Antonio era amigo personal de Garibaldi, siempre había sido simpatizante de los movimientos liberales y, en resumen, propenso a revoluciones e independencias; y, como «el río sonaba», no era de extrañar que el italiano simpatizara con su música, cosa que sin duda podía molestar a más de uno y haberle ocasionado problemas en la isla. Además, estaba su espíritu científico. Antonio necesitaba cambiar de trabajo para poder concentrarse en su «telégrafo parlante». Claro que, sin duda, conocía aquello de que «hay que estar en el lugar justo en el momento justo», y La Habana de aquel momento no era el lugar para desarrollar ese tipo de inventos. A decir verdad, La Habana de varios momentos no ha sido el lugar para muchas cosas, pero ése no era el problema de Meucci, para él lo importante era establecerse en un sitio donde pudiera continuar su obra. Y ese sitio, en aquel entonces, era los Estados Unidos de América, que se iba imponiendo como un país favorable para los inventores de cualquier género. Así pues, el 23 de abril de 1850, Ester y Antonio Meucci subieron al velero Norma, dijeron adiós con la manita a la hermosa ciudad de La Habana y partieron hacia la tierra del futuro.

Una vez en Nueva York decidieron establecerse en Staten Island. Meses después, el mismísimo Giuseppe Garibaldi llegó refugiado y lo recibieron como huésped en su casa, donde permaneció durante cuatro años. Por eso, en la actualidad, el Museo Garibaldi-Meucci está ubicado en esa casa. No sé con cuánto capital contaría el matrimonio para establecerse, pero poco tiempo después de su llegada el gran inventor Meucci abrió una fábrica de velas, donde trabajó junto a Garibaldi y a varios compatriotas exiliados. ¿Te imaginas a Garibaldi haciendo velas? Según Leonardo, en esa fábrica Meucci experimentó el uso de diferentes materiales, como la parafina y la estearina, que hasta el momento no habían sido utilizados en la producción de velas. Ya te digo, el tipo tenía la fiebre de la invención.

Durante sus primeros años norteamericanos, Antonio dividió el trabajo entre la fábrica de velas y los experimentos de transmisión de la voz. Y todo parecía que marchaba bien, hasta que comenzaron las calamidades. En 1853, su esposa comenzó a sufrir una grave forma de artritis reumática, que en pocos meses degeneró al punto de dejarla parcialmente paralizada y la condenó a permanecer en cama por el resto de su vida. Ese mismo año, Garibaldi regresó a Italia y, poco después de que esto ocurriera, Antonio se vio obligado a cerrar la fábrica a causa de dificultades comerciales y financieras. O sea que fue un auténtico año de mierda: se quedó sin su negocio, con el amigo lejos y con la mujer en cama. Pero Meucci no era de los que se tiran a morir por cualquier problema. ¡Qué va! Decidió entonces perfeccionar su sistema de comunicaciones y terminó por instalar una conexión telefónica fija entre la habitación de Ester, que quedaba en el tercer piso, y su taller situado fuera de la casa principal. De esta forma, su esposa podía estar en permanente contacto con él. ¡Qué maravilla!

Leonardo contaba lo que ya sabía de la vida del italiano y lo que iba descubriendo. De ese mismo modo iba formando su novela. Ya tenía algunos fragmentos, escenas, diálogos que le venían en mente, cosas así; pero todo lo escrito, decía, estaba sujeto a cambios, porque un libro es un organismo vivo que va creciendo, respirando y exigiendo su espacio. Esa tarde le pregunté si tenía idea de cuándo terminar y Leo sonrió. Dijo que aún quedaba tiempo, aunque no demasiado, sólo le faltaba un detalle importante, y luego se trataba de terminar la redacción. Lo suyo era una obra grande, una obra tan revolucionaria como el mismísimo teléfono, así que él no iba a permitir que no fuera perfecta. Quise saber cómo iba a estar seguro de su perfección y Leo volvió a sonreír: Porque los dejaré a todos con la boca abierta, dijo. Le pregunté si esa perfección dependía del detalle tan importante que le faltaba, él dijo que sí y quise hacerle otra pregunta... pero ya sabes que con frecuencia los niños tienen el don de ser especialmente inoportunos. En ese momento, el Leo en miniatura hizo entrada en el garaje, llegó corriendo y, al verme, se detuvo para soltar: ¡Eh!, ¿todavía tú estás aquí? Su padre lo regañó, pero le dije que no se preocupara, casi casi tenía que irme. Y era cierto, quería volver a llamar a Ángel y no iba a hacerlo desde el teléfono de la vecina del escritor. Padre e hijo me acompañaron hasta el semáforo más cercano donde podía esperar botella. Me daba rabia no haber podido seguir la conversación porque, llegada a ese punto, estaba casi segura de que el detalle al que se refería Leonardo era al documento de Meucci, pero, claro, él ni imaginaba que yo sabía algo de esa historia. Por la calle quise retomar el tema donde lo habíamos dejado, pero con el monstruillo presente era imposible. Les dije adiós desde la ventanilla del carro en que monté y Leonardo me tiró un beso. ¡Simpático!

Leonardo me caía bien y ese día sentí una especie de pena porque él quería escribir un gran libro, pero para lograrlo necesitaba el documento de Meucci que Euclides tenía escondido en algún sitio. Ahora todo esto me resulta tan inocente. Leonardo imaginaba que narrando la desconocida historia de Meucci y apoyando su libro con un documento que certificaba la verdad, iba a revolucionar la literatura. Tú me dirás que ese papel ni siquiera podía garantizar que el hombre escribiera una buena novela. Y es cierto. Pero volvemos a lo mismo: Einstein y su relatividad. Leonardo, como Euclides, necesitaba tener un sueño y creer en él, era eso lo que le daba las energías para seguir pedaleando diariamente bajo el sol. Por eso vivía obsesionado con la idea de aquel libro y por eso necesitaba el documento.

Necesitaba precisamente el documento que yo había decidido recuperar. De repente me sentí bien, no sé, me sentí como un titiritero o algo así. Podía recuperar el documento y dárselo a Leo para que lo utilizara en su obra y se volviera un escritor famoso. O quedarme con él y convertirme en la reputada científica que sacó a Meucci del anonimato como quería ser Euclides. O entregárselo a Ángel para que se lo devolviera a Margarita. Con eso nadie se hacía famoso, pero sin duda sería un gran gesto, algo justo y tierno.

Cuando llegué a El Vedado y encontré un teléfono, casi salté de la alegría porque Ángel respondió. Dijo que había pasado todo el día en casa esperando mi llamada sin que el maldito aparato sonara, y casi le había parecido raro escuchar el timbre. Ángel, mi ángel. Dijo que me esperaba en casa con velas, porque no había luz. Antonio, mi Antonio, si tú y tu amigo Garibaldi nos vieran hoy con velas y sin teléfono…

Esa noche nos sentamos en el balcón a esperar que viniera la corriente, porque entre el calor y los mosquitos era imposible quedarse dentro de casa. Ángel estaba muy tierno. Estábamos en el piso, él recostado en la pared y yo con mi espalda recostada en su pecho, sintiendo su cuerpo, y oyendo su voz que canturreaba muy bajito: «Un alma que al mirarme sin decir nada, me lo dijera todo, con la mirada». Pensé que, sinceramente, me daba mucha pena con Leonardo, pero su novela no iba a ser perfecta. ¿Sabes qué he pensado?, pregunté. Y Ángel respondió que no, claro, él qué iba a saber de lo que estaba metido dentro de mi cabecita. A lo mejor te puedo ayudar a recuperar la reliquia, dije, Euclides es mi amigo, ya sabes, quizá yo pueda hacer algo. Ángel me giró para poder mirarme y preguntar si de veras haría eso por él. Dije que sí con la cabeza y nos dimos un beso, largo, muy largo.

12

Luego vinieron días lindos y, de cierta forma, divertidos. Como te dije, me sentía la titiritera, la que estaba por encima moviendo cordelitos, sin hacer daño a nadie, simplemente moviéndolos delicadamente para sacar lo mejor de cada uno. Es una sensación rara y placentera, ¿sabes?

Con Ángel todo fluía. Aquella noche en el balcón hicimos un trato: yo sacaría la reliquia de casa de Euclides y él podría devolvérsela a Margaritaestálindalamaryelviento con la nota que dijera «adiós». Se puso tan contento que reía y me abrazaba llamándome mi diosa, mi reina, mujer de corazón enorme. Dijo que sabía perfectamente que sus intenciones me parecían un tanto extravagantes, que seguro yo pensaba que era mejor mandar todos los fantasmas al carajo, pero que él no podía, era así, siempre había sido así, lleno de manías y extraños rituales que hacían que la vida no se le tornara enrevesada y confusa. Ya hubiera querido ser como yo, afirmó, y vivir dentro del perfecto orden de los números, pero él era todo lo contrario. Eso era cierto, Ángel y yo éramos diferentes. Quizá por eso me fascinaba, por eso y por la ternura que despertaba en mí verlo con su pelo largo revuelto, su sonrisa y esa mirada de niño a quien acaban de regalarle un chocolate gigante. No se le ocurrió preguntar por qué había decidido ayudarlo en vez de apoyar a mi amigo, esa noche estaba tan feliz que seguramente la pregunta no le pasó por la mente, y yo preferí no decirle nada sobre el artículo firmado por Euclides que me había enseñado días antes. ¿Para qué? Tampoco se trataba de echar más leña sobre mi antiguo profesor, ésa era una cuenta que quedaba pendiente entre nosotros. Ángel nada tenía que ver. Él simplemente reía y me abrazaba y con tanto toqueteo comenzó a quitarme la ropa y terminamos haciendo el amor. Es lindo hacer el amor en un balcón cuando es de noche y no hay luz, ni autos que pasen por la avenida, ni televisores encendidos, ni música, ni la más mínima brisa, sólo los mosquitos y nuestros cuerpos desnudos rompiendo todos los silencios.

Ésa fue la noche en que Ángel me regaló uno de sus rituales. ¿Cómo olvidarlo? Después de hacer el amor entramos en cuatro patas muertos de la risa, como niños que gatean en el círculo infantil y que no les importa andar desnudos. Nos bañamos alumbrados por una vela y con la poca agua que quedaba en el tanque. Luego volvimos al balcón, ya vestidos, a contemplar la noche y a reírnos de ella hasta que vino la luz. Mi ángel seguía tan contento que me miró, dijo que quería enseñarme algo, me tomó de la mano para conducirme a la sala y pidió que me sentara en el sofá. Lo hice y él fue hasta el armario. Entonces dijo que quizá me parecería una estupidez, pero quería presentarme a su desconocida favorita, la propietaria de las cintas de video que estaban en aquella mochila equivocada en São Paulo. Yo sentí una alegría extraña. ¡Qué bobería! ¿No? Ángel fue hasta el equipo de video, colocó una cinta y se sentó junto a mí. La película no tenía nada de interesante, la verdad, más bien resultaba aburrida. Una niña con un gorrito de cartón en forma de cono apagaba las velitas de su cumpleaños. La niña sostenía el cordel de una piñata rodeada de otros niños que también llevaban conos de cartón en las cabezas y cordeles en las manos. Todo en blanco y negro. Silente. Un pedazo de vida, rostros que deberían significar algo para la dueña del video, pero que para mí, ciertamente, no representaban nada. Puras imágenes borrosas que el tiempo se encargaría de hacer desaparecer. Lo que sí tenía un enorme significado era que Ángel me estuviera abriendo esa puerta, que me dejara sentarme a su lado para compartir el ritual. ¿Comprendes? Yo estaba entrando en un sitio demasiado privado, un lugar adonde nadie tenía acceso y eso era grande. Demasiado grande.

Creo que a partir de esa noche estuve más que convencida de que mi decisión de quitarle la reliquia a Euclides para dársela a Ángel era lo más justo que se podía hacer. Aunque, como imaginarás, sentía una gran curiosidad por ver el documento, por supuesto, y más después de todo lo que sabía sobre Meucci. Pero el documento lo vería de todas formas, porque pertenecía a la reliquia, y llegué a pensar que, una vez recuperado todo, ya veríamos, quizá hasta lograba convencer a mi ángel de la importancia científica del manuscrito y nos quedábamos con él. No sabía. En cualquier caso, esa decisión vendría después, por el momento lo importante era recuperar la reliquia completa. La última vez que Ángel la había visto estaba en una caja de madera que había pertenecido a alguien de la familia. Nos divertíamos inventando las estrategias que yo debería llevar a cabo en casa de Euclides. Ángel no conocía el lugar, entonces dibujé el plano del apartamento y allí íbamos colocando tachuelas para representar a cada personaje: Euclides, la vieja, Etcétera y yo. Y él movía las tachuelas como quien planifica el robo de un banco.

Con Euclides las cosas parecían haber vuelto a la normalidad. Él dijo haberse sentido triste cuando falté a la reunión de nuestro grupo científico, porque me conocía y sabía perfectamente que la historia del dolor de ovarios era mentira. Las mujeres, afirmó, siempre usan los mismos argumentos. Yo le di la razón. Sí, era cierto, no había ido porque también estaba triste, pero ya. Se acabó. A partir de ese momento comencé a aumentar la frecuencia de mis visitas a su casa y creo que eso fue definitivo. Euclides no podía imaginar el trato que había hecho a sus espaldas, por tanto creía firmemente en mi perdón y en nuestra alianza.

En su apartamento era divertido, porque me sentía otra vez como el agente 007. Primero, determiné que haría un sondeo general. Así, como quien no quiere la cosa, empecé por mirar detenidamente cada objeto. Aquélla no era la casa de mi amigo, sino la casa de su madre; por tanto, la mayoría de las cosas estaban dispuestas a la manera de la dueña y, de cierta forma, esto era una ventaja. Me explico: en la sala comedor no había grandes muebles donde pudieran guardarse cosas, sólo un aparador con algunas gavetas en las que dudaba mucho que Euclides hubiera podido meter nada. Al resto de los lugares comunes: la cocina, el baño o el pasillo, tampoco les veía condiciones para esconder un objeto tan preciado. Quedaba el cuarto de la vieja, al cual yo no tenía acceso, pero que tampoco me parecía el lugar más idóneo y, claro, el cuarto de Euclides, que reunía las mejores condiciones. Allí se podía esconder cualquier cosa. Había un librero, armario, mesita de noche y hasta cajas de cartón debajo de la cama. Si voy a ser sincera, eso de estar registrando un cuarto no es lo que más me gusta hacer en la vida. ¿Ok? Pero no tenía opciones. Yo sabía que Euclides guardaba en el armario la carpeta con todos sus apuntes y recortes de periódico sobre Meucci, porque él mismo me la había enseñado y no había tenido el más mínimo recato al buscarla en mi presencia. Claro que, dada la importancia del documento y del resto de la reliquia, era de esperar que no los tuviese a la vista de cualquiera, por eso me inclinaba a pensar que las cajas de debajo de la cama podían ser un sitio interesante. Pero ¿cómo sacar unas cajas de debajo de la cama de un amigo? A mí, por pensar, hasta se me ocurrió que podía provocar una inundación en el apartamento. Claro, eso puede ocurrir. El agua venía un día sí y un día no, el día de agua, se llenaban los tanques de la casa; entonces, desde por la mañana, la vieja metía las mangueras en los tanques y dejaba las pilas abiertas esperando el momento en que el agua comenzara a correr por las tuberías. Algo que sucede en este país con mucha frecuencia es que de repente llega el agua y los tanques se llenan y, al no haber personas en casa, comienzan a botarse, el agua corre y corre. Yo imaginaba cómo arreglármelas para distraerlos a todos, llevarme a Euclides a pasear a Etcétera mientras la vieja estuviera en la bodega, por ejemplo, buscando el momento en que regresara el agua y ésta acabara entrando al cuarto de Euclides inundándolo todo. Luego se trataba de llegar a casa, descubrir el desastre y brindarme de voluntaria para ayudar. Y lo primero, claro, sería salvar lo que estaba debajo de la cama. Como plan no estaba mal. ¿No es cierto? Sin embargo, decidí posponerlo porque dependía demasiado del azar, y encima el agua podría estropear el documento y ésa sí que sería buena.

Empecé, entonces, buscando la caja de madera que me había descrito Ángel en los lugares más accesibles: el librero, el armario y la mesita de noche. No la encontré. Así que pasé al detalle. A Euclides lo que le interesaba de la reliquia era el documento. ¿Se habría quedado sólo con él y echado el resto a la basura? Lo creía muy capaz, pero también era posible que hubiera conservado las cosas por separado. Por tanto, debía concentrarme en el documento, ya luego buscaría el árbol genealógico, las fotos y todo lo demás.

Por esos días, Meucci se convirtió casi en nuestro único tema de conversación. El resto de las cosas parecían existir sólo para ponernos en desacuerdo. Incluso los fractales, que tanto nos habían entusiasmado al inicio de nuestro grupo de estudio, eran un motivo de litigio, porque Euclides había terminado de leer *Geometría fractal de la naturaleza* de Mandelbrot y estaba lleno de objeciones y reservas. Por eso, apenas empezaba con sus comentarios, yo cambiaba la conversación. Nuestra armonía se encontraba alrededor de la invención del teléfono. Sólo de eso me interesaba hablar.

Aunque Euclides decía estar convencido de que el escritor poseía el documento, no creía que tuviera el conocimiento científico necesario como para poder interpretar los diseños dibujados por Meucci. No, eso era pedir demasiado. Según él, todo lo que sabía Leonardo lo había leído en esos famosos artículos de los que hablaba, artículos que yo debía tratar de recuperar antes de que él terminara su dichosa novela. Euclides insistía en que no sólo necesitábamos el documento, sino toda la información que poseía Leonardo. Y aunque yo no decía nada, entendía perfectamente lo importante que era para él poder utilizarme para completar su información. Era entonces cuando me volvía la titiritera. Sólo para divertirme prometí que buscaría el modo de hacer que Leo me mostrara los artículos. ¡Cómo no! Es más, llegado el momento, dije estar dispuesta a registrar la mesa de trabajo y los libreros del escritor para hacerme con el documento. A Euclides, esto último le sorprendió, soltó una risita y comentó que eso era robar, aunque considerado nuestro caso… Preguntó si sería capaz de hacerlo y sonreí: ¿Y tú no serías capaz de robar en nombre de la ciencia? Sé que no entendió mi pregunta, pero no importa, ambos estuvimos de acuerdo en que cualquier cosa era admisible con tal de hacerle justicia a Antonio Meucci. Todo por la ciencia.

En cuanto a Leonardo, seguí viéndolo. Ya no necesitaba justificarme cada vez con visitas al Ministerio de Educación, creo que ambos comenzábamos a tomarle gusto a nuestros encuentros. Con él también, el principal tema de conversación era Meucci, por supuesto. Leo decía que yo me estaba convirtiendo en la libreta de notas de su novela. Para empezar, era una magnífica oyente.

¿Qué sentido tiene una historia si nadie la escucha? Ninguno. Y yo lo escuchaba, pero no sólo eso, porque no era simplemente una oreja sino que hacía preguntas y quería saber siempre más. Contarme sobre Meucci, entonces, le permitía reflexionar, reparar en detalles, organizar ideas. Contar en voz alta, decía, era como escribir sin necesidad de detenerse en la gramática. Yo me sentí importante, te juro, no era una simple espectadora, sino una libreta de notas viviente. Bonito. ¿No?

Claro que lo que él contaba bien merecía la escucha de cualquiera. La vida de Meucci es la historia de un genio con mala suerte. Luego del cierre de la fábrica de velas y gracias al apoyo financiero de un amigo, Antonio se dedicó por un corto tiempo a la fabricación de pianos y objetos para decoración de interiores; después fundó la Clifton Brewery, primera fábrica de cerveza lager de Staten Island. Saltó de palo pa'rumba, como se dice. Pero una estafa y un mal abogado defensor trajeron como consecuencia que, en 1859, tuviera que abandonar la gestión de la fábrica, que pasó a otras manos, creció y acabó por convertirse en la gran cervecería Bachman's Clifton Brewery. A Meucci se le daban bien los inventos, pero lo suyo no eran los negocios. Además de perder la fábrica, su casa terminó siendo subastada pero, afortunadamente, el nuevo propietario permitió que siguieran viviendo allí como inquilinos.

Otro ejemplo de su mala suerte y de lo bien que sabían algunos usar su desdicha ocurrió con las velas. A pesar de haber patentado algunas de sus invenciones en este terreno, Meucci tuvo que trabajar como un verdadero mulo por un mísero salario, para una compañía a cuyo propietario, un tal William E. Rider, había cedido sus patentes.

Entre 1860 y 1871, incursionó en campos muy disímiles. Trabajó para mejorar el funcionamiento de las lámparas de queroseno, inventó un quemador especial que permitía una llama clara y sin humo negro, obtuvo patentes de inventos relacionados con la fabricación de papel, e hizo sombreros, cuerdas y sogas. Por último, patentó un método para tratar el petróleo y otros aceites que se utilizaban la obtención de pinturas; y creó un nuevo proceso para obtener aceite a partir del petróleo y el queroseno. Dicho aceite fue comercializado y exportado en Europa, no por Meucci, lógicamente, sino ¿por quién? Por la compañía Rider & Clark, creada por un tal Clark y el mismo Rider de las velas.

En cuanto a la criatura que más nos interesa, Meucci continuó perfeccionándola. Entre 1857 y 1858 alcanzó a fabricar un teléfono electromagnético de óptima calidad, que reunía casi todas las características de los aparatos modernos; incluso ya usaba dos instrumentos separados, uno para hablar y otro para escuchar. De dicho modelo existe un diseño realizado en la época por el pintor Nestore Corradi. En 1860, el aparato había sido mejorado a tal punto que la transmisión de la palabra resultaba casi perfecta. Meucci buscó entonces posibles inversores en Italia, pero el país estaba atravesando una situación política bastante revuelta y nadie se interesó por el teléfono. Sin perder las esperanzas, Meucci continuó perfeccionando su invento.

Pero, evidentemente, las calamidades le habían tomado cariño. El 30 de julio del 1871 explotó la caldera del Westfield, un barco de vapor que comunicaba Manhattan con Staten Island. Hubo muchos muertos y heridos, entre ellos el propio Meucci, quien casi muere a causa de las quemaduras. Los meses de la convalecencia fueron duros para el matrimonio, su situación económica era precaria y los costos médicos elevados. Por fortuna tenían una empleada que ayudaba a la pobre Ester. Ambas mujeres se vieron obligadas a vender objetos de la casa para sobrevivir, entre ellos muchos de los prototipos de Meucci, incluido el del teléfono. Inútil agregar que, una vez sano y salvo, Antonio nunca pudo recuperar lo vendido. Irónico, pero el teléfono le salvó la vida.

Ese mismo año, estando aún convaleciente, Meucci se juntó con tres compatriotas para fundar la Telettrofono Company con el objetivo de continuar los experimentos de la transmisión de la voz. Y logró adquirir la prepa- tente de un modelo de teléfono bastante desarrollado. La razón por la cual no solicitó la patente definitiva es elemental: no le alcanzaba el dinero para hacerlo. Así pues, sólo logró obtener esta patente provisional, conocida como *caveat*, que debía ser renovada cada año y que servía, sobre todo, para impedir que otra patente fuera concedida a un invento similar, a lo largo de ese año. Con este modelo Meucci ya había logrado resolver algunos de los problemas que posteriormente se les plantearon a los inventores sucesivos, como el aviso de llamada, la calidad en la transmisión de la señal usando cables de cobre, y el llamado «efecto local», o sea, escuchar el eco de nuestra propia voz que puede superponerse a la del interlocutor. Propuso, además, que el teléfono fuera usado en un ambiente silencioso. De todo esto Bell también tuvo que ocuparse, sólo que comenzó a hacerlo a partir de 1877, o sea, unos cuantos añitos después.

A Meucci, ya sabes, lo acompañaba el genio, pero no la buena suerte. Para continuar la lista de fracasos, a los pocos meses de fundada la Telettrofono Company, murió uno de sus socios. Como consecuencia, los dos restantes decidieron partir, uno regresó a Italia y el otro se fue a otra parte. Así terminó la historia de la compañía y Meucci volvió a verse solo con su invento.

Hay algo demasiado injusto en todo esto. ¿No? Aquí cualquiera lo hubiera mandado a hacerse un despojo o quién sabe si fue aquí mismo donde le echaron la maldición que le duró para siempre. No sé. Lo único cierto es que al pobre todo le salía mal. Leonardo decía que por eso era necesaria su novela, para que el personaje saliera a la luz y el genio no quedara aplastado bajo el polvo de los zapatos de los ignorantes. Frases así decía, y a mí me gustaba escucharlo. Me gustaba y sentía que mientras más me adentraba en su historia, mientras más ejercía el oficio de ser libreta de notas del escritor, más me identificaba con Meucci.

13

¿Tú nunca has sentido deseos de matar? Quiero decir si nunca has tenido ganas de coger a alguien y retorcerle el pescuezo como si fuera un pollo hasta que ya no aguante. Yo nunca lo he hecho, era mi padrastro quien se ocupaba de esos menesteres, con los pollos, claro. A mí me parece monstruoso, porque al final, ¿qué daño me han hecho los pollos? Ninguno, pero las personas, ciertas personas, sí. Por eso tuve ganas de matar. Una vez. Aunque por supuesto que no lo hice. Mis límites no tienden al infinito, se detienen antes, y en cuanto a cometer un asesinato, se quedan en la simple formulación del deseo: quiero matarte.

El día que tuve deseos de matar fue un lunes. De eso me acuerdo bien. El sábado pasé casi todo el tiempo con Euclides, primero en la reunión del grupo y luego en su apartamento. Ese fin de semana, Ángel estaba ocupado en casa del padre con comidas familiares y esas cosas, así que no pude verlo, y entonces determiné que dedicaría el sábado a mi antiguo profesor. Discutimos sobre fractales y caos, fuimos a pasear con Etcétera, escuchamos las historias de Chichí, conversamos con la vieja y hasta cenamos juntos un rico plato de arroz con chícharos acompañado de un falso picadillo de carne hecho con cáscara de plátano. Una maravilla de aquellos tiempos. Cuando llegó el momento de encerrarnos en el cuarto para conversar sobre nuestro tema favorito, Euclides anunció que tenía una sorpresa, y realmente logró sorprenderme. Dijo que había hecho averiguaciones y ya tenía la dirección del Museo Garibaldi-Meucci, o sea de la casa de Staten Island, que era adonde teníamos que dirigirnos una vez conseguido el documento. Me quedé entre el asombro y el desconcierto, pero Euclides explicó que, luego de profundas reflexiones, había llegado a la conclusión de que ése era el único lugar en el mundo donde podíamos encontrar interlocutores que entendieran la importancia de nuestro hallazgo. Aquélla era la casa de Meucci, su museo. En cualquier otra parte habría que empezar por explicar quién era Meucci y luego soportar la risita de la gente que, sin duda, nos tomaría por locos. Imagínate la escena, me dijo, y yo la imaginé. Nos imaginé en la entrada de la Academia de Ciencias, explicándole al portero que teníamos la prueba de que el teléfono había sido inventado por un italiano, en La Habana. Después de la risita vendría, sin duda, la mirada de pena hacia esos pobres tipos —nosotros— que con tanto chícharo, tanto sol y tanto Período Especial habían enloquecido. Luego nos invitaría a salir amablemente y, para terminar, nos quedaríamos sentados en un murito, bajo el sol, mirando el documento sin saber qué hacer con él. No. Euclides prefería ahorrarnos ese trago amargo e ir a lo seguro. Una vez que lográramos adquirir el documento teníamos que ponernos en contacto con el museo y sólo a partir de ese momento las cosas empezarían a moverse. Claro, agregó, no actuaríamos como mansas palomas subdesarrolladas que entregan el tesoro al primero que llega. No. Establecer contacto con el museo era apenas el primer paso para comenzar a desarrollar nuestro futuro, porque nuestro futuro, recalcó, era convertirnos en los científicos que llevarían la historia de Meucci hasta el reconocimiento internacional.

Sinceramente, hasta ese momento yo aún no tenía claro qué hacer con el documento. Tanto en mi pacto inicial con Euclides, como en mi pacto vigente con Ángel, me había quedado en la fase de recuperación del dichoso papel. Lo demás tendría que venir más adelante y por eso quizá no me había detenido a pensar en ello. Sin embargo, Euclides parecía haberlo calculado todo. A decir verdad, su plan tenía lógica. Cierto que el lugar más adecuado para hablar del manuscrito era el museo de Staten Island. Era elemental. Lo que me sorprendió en aquel momento no fue ese razonamiento, al que yo hubiera podido llegar un poco más tarde, sino que Euclides me hiciera partícipe de él y hasta me enseñara el papelito con la dirección del museo, que ya había incluido en la carpeta con las cosas sobre Meucci. Vamos a ver, si Euclides tenía el documento, ¿para qué me decía todo eso? ¿Qué quería de mí? Que le sacara información a Leonardo para completar su archivo. De acuerdo. Entonces no entendí por qué me enseñaba la dirección del museo. Claro, no lo entendí en aquel momento sino un poquito después.

El lunes lo pasé en el trabajo, loca porque terminara la jornada para ver a Ángel. Le dije a la directora que mi padrastro estaba enfermo y necesitaba llamar de vez en cuando. Me dejó usar el teléfono de su oficina. En la mañana lo intenté mil veces, pero el maldito aparato de Ángel respondía con un timbre raro y nadie contestaba. Al carajo, cuando terminé de trabajar me dije que de seguro, como tantas veces, su teléfono no funcionaba y yo no iba a perder la oportunidad de verlo y contarle también las últimas de Euclides. Salí casi corriendo del Tecnológico directico a su casa, subí las escaleras, toqué en la puerta y cuando se abrió… ¡Zas! Me topé con la cara de Bárbara, la italiana.

Imagino que me quedé como quien está en el cine viendo una película y de pronto se equivocan de rollo y en lugar de continuar con la que estabas viendo, aparece la escena de otra película de la cual no conoces nada. Algo así. Como cuando estás trabajando en una computadora, no has salvado, se va la luz y te quedas mirando fijamente la pantalla oscura sin poder entender aún que todo tu trabajo se ha ido al infierno. Me quedé patitiesa, pero hay que ver lo contenta que se puso Bárbara al verme. Sonrió, expresó su alegría con palabras y me invitó a pasar. Pasé. Dijo que Ángel había ido a buscar algo de comer porque ella tenía hambre, que estaba feliz de verme, que si quería café, que acababa de hacerlo, que le gustaba el café cubano, que podíamos tomarnos un cafecito en lo que Ángel llegaba. Todo lo dijo moviéndose como una reina, mientras yo la seguía a la cocina y la veía agarrar tazas y servir como si estuviera en su propia casa.

El café estuvo bien. Era de verdad y lo tomamos sentadas en la sala mientras ella hablaba, porque Bárbara necesitaba hablar, con ese acento cómico y extraño pero que de algún modo me resultaba familiar, no sé, simpático. De no ser tan parlanchina, quizá nos hubiéramos quedado allí sentadas como dos idiotas que no logran entender qué hace la otra en la misma sala. Pero Bárbara necesitaba hablar y entonces, cuando ya habíamos agotado todos los temas superficiales que teníamos a mano y visto que Ángel había ido al fin del mundo y que el café se había terminado, preguntó si me podía hacer una pregunta. Respondí que claro, cómo no. Ella soltó una risita tonta y agregó que quería preguntarme algo de mujer a mujer. Mira tú, de mujer a mujer, como en la más vulgar canción de cantina. Afirmó que sabía que yo era la mejor amiga de Ángel y justo por eso se atrevía a hablarme, porque no tenía con quien hablar y lo necesitaba. Entonces suspiró y dijo que creía que se había enamorado de Ángel, que desde la primera vez que salieron juntos, cuando él le tomó la mano en medio de la manifestación del Primero de Mayo, ella sintió algo diferente. Y luego... luego todo había sido extraño, hasta el viaje a Cienfuegos, una ciudad tan bonita, con aquel prado y aquella bahía hermosa, la Perla del Sur, como había dicho él que le llamaban, y allí todo siguió siendo extraño hasta que, parados frente al mar, él la abrazó por la espalda susurrándole al oído aquello que cantaba Benny Moré: «Cómo fue, no sé decirte cómo fue, no sé explicarme qué pasó, pero de ti...», y entonces ella ya no pudo aguantar más. Nadie sabía que estaban juntos, yo era la única, afirmó, porque ella necesitaba hablar con alguien. Estaba confundida, conocía muchas historias de cubanos que enamoraban a extranjeras por interés, pero ella estaba sintiendo cosas diferentes, más allá del cuerpo. Preguntó si yo la «capichi» y, como un autómata, dije que sí con la cabeza. Entonces agregó que lo que quería preguntarme era si podía confiar en Ángel, que por favor le dijera la verdad, ella confiaba en mí.

Bárbara confiaba en mí y quería saber si podía confiar en Ángel. Gracioso. ¿No? Creo que fue en ese justo momento cuando me vinieron las ganas de matar. No a Bárbara, lógicamente, porque la pobre italiana sólo me miraba esperando una respuesta, la respuesta que la mejor amiga de Ángel podía darle de mujer a mujer. Suspiré despacio y profundo, entonces respondí: él no me ha hablado de ustedes, pero si de veras quieres saber la verdad... sé que está enamorado de otra persona. Bárbara hizo como que sonreía y bajó la cabeza, se mordió los labios, tragó, levantó la cabeza mirando al cielo, suspiró, puso la cabeza en posición normal y se llevó dos dedos a los ojos para detener las lágrimas que parecían querer salirse. Entonces dijo gracias y se levantó. La seguí hasta el balcón, donde la vi recostarse para mirar la avenida que tanto me gusta. Desde la puerta pronuncié un lo siento y ella respondió que no importaba, siempre era mejor saber la verdad, aunque doliera. Entonces se dio la vuelta y, mirándome, afirmó que me lo agradecía mucho. Pregunté qué pensaba hacer y dijo que no sabía, total, ella no vivía aquí, estaba de vacaciones, a lo mejor no era para tanto, ya se le pasaría. Moví la cabeza afirmativamente, repetí lo siento y anuncié que tenía que irme. No podía decirle, claro, pero en realidad no tenía ningunas ganas de encontrarme con Ángel en esa situación. Bárbara me acompañó a la puerta, y, una vez allí, puso una mano en mi hombro, reiteró sus agradecimientos y dijo que le gustaría continuar siendo mi amiga, necesitaba una amiga, repitió, y sabía por Ángel que yo era una persona especial. Me anotó su número de teléfono en un papelito y preguntó si yo podía hacer lo mismo. Pero yo no tenía teléfono, así que prometí que la llamaría. No tener teléfono es, a veces, como no existir.

Ese lunes salí por la calle 23 con una sensación muy extraña. Era como si la ciudad se hubiera vuelto en blanco y negro, así, de improviso, los colores habían desaparecido y yo caminaba dentro de una vieja película. A mi alrededor, la gente marchaba lentamente y las bicicletas se desplazaban sobre el asfalto que hervía por el sol, pero todos andaban cansados y los gritos de la gente y las bocinas de los pocos carros que circulaban retumbaban con un eco lento. Daba la sensación de que nadie tenía deseos de estar allí, ni ellos ni yo, que me arrastraba penosamente, como si llevara un peso enorme a mis espaldas, una plancha de acero que me obligaba a encorvarme. Así anduve. De ser una película la música de fondo no hubiera sido *Alma mía*, la canción de Ángel, sino otra que estaba en el mismo disco que él escuchaba, aquella que dice: «Adiós, felicidad, casi no te conocí, pasaste indiferente, sin pensar en mi sufrir, todo mi empeño fue en vano…». Quizá había sido mi empeño el que le había dado color a la ciudad en ese año triste y por eso aquel día todo volvió a ser en blanco y negro. Sé que caminé y caminé, con paso acelerado bajé por la avenida y llegué al Malecón. Necesitaba ver el mar que me calma, aunque no pude sentarme en el muro, porque la verdad es que mi aceleración me impedía detenerme, tenía la blusa pegada a la espalda por el sudor, pero necesitaba liberar toda la energía acumulada. Seguí caminando. Caminando y pensando. Pensar es, a veces, una manera de continuar la aceleración.

Ángel, mi ángel, era un hijoeputa, singao, cabrón, coñoesumadre. Era lo más hijoeputa que había conocido hasta el momento. ¿Te das cuenta? Tendrías que haberle visto la cara a Bárbara mientras contaba lo que había sentido cuando él le tomó la mano en medio de la manifestación del Primero de Mayo. *Romance proletario* podría llamarse la película o *De cómo una hija del capitalismo toma conciencia de clase en medio del fervor patriótico de la clase obrera*. La escena final sería sublime, con una toma aérea en la que podría verse la Plaza de la Revolución con el desfile y, en medio, la sólida mano del joven proletario agarrando la tierna manita de la joven capitalista, mientras a su alrededor ondeaban victoriosas las banderas. Todo perfecto, maravilloso, de no ser porque el joven proletario de los cojones me había dicho que, justo el Primero de Mayo, estaba en casa de su padre con los traumas de su hermanita. Y mientras yo lo imaginaba ocupado, él andaba de guía de turismo mostrándole a la extranjera lo exótico de una marcha revolucionaria el Día de los Trabajadores. Es que hasta podía verlo con una banderita cubana entre las manos. Yo conocía perfectamente la bandera que Ángel le había izado a la italiana. Hijoeputa. Y encima, el viaje a Cienfuegos. Ya eso era lo último. Mi versión era la del hermano condescendiente que acompaña a la pobre niñita traumatizada para consolarla y sin embargo el buen hermano era un consolador, sí, pero un consolador tropical para italianas. ¡Qué ganas de picarlo en pedacitos! Te juro que pasaba del asombro a la rabia a la velocidad de la luz.

Ese día casi llego caminando hasta Alamar. Estaba aceleradísima, pero lo peor fue que poco a poco la rabia se me fue convirtiendo en tristeza. Llegué a casa a la hora de la telenovela y encontré a mami junto a mi padrastro acomodados en el sofá, él con el brazo por encima de ella y ella recostada a él. Del otro lado, mi hermano estaba sentado en una silla y a sus espaldas mi cuñada lo estaba pelando, mientras miraba la televisión. Era una escena linda, armónica, todos junticos, acomodados en el lugar donde yo dormía. Me saludaron y mami dijo que la comida estaba en el caldero. Yo no tenía deseos de comer, me fui a la cocina y me serví un vaso de agua que fui a beber al balcón. A esa hora no hay nadie asomado ni a las ventanas ni a los balcones porque todos ven la telenovela. Estábamos sólo mi rabia convertida en tristeza y yo. Lo malo fue que enseguida llegaron las ganas de llorar. Sí, me entraron unas enormes ganas de llorar a mares, de inundar mi barrio y la ciudad, y confundir mis lágrimas con las olas del mar. Lo peor, en esos casos, no son las ganas de llorar, ni siquiera hacerlo, porque hacerlo es bueno, es sano, si uno no llora se revienta y debe ser muy desagradable reventarse y manchar las paredes con los restos de chícharos del almuerzo. No, lo peor en esos casos es no tener dónde llorar. Yo no tenía. Si me metía en el cuarto de mi madre, ellos podían entrar, mami preguntaría preocupada, ¿qué te pasa, mijita?, y yo la verdad que no tenía ningunas ganas de contarle que me había enamorado de semejante perla. Si optaba por el cuarto de mi hermano, él o mi cuñada podían entrar, y entonces él empezaría a decir, como cuando éramos jovencitos y yo lloraba delante de una película, que ya estaba Doña Lagrimita, que qué pasaba y que saliera de su cuarto con mis mocos. Quedaba la opción de esconderme en el baño y ocultar las lágrimas bajo el ruido de la ducha, pero no había agua. ¡Qué maldad! Todo era una pura maldad, por eso mi rabia convertida en tristeza, que se había vuelto una tristeza convertida en ganas de llorar, ya se estaba transformando en unas ganas de llorar convertidas en rabia. Regreso al punto de partida: otra vez la rabia.

Esa noche casi no pude dormir, como cada vez que estoy preocupada. Soy así, hay gente que aún teniendo problemas cae rendida en la cama, pero yo no. Yo tengo un cerebro que parece no estar diseñado para el reposo, porque la mínima inquietud la toma como justificación para quedarse trabajando toda la noche.

Mucho antes del amanecer ya había decidido no ir a trabajar, así de simple, que se jodieran mis alumnos, total, no iban a extrañar demasiado mi curso de Matemáticas. Pasadas las ocho de la mañana llamé a la directora para contar que mi padrastro seguía mal y debía llevarlo al médico. Regresé a casa y ya todos habían salido a trabajar, el apartamento era mío, entonces me quité la ropa, me puse una bata de casa, coloqué un casete de Roberto Carlos, me senté en el sofá y lloré. A moco tendido lloré, con todas mis fuerzas y todas mis neuronas, con mis músculos y mis huesos, apretando los puños, golpeándome las piernas, dando paraditas en el suelo, gritando el nombre de Ángel por toda la casa, preguntándole el porqué a las paredes. Lloré hasta que no pude más, se me vació el tanque de las lágrimas, se me terminaron los mocos y la nariz ya dolía.

Había algo de ridículo en toda la historia contada por Bárbara. No sé, me parecía grotesco imaginar a Ángel acercándose lentamente por la espalda como un tigre tras su presa o como el más vulgar de los *latin lover*, para cantar: «¿Cómo fue?» Pero, ¡por favor, qué ridículo! Sin duda los rituales de apareamiento de las especies superiores no tienen límites, cualquier cosa vale con tal de que la presa caiga rendida y días después todavía se esté preguntando: ¿cómo coño fue? A mí no tuvo que cantarme un bolero y mucho menos llevarme a la Plaza de la Revolución, claro, ésas eran tácticas en caso de que la presa no fuera un producto nacional. Pero su relación conmigo había demorado siglos, quiero decir, antes de acostarnos por primera vez habían pasado días y días, lluvias y lluvias, y eso que yo estaba rendida casi desde que lo conocí, imagínate, con esa carita de ángel, esos pelos largos rubios y esa mirada de niño inocente, creo que hasta la Santa Madre Teresa de Calcuta podía haber caído rendida. Aun así, me había tocado esperar por su decisión. ¿Cuánto tiempo había esperado la italiana? Muy poco, poquísimo.

Hasta el momento creía que nuestra relación era especial porque marchaba tan despacio como profundo. Poco a poco yo había entrado en su vida, en lo íntimo de su familia, en la historia de Margarita, hasta en los videos de la desconocida. Con bastante dificultad y muy despacio, Ángel me había permitido llegar a casi todas partes, por eso me costaba creer que alguien tan difícil pudiera enredarse con otra mujer de la noche a la mañana. Claro, Bárbara había dicho que estaban juntos, o sea que se acostaban, y acostarse no significaba tener abiertas las puertas de la intimidad de Ángel, pero es que para mí llegar a la cama también había sido difícil. Conmigo todo era enrevesado, mientras que con ella, sencillo. Era como una burla. ¿Te das cuenta?

Cuando no entiendo algo, quiero decir, cuando no le encuentro lógica a las cosas, me pongo nerviosa. No hay problema que no tenga solución pero si no encuentro la solución definitiva, al menos tengo que hallar una vía, algo, una mediana solución, porque de lo contrario este cerebro mío enloquece. Lo peor, tengo que reconocer, era que si en ese momento no entendía era porque en el fondo me estaba negando a ver lo evidente. Entre Bárbara y yo existía un detalle que nos volvía complemente distintas: ella era extranjera.

En aquellos años, cualquier Objeto Extranjero No Identificado era un oscuro objeto del deseo colectivo y, a pesar del dolor que esto me provocaba, terminé por tomar en consideración que tal vez Ángel no era el tipo que yo había imaginado, sino un cubano más de esos que proliferaban, de los que andaban a la caza de extranjeras para un elemental intercambio de productos. Lo imaginé ofreciendo su carne tropical a cambio de una rica cena, ropa, regalos, cualquier cosa, a saber si las botellas de ron que aparecían en el apartamento o alguna de nuestras comidas no habían salido del bolsillo de la italiana. ¡Qué mierda!

El problema era que yo lo quería. ¿Entiendes? Me gustaba demasiado y estaba decidida a salir de Alamar e irme a vivir a El Vedado con él. Así de sencillo. La historia con Bárbara venía simplemente a destruir mis planes e ilusiones y eso no lo podía soportar. Demasiado trabajo me había costado llegar a donde estaba para que viniera una italiana con las tetas afuera a romper mi equilibrio. Ya en ese momento la rabia, la tristeza y las ganas de llorar habían sido completamente sustituidas por un enorme susto. Yo quería a Ángel. Lo quería, era casi una obsesión, y de ninguna manera podía soportar la idea de perderlo, y mucho menos por una estúpida turista. ¡Qué va!

Fue entonces cuando se me ocurrió lo que en ese momento pensé que era un magnífico plan. Si Ángel me había traicionado acostándose con Bárbara, bueno, pues recibiría una justa lección a su debido tiempo. Ella tendría que buscarse otro ejemplar de nativo para entretener sus vacaciones, cosa nada complicada en este país. Y mientras tanto, yo continuaría con mis objetivos. Claro, para lograr todo esto necesitaba una pequeña colaboración y sólo una persona podía ayudarme, alguien que sin duda, con un buen estímulo, sería capaz de darme una mano. Yo tenía el estímulo, así pues, sin pensarlo dos veces, comencé a vestirme para visitar a Leonardo.

14

Cuando dije que teníamos que hablar algo muy importante, el escritor me miró por encima de sus espejuelos con una sonrisita. Preguntó cuál era el misterio y respondí que ninguno, pero prefería hablar en otro sitio en lugar de su oficina por donde pasaba tanta gente. Las paredes tienen oídos, agregué. Y él volvió a sonreír. No faltaba mucho para la hora de salida, el problema era que Leonardo debía irse corriendo o, mejor, pedaleando rápido, porque había encargado un *cake* para el cumpleaños del niño y debía recogerlo antes de las seis, cerca de su casa. Propuso entonces que lo acompañara y luego me invitaba a una caña santa para poder conversar. Magnífica idea.

El viaje lo hicimos rapidísimo debido a la urgencia de Leo y a que el cielo se había puesto negro y estaba tronando. Creo que habían anunciado una tormenta tropical que no llegó a ser ciclón, pero sí trajo bastante agua, y no es fácil cuando te cae un aguacero de ésos mientras andas en bicicleta. Tuvimos que esperar un rato en el portal de la casa donde vendían el *cake,* hasta que salió una señora gorda con el pedido. Las primeras gotas empezaron a caer de regreso, a unos metros de su puerta.

Sé que Leonardo estaba muy curioso por saber de qué cosa tan importante quería hablarle y la verdad es que yo ni sabía por dónde empezar, pero no hablamos inmediatamente. Él guardó el *cake,* se entretuvo colocando un trapo a los pies de la puerta para evitar que el agua entrara, puso a hervir la caña santa y encendió un cigarro. Sólo entonces se sentó frente a mí anunciando que era todo oídos. Yo seguía sin saber por dónde empezar. Pregunté si era amigo de Bárbara y respondió que sí, entonces confesé que yo estaba enamorada de Ángel, teníamos una relación aún no muy definida pero que ya llevaba un tiempo y a mí me interesaba bastante, sí, me interesaba muchísimo, recalqué. Leonardo recibió la noticia con una media sonrisa divertida y cuando terminé de hablar preguntó: ¿Y? Dije que acababa de enterarme de que Ángel se acostaba con Bárbara. La divertida sonrisa de Leonardo desapareció. Quiso saber quién me había dicho eso y respondí que la mismísima Bárbara en sus confesiones de mujer a mujer, aunque no conté detalles, por supuesto. Evidentemente la noticia no le cayó bien, porque se levantó diciendo que eran unos hijos de puta, que no se esperaba eso de Bárbara. Por un momento pensé que al pobre escritor le estaba pasando lo mismo que a mí: se había empatado con la italiana y ella, tan campante, le pegaba los tarros con el otro. Pero Leonardo respondió que no, ellos eran simplemente amigos, sólo que él había pensado que era una amistad verdadera, y los amigos se cuentan sus cosas. Además, él era un bobalicón, porque al final ella le gustaba un poquito, claro, normal, pero no habían llegado a nada y había sido él mismo quien le presentó a Ángel.

Leo sirvió caña santa para los dos y cuando regresó a sentarse agregó que, de todas formas, por él no había problemas, pero que lo sentía por mí. Quiso saber si quería mucho a Ángel y dije que lo amaba y no iba a perderlo por culpa de una turista. Cuando a mí se me mete una cosa en la cabeza no paro hasta alcanzarla, afirmé, y yo quería a Ángel completo, era por eso que había ido a hablar con Leo, para que sacara a Bárbara del medio. Visto que eran amigos, él podía ayudarme para que la italiana olvidara a Ángel y se buscara otro macho tropical dispuesto a brindarle sus servicios, total, eso es lo que sobra en este país. Con lo de macho tropical no me refería al escritor, aclaré, y él supo entenderme. A cambio de su ayuda, yo le brindaba la mía. Leonardo me miró por encima de los espejuelos afirmando que de todo corazón me daría una mano, aunque no veía en qué podía ayudarlo yo. En que tu novela sea perfecta, respondí. Y él pareció no entender. Entonces me levanté y ahí, de repente, me sentí importante. Comencé por recordarle que para que su novela fuera perfecta y todos quedaran con la boca abierta faltaba un detalle. Él me miró con una curiosidad evidente y aprobó mis palabras moviendo la cabeza, yo apoyé las manos en el respaldo de la silla, lo miré como quien va a soltar una bomba y la solté: Te falta el documento que Antonio Meucci escribió en el Teatro Tacón y que pertenecía a Margarita. El escritor se quedó más patitieso que yo delante de Bárbara. No se lo esperaba, no señor. Luego de unos segundos de mantener la mirada fija reaccionó diciendo que eso era lo que podía llamarse una verdadera sorpresa. Se puso de pie, agarró un cubo, fue hasta la puerta y, mientras exprimía el trapo que ya estaba empapado de agua, anunció que, visto el prólogo, la conversación sería más larga e interesante de lo previsto. Yo se lo había advertido.

Cuando volvió a sentarse, le dije que yo podía tener acceso a ese manuscrito y, por tanto, le proponía un trato: conseguiría el documento y se lo entregaría a cambio de que él sacara a la italiana de la vida de Ángel. Era un trato justo. Pensé que de esa forma Euclides perdería la reliquia como castigo por lo que me había hecho; Ángel recibiría la reliquia incompleta como castigo por la italiana; Leonardo ganaría el documento, al cual daría un uso más que adecuado; y yo me quedaría con Ángel. Más justo no se podía ser. Digo yo. El escritor suspiró diciendo que le parecía un buen trato, sí, definitivamente era un buen trato, el único problema, agregó, algo de lo que yo evidentemente no estaba al tanto, era que la italiana también estaba detrás del documento. ¡Plaf! Ahí estalló la bomba de mi lado. O sea que la simpática Bárbara, la que usaba ajustadores dos tallas menores que la suya y parecía siempre tan contenta, también conocía la existencia del documento y le interesaba. En ese punto comencé a dudar hasta de la directora de mi Tecnológico, te juro.

Por lo visto mi sorpresa resultó divertida para Leo, porque dijo: *Touché.* Y se acomodó agregando que, como podía ver, las cosas eran más complicadas de lo que yo imaginaba, así que nos tocaba poner orden.

¿Cómo supiste del documento?, preguntó. Y respondí que gracias a la persona que lo tenía, aunque no mencioné el nombre, porque necesitaba dejar para mí la exclusiva para acceder a Euclides. No iba a andar pregonando quién poseía lo que todos querían. ¿No? Leonardo ni se inmutó. Por Ángel, dijo. Respondí que no era por Ángel, sino por la persona que lo tenía, pero él me miró extrañado afirmando que era Ángel quien lo tenía. Ahí empezó a virarse la tortilla. Yo a que no y él a que sí, hasta que preguntó si había visto el documento. Por supuesto que nunca lo había visto. Sin mencionar a Euclides, expliqué que alguien me había hablado de su existencia y luego Ángel me había dicho que lo tenía ese alguien. Leonardo soltó una risita. Si yo no había visto nada, afirmó, y era Angelito, así dijo: Angelito, quien me había contado que lo tenía otro, entonces todo estaba en orden. Lo siento, Julia, pero Ángel a veces puede ser un cabroncito, concluyó antes de empezar a contar su historia.

Leonardo era gran amigo de Margarita y, años atrás, ella le había enseñado el documento que pertenecía a la reliquia familiar. De hecho, ese día se le ocurrió escribir la novela y comenzado a reunir información. Su amiga estaba al tanto, lo estimulaba y prometió que, llegado el momento, algo harían con el viejo papel. Margarita decidió partir mucho antes de que la novela estuviera lista, pero antes de hacerlo determinó que, vista la importancia de la obra, dejaría a Leonardo la custodia del documento, porque sólo él podía darle un uso adecuado. Lo que sucedió fue que ella abandonó la casa de Ángel un poco antes de lo previsto. Leo estaba al corriente de todo, del contrato de trabajo en Brasil, de las intenciones de no regresar y de la decisión de terminar con Ángel, pero Margarita no acababa de decidirse a hablar con su marido hasta que una noche, al calor de una discusión, todo salió a flote. Ella se fue para no regresar nunca y, con los nervios, dejó la reliquia en el apartamento. Imagínate cómo tuvo que ser la pelea para que la olvidara. Cuando llamó para reclamarla, Ángel le anunció que si la quería tendría que volver con él, cosa que Margarita, desde luego, no hizo. Conclusión: Ángel se había quedado con la reliquia y con el manuscrito de Meucci, que nunca pudo ir a parar a manos de su legítimo heredero: el escritor. O sea, él.

Como comprenderás, esta historia me causó sorpresa. Ángel había contado que Leo pensaba que él tenía el documento y, en efecto, la versión del escritor tenía cierta lógica. Dos detalles me inquietaron particularmente. Primero, llamaba la atención que, según Euclides, su hija le había dicho que el documento lo tenía el escritor y, según el escritor, ella pensaba dejarle el documento. Esto era un ruido, un enorme ruido. Dos flechas apuntaban a Leonardo como el heredero designado por Margarita y podía ser cierto que alguien, léase un marido despechado por el abandono, se hubiera interpuesto. Lo segundo era que si Ángel lo tenía, por qué había inventado la historia de recuperar la reliquia y por qué culpaba a Euclides. ¿Para qué?

Leonardo notó mi incertidumbre y sonrió afirmando que era normal que no le creyera, yo amaba a Ángel y éste me había hecho una historia distinta. Las personas a veces dicen mentiritas, Julia, afirmó antes de recordarme que mi ángel se acostaba con Bárbara. Tenía razón, las personas a veces dicen mentiritas o simplemente callan, como Ángel. Si él omitía su relación con la italiana, ¿por qué no iba a mentir sobre la posesión del documento? Leo me dijo que llevaba años detrás del dichoso papel, primero para recuperarlo, como hubiera querido Margarita, y luego para comprarlo, visto que con las palabras no lograba su objetivo. Ángel no hacía más que jugar, prometer y bromear sobre la futura novela, pero no parecía tener intenciones de soltar el documento, al menos no a él. Leo estaba convencido de que Ángel no lo quería mucho, lo toleraba, sí, pero no lo quería; por tanto, iba a ser difícil que le diera el manuscrito. Yo conocía esa animadversión hacia Leo y, aunque no dije nada, quise saber las causas, pero él no las tenía muy claras. Comentó que a veces los hombres no soportan al mejor amigo de su mujer. Quizá era eso, no sabía. En cualquier caso, estaba claro que, sólo por joder, Ángel nunca le daría el documento. Conmigo en el terreno, sin embargo, todo sería distinto, por eso nuestro trato le parecía más que justo: yo me encargaba del papel y él de sacar a Bárbara del medio. No había de qué preocuparse, porque a ella, recalcó, lo único que le interesaba era el manuscrito de Meucci.

La historia de la italiana también me resultó asombrosa. Sucedió que en 1990, aproximadamente un año después de la partida de Margarita, Leonardo había conocido a un periodista italiano que trabajaba para diferentes medios y estaba interesado en los cambios que se estaban produciendo en la isla. Se hicieron muy amigos y Leo terminó convertido en su guía habanero. En una de esas noches de parranda, el escritor comentó su proyecto de novela sobre Meucci y al periodista se le iluminó la mirada. Dijo que le interesaba el tema, que en Italia acababa de salir un libro sobre la vida del inventor y que ese mismo año, un prestigioso científico había sido encargado de realizar una profunda investigación revisando los archivos en los lugares donde había vivido Meucci. De hecho, poco tiempo antes de esa conversación, el científico había pasado por La Habana. Leonardo pensó que era una pena no haberse topado con él, porque de seguro le habría podido dar muchos datos. Pero no era tan grave, porque él pensaba adelantarse a todos demostrando lo que nadie había podido demostrar. Así dijo y, luego de otro ron, declaró que en La Habana existía una prueba irrefutable de la invención del teléfono por parte de Meucci, entonces habló del documento. Al periodista la mirada se le iluminó tanto que casi parecía de día. Ya eran amigos, pero a partir de esa noche fueron hermanos y socios en un mismo proyecto: escribir el libro. El periodista prometió regresar y de vuelta a Italia envió toda la información que tenía sobre el tema. Así llegó un día de 1993, cuando el escritor recibió la llamada telefónica de una italiana recién llegada a Cuba que traía noticias de su amigo. Bárbara, la simpática italiana, contó que al periodista, cuyos artículos solían ser muy críticos con el gobierno cubano, le habían negado la visa de entrada a la isla y, por tanto, ella tomaba su lugar. Traía los artículos escritos por Basilio Catania, el científico dedicado a la investigación, que eran aquellos de los que ya Leo me había hablado; traía una carta del amigo periodista, un dinero y la firme decisión de comprar el documento. A Leo le pareció muy bien por varias razones. Primero, la terrible situación de ese año ayudaría a que Ángel vendiera el papel sin hacerse tanto de rogar. Luego, había dinero para la compra, cosa que escaseaba en el bolsillo del escritor. Y, para terminar, el factor femenino siempre ayudaba a reblandecer el corazón de los hombres. Bárbara y Leo hicieron un trato: ella se encargaría de engatusar a Ángel para comprarle el documento y Leonardo escribiría el libro, pero ella y el periodista tendrían la exclusiva periodística del hallazgo y recibirían un tanto por ciento de los derechos de publicación. ¿Te acuerdas de la fiesta en casa del artesano?, preguntó. Y dije que sí, claro, ahí había conocido a la italiana. Leonardo siguió hablando y así supe que esa noche fue él quien invitó expresamente a Ángel para que Bárbara pudiera conocerlo y comenzara su misión. De ahí surgió la cena en la paladar donde ella y Leo habían hablado de Meucci hasta que Ángel cambió de conversación, según Leo porque no quería tratar el tema en público y, además, porque aún no sabía que Bárbara estaba interesada en el documento.

Piensa tú, ésa fue la primera vez que escuché el nombre de Meucci, mientras los otros ya estaban tras su rastro. Leo hizo una pausa en sus explicaciones y dijo que iba a tener que disculparlo, pero en un inicio ellos no sabían qué relación teníamos Ángel y yo, y eso era importante, pues Bárbara tenía que ejercer sus encantos sobre él. Ya que me estaba contando, aprovechaba para decirme que él me había invitado a aquella tertulia en su casa porque yo le caía bien, y luego supo que Bárbara había invitado a Ángel. Pensó que era un error, pero entonces se le ocurrió que era la oportunidad para comprobar si estábamos juntos. Y llegó a la conclusión de que no lo estábamos, claro, porque yo pasé la noche jugando dominó con él, mientras Ángel conversaba con la italiana, que cada vez me parecía más puta. Te juro que mientras Leo hablaba me iba sintiendo como una verdadera imbécil. ¿Sabes? Como un caballo de ajedrez que cree que trota libre por los campos y no se entera de que alguien lo está moviendo, así me sentí, como un títere que había soñado con ser titiritero.

Bárbara había hablado del documento con Ángel, y ella y Leo pensaban que éste le daba largas al asunto para subir el precio. Eso ya lo habían previsto, lo que no estaba previsto era que ella terminara acostándose con Ángel y ni siquiera fuera capaz de contárselo a él. Eso era una demostración de que Bárbara tramaba algo a sus espaldas, dijo con evidente molestia antes de levantarse. Aproveché la pausa para comentar que ellos se habían empatado en Cienfuegos y él sonrió, sabía que Bárbara había alquilado un carro de turismo para llevar a Ángel y a su hermana, pero a su regreso la muy hijaeputa no le había hablado de su romance. Quedaba confirmado que algo tramaba, o peor, que algo tramaban Ángel y ella, quizá hasta se habían puesto de acuerdo para dejarlo fuera a él. Leonardo exprimió el trapo de la puerta que ya estaba otra vez empapado y, mientras observaba el movimiento de sus manos, me dio risa pensar que en lugar del trapo seguramente estaba viendo el cuello de la italiana. Yo también quería retorcerle el pescuezo a Ángel. Enterarme de que el viaje a Cienfuegos había sido, efectivamente, entre hermanos, aunque con la participación especial de Bárbara, podía ser de cierta forma un alivio, pero sólo de cierta forma, porque yo seguía molesta. Muy molesta.

Leo volvió a sentarse y, agarrando mis manos, dijo que teníamos que actuar lo antes posible. Él se ocuparía de espantar a la italiana. Si había sido capaz de romper el pacto que tenían, pues que se jodiera, nosotros actuaríamos por nuestra cuenta. Una vez que él obtuviera el documento, terminaría su novela y el mérito sería sólo suyo; prometía ponerme en los agradecimientos y darme parte del dinero de la venta de los derechos del libro. Era lo mínimo que podía hacer, agregó, pero antes tocaba sacarle el documento a Ángel y eso era asunto mío.

El único problema era que yo aún no estaba convencida de que él lo tuviera. Según Leo, Margarita le había dicho que Ángel tenía la reliquia, pero según Ángel, ella misma le había dicho que la tenía otro. Alguien había robado, cierto, pero también alguien mentía. Se lo dije y Leo reaccionó desesperado. ¿Por qué Margarita iba a mentirle?, preguntó y, además, ¿quién iba a robarle en casa de su marido? Su padre, respondí finalmente. Y él se mostró extrañado. ¿El profesor?, preguntó antes de afirmar que no creía que él pudiera haber hecho eso. Leo no lo conocía personalmente, pero sabía que Margarita no le hablaba desde mucho antes de que ella partiera. La verdad era que Ángel las inventaba buenas, afirmó. Yo sonreí. Quizá tenía razón, pero continuaba sin entender por qué Ángel se había inventado que lo tenía Euclides. ¿Para qué?, pregunté. Y Leo se acomodó los espejuelos antes de exponer su razonamiento simple aunque, ciertamente, muy atinado. Para protegerse, dijo, había mentido simplemente para protegerse. Según él, Ángel se acostaba con Bárbara por el negocio con el documento y porque era extranjera, yo ya sabía: cervecitas, comidas, cigarritos ricos. Lo suyo con ella era puro interés, pero seguro que yo le gustaba y no quería perderme. ¿Qué pasaría si me enteraba de esa relación? Uno: querría dejar a Ángel, en cuyo caso él haría todo lo posible por reconquistarme. Dos: querría hacerle daño para vengarme y el peor daño posible sería robarle el documento que era lo más preciado que poseía él. Era por eso que había decidido poner el parche antes del daño diciéndome que el documento lo tenía otro. Soy hombre y escritor,

Julia, créeme, conozco la psicología de ciertos personajes, concluyó Leonardo.

De repente lo vi todo claro. De una parte, la teoría de poner el parche antes del daño ajustaba perfectamente considerando que Ángel había contado la historia de la reliquia luego de su regreso de Cienfuegos, o sea, cuando ya estaba con Bárbara. No podía dejar de reconocer que mi ángel tenía una gran imaginación. De otra parte, Euclides gritaba su inocencia. Él fue el primero en hablarme de Meucci y mostrarme sus datos y artículos, decía que Margarita le había dado el documento al escritor, acababa de enseñarme la dirección del museo Garibaldi-Meucci y planificaba lo que íbamos a hacer juntos. Definitivamente Euclides no tenía nada. Cierto que había robado mi trabajo de tesis, pero no era un absoluto y total hijoeputa. El hijoeputa en esos momentos era el sinvergüenza de Ángel que se acostaba con la extranjera e inventaba barrocas historias para embobecerme. Ése era el hombre que yo quería. ¿Te das cuenta? ¿Por qué será que el amor es tan poco racional?

Leonardo seguía mirándome a la espera de algún comentario. Dije que si era como él imaginaba, entonces quizá Angelito tenía razón y había dos opciones. Dejarlo, cosa que no pensaba hacer. O vengarme, que era lo más justo, vengarme sacando el documento de su casa para entregarlo a quien más lo merecía. El escritor sonrió apretando mis manos. Vi sus ojos detrás de los espejuelos y pregunté si de veras creía que Ángel se acostaba con la otra sólo por el documento y por unas cervezas. Él hizo un gesto afirmativo. Definitivamente me había enamorado de un tipo de mierda, comenté, pero Leo se puso de rodillas ante mí. Ángel no era un mal tipo, afirmó, según Margarita el gran defecto de los cubanos era la debilidad ante la carne ajena, y a Ángel le gustaban demasiado las mujeres, por lo demás era un buen tipo. A Margarita la quería mucho y también le pegaba los tarros, aseguró Leo, pero no debía tomármelo tan a pecho, porque a fin de cuentas ése era un defecto nacional. ¿No? Leo me hizo reír. Acerqué mi cara a la suya y susurré que su novela iba a ser perfecta. Él prometió que Ángel sería mío y acarició mi mejilla con el dorso de su mano. Cerré los ojos sonriendo, pensé en mi ángel y su cuerpo desnudo, en la cara de Bárbara mientras pronunciaba la palabra *Cienfuegos* y en la primera vez que vi a Leonardo. ¿Cuál dijiste que era el defecto nacional?, pregunté. Y por respuesta tuve su lengua dentro de mi boca. No paró de llover en toda la noche.

15

Me acosté con Leonardo, sí señor. Espero que no te hagas una idea equivocada sobre mí, porque eso nada tiene que ver con el amor. El amor y el sexo son cosas distintas, que se disfrutan cada una como corresponde, y la verdad es que en ese momento ambos lo necesitábamos. A los dos nos habían traicionado. ¿Te das cuenta? Por una parte, la italiana se había aprovechado de Leonardo, lo había engatusado con promesas, posibles traducciones de su obra, algunos dólares de regalo y todo para llegar al documento. Una vez alcanzado el objetivo, no había tenido el más mínimo reparo en romper el pacto con el escritor, ¡y a saber qué cosas andaba tramando a sus espaldas! Por otra parte estaba mi querido Ángel, quien, según Leo, se acostaba con Bárbara por el documento y por unas cervezas. Esa manera de comportarse lo convertía en una especie de rata, un tipo interesado y poco confiable. Pero, bueno, sabiendo su manera de ser, sólo me quedaban dos opciones: aceptarlo o no. Ése era mi problema, como de seguro había sido el problema de Margarita, quien, por lo visto, había aceptado durante mucho tiempo los tarros del marido. Para mí fue una sorpresa saber que Ángel la engañaba, luego de haber escuchado su versión idílica del matrimonio y su incapacidad de comprender por qué había sido abandonado. Pero Leonardo los conocía desde hacía tiempo y si era verdad que, como contó Ángel, Leo también había estado interesado en Margarita, pues era natural que esto le molestara y, por tanto, que no tuviera ningún reparo en contármelo. En fin, que según las nuevas noticias: Ángel acostumbraba a engañar a su exmujer, era un tipo interesado y, encima, se había quedado con el manuscrito de Meucci. Una verdadera joya. ¿No?

Aquella noche Leo y yo conversamos mucho. Hacer el amor o como quieras llamarlo fue un respiro, algo parecido a abrirse un cinturón que te queda muy apretado o a sacar la cabeza del agua después de un largo rato de buceo. Me sentí muy relajada, limpia, no sé. Estar desnuda en la cama de Leonardo me pareció normal, lo que tocaba, el paso siguiente. Teníamos ya tantas horas de conversación, que a decir verdad lo único diferente en esos momentos era la ausencia de ropa. Creo que de no existir Ángel hubiera podido enamorarme de Leo, aunque no se lo dije, claro, sólo comenté que nunca me había sido indiferente y era cierto. Leonardo era un tipo que me fascinaba por sus palabras y sus maneras; además, es que no lo puedo evitar: me encantan los mulatos. Y eso sin conocer sus cualidades ocultas, porque después de aquella noche… Ahora que estamos en confianza, te lo puedo decir: ese mulato era el acorazado Potemkin. Madre mía, si de él dependiera la literatura nacional, yo podría jurar que nuestras letras gozaban de una magnífica salud. Lo mío es una maldición, te juro. Desde muy joven, mi espíritu científico me ha llevado a explorar el campo masculino, sus cuerpos, sus costumbres, sus manías. En la universidad, hasta jugaba a clasificarlos. Así como los números se ordenaban, por ejemplo, en naturales, enteros, racionales, complejos o reales, los hombres también necesitaban para mí una cierta clasificación. Lo único que verdaderamente tienen en común es que todos, absolutamente todos, están desnudos debajo de la ropa, y por ahí comenzaba mi búsqueda de las propiedades que los hacían pertenecer al mismo conjunto. El sexo era el elemento clave. Hay sexos para todos los gustos: los hay grandes e imponentes cual torre del Big Ben o pequeños cual trompita de elefantito Disney; hay los que se yerguen como garfios mirando al cielo o a la tierra, los que miran agresivos siempre adelante, los de diferentes inclinaciones políticas, unos que tienden a la izquierda y otros hacia la derecha; los hay regordetes como Sanchos y enjutos como Quijotes; hay perezosos e hiperactivos, exploradores y convencionales, veloces cual Speedy González o lentos como tortugas sabias. Luego existen todas las combinaciones posibles: Bigbenes quijotescos, tortugas garfios, izquierdistas hiperactivos, derechistas perezosos, Speedys convencionales, Sanchos Disneys exploradores. Hay para todos los gustos y disgustos, y yo me divertía clasificándolos. Pura deformación profesional, no te preocupes, los matemáticos somos así. A propósito, ¿tú sabes por qué no hay un premio Nobel de Matemática? Pues dicen las malas lenguas que tan ocupado estaba Alfred Nobel inventando la dinamita, que su mujer se buscó un matemático que la hiciera «explotar» en la cama, cosa que el ofendido marido no perdonó y por eso nuestra profesión se quedó sin premio. Ya ves, si el matemático hubiera resistido a la tentación de meterse en la cama ajena, tendríamos premio. De haber resistido yo, me habría ahorrado otros disgustos, pero ya era tarde.

Sé que dormimos muy poco aquella noche, que no paraba de llover y que él tuvo que levantarse varias veces para exprimir el trapo de la puerta. Yo ya estaba convencida de que Ángel tenía el documento y que el único fin de echarle el muerto a Euclides era defender su inocencia ante cualquier posible duda, pero sinceramente me costaba entender por qué había inventado lo de restituir la reliquia de Margarita. Confieso que como historia era hermosa, romántica, tierna, y a mí las historias románticas me gustan, siempre me han gustado, por eso aquel embrollo me había parecido lógico en alguien tan aparentemente débil como él. A Leonardo le hablé de la historia, aunque no mencioné mi pacto con Ángel, no conté que había estado dispuesta a sacarle el documento a Euclides para dárselo a él. Eso no podía decírselo, de hacerlo corría el riesgo de que el escritor no confiara en mí. ¿Te das cuenta? Simplemente comenté que, según Ángel, deseaba mandarle la reliquia de vuelta a Margarita, pero Euclides la había robado. Leonardo opinaba que la posible restitución de la reliquia no era más que una fantasía inventada por el otro para librarse de dudas y, encima, mostrarse ante mí como el héroe de la película. Quería matar dos pájaros del mismo tiro y, para hacerlo, nada mejor que contar una historia que de tan lógica no dejara espacios a la duda. Ángel para nada quería hacerme daño, afirmó, simplemente intentaba desviar mi atención del documento y atraerla hacia él, porque necesitaba ser importante, necesitaba mi admiración, ser mi príncipe azul, algo así. Eso me hizo gracia. Mi príncipe azul. ¿Te imaginas? Leo se echó a reír y, cuando terminó, dijo que los hombres necesitaban ser admirados. Ángel era un buen tipo, pero desde que los brasileños lo habían echado de la corporación no tenía trabajo, ni dinero, ni ningún futuro próximo. Su mérito consistía en vivir solo en un apartamento. Pero los hombres somos niños puestos eternamente a prueba y precisamos de los aplausos, afirmó, y yo era una mujer inteligente que, al igual que Margarita, acabaría por aburrirme si Ángel no hacía algo para impedirlo. Y visto que él también era inteligente, pues lo que estaba haciendo era conquistar mi admiración, inventar artificios para ser absoluta y definitivamente mi príncipe azul.

Ese discurso me produjo una ternura enorme. Ni siquiera quise indagar demasiado porque acababa de enterarme de que Ángel no se había ido del trabajo, sino que lo habían botado. Pobrecito, casi sentí pena al imaginarlo inventando cualquier cosa para atraer mi atención. Por fortuna, los pies del escritor rozaron los míos y con eso volví a la realidad. Si yo estaba desnuda en aquella cama era porque mi príncipe azul se acostaba con otra. ¿Ok? De cualquier modo, Leonardo había tenido razón con aquel discurso, sí, aunque nunca tuve la oportunidad de decírselo.

Aquella noche se le ocurrió que podíamos utilizar la mentira de Ángel para distraer a la italiana. Visto que existía una versión completa de los hechos, además totalmente coherente, pues no había necesidad de inventar otra. Esa misma semana él buscaría a Bárbara para contarle que se había puesto en contacto con la propietaria original del documento y ésta le había comunicado que, lejos de lo que él pensaba, no era Ángel quien lo tenía, sino el padre de la muchacha. Podía decirle, además, que él tenía el modo de llegar al tipo. Esa idea me pareció genial, sobre todo porque permitía que yo participara. Claro, Leonardo no conocía a Euclides, podía decirle a Bárbara que tenía modo de llegar al tipo y el modo era yo, la gran amiga del profesor, una pieza fundamental en este rompecabezas. La italiana había dicho en su conversación de mujer a mujer que quería ser mi amiga.

Pues bien, como prometí, podía llamarla, pero sólo después de que Leonardo le hubiera hablado de mi importancia en el asunto. Y podíamos estar seguros de que, llegados a ese punto, más que amiga, Bárbara querría ser mi hermana. De ese modo y con el encanto de las palabras del escritor, ella comenzaría poco a poco a alejarse de Ángel y a acercarse a mí. Y yo, cual flautista de Hamelín, la llevaría lentamente hacia mi antiguo profesor.

Era, sin duda, un magnífico plan, que podía resultar hasta divertido. Lo difícil era que, mientras esto sucedía, yo debía buscar el manuscrito de Meucci en casa de Ángel. En principio pensé que resultaría complejo, porque si bien en el caso de Euclides el radio de acción quedaba reducido a su cuarto, en el nuevo escenario me tocaba registrar todo un apartamento y bastante grande, además. Pero, bueno, contaba con la ventaja de que mi amor vivía solo, que era bastante regado y que, en última instancia, podía brindarme para ayudarlo a hacer una limpieza general. Claro, antes de llegar a este punto, había que solucionar otro pequeño detalle.

Estaba, o mejor, estábamos casi seguros de que Bárbara había comentado mi visita con Ángel, ella nos creía amigos, por tanto no existía ninguna razón para ocultar mi visita de aquella tarde. No sabíamos si le había contado sus confesiones de mujer a mujer, pero en realidad eso era intrascendente. ¿Cómo te explico? Ángel sabía que yo me había encontrado con Bárbara en su apartamento y que me había marchado antes de su llegada, por tanto tenía la sospecha de que la situación me había parecido extraña y de que no me había gustado. ¿Ok? Y visto que se sabía culpable, temería por lo que yo pudiera pensar. Eso era suficiente para que entre nosotros dos existiera un conflicto, un pequeño problema. Mi posición, entonces, tenía que ser la de la amante disgustada, sin dar detalles de los porqués. Y cuando volviéramos a encontrarnos yo debía simplemente mantener la postura de mujer ultrajada y escuchar sus explicaciones para saber hasta dónde era capaz de llegar. Si no confesaba su desliz, mi enfado se justificaba con los celos que me provocaba la italiana. Si, en cambio, confesaba su desliz, ésa era entonces la causa de mi enfado. En cualquier caso, yo terminaba por perdonarlo, tenía que ser así, primero porque quería seguir con él y luego porque necesitaba volver a casa para buscar el documento. Elemental, Watson, elemental.

Fue divertida aquella noche de planificaciones. Para Leonardo, yo razonaba como novelista; sin embargo, para mí, él razonaba como matemático. Nos echamos a reír y estuvimos de acuerdo en que ambos éramos caras de la misma moneda. En el principio de la historia humana, arte y ciencia eran un todo que luego se fue ramificando en diferentes especialidades, pero el origen es común. Según Leo, yo hacía con los números lo mismo que él con las palabras. Los números son construcciones mentales y, con ellos, el matemático intenta definir las propiedades y relaciones de los entes en el universo. Algo similar se propone el escritor, y para ello utiliza las palabras. La realidad está a nuestro alrededor, existe aunque a veces no pueda ser tocada, un matemático la intuye, la observa y entonces procede a describirla o a codificarla. Lo mismo hace el escritor: transporta a un código común nuestras actitudes y sentimientos, así pues, por ejemplo, la palabra *amor*, que consiste simplemente en cuatro letras, lleva consigo toda una enorme carga de significaciones. Leo y yo hacíamos lo mismo, lo único que nos diferenciaba era que usábamos lenguajes de símbolos diferentes; yo, los números y él, las palabras.

Esa noche, no sé si a causa de la actividad física o de la lluvia, perdimos el sueño y de repente me encontré con que estábamos sentados en la cama metidos en tremenda conversación literomatemática o mateliteraria. Hablar con Leo era siempre enterarme de un montón de cosas. Supe, por ejemplo, que detrás del seudónimo Lewis Carroll se escondía un profesor de Matemáticas que mucho antes de la publicación de *Alicia en el país de las maravillas* ya contaba con no pocos escritos sobre su profesión. Ernesto Sábato también era licenciado en Física y Matemática, y había desarrollado una carrera científica hasta que decidió renunciar a la universidad para dedicarse a las letras. Como ellos, muchos más. Bertrand Russell, el filósofo y matemático británico, premio Nobel de Literatura. Y ya para alcanzar el clímax de la cuestión estaba el grupo Oulipo, fundado en los sesenta por Raymond Queneau y François Le Lionnais, que reunía, justamente, a matemáticos que amaban la literatura y escritores atraídos por las Matemáticas, como Italo Calvino. Lo máximo. De improviso, sentí tremendo orgullo de mi profesión. No pensaba dedicarme a las letras, por supuesto, pero me alegraba que la literatura universal se nutriera de gente como yo. Leonardo me contó que los integrantes del grupo Oulipo solían auto-definirse como «ratas que deben construir ellas mismas el laberinto del cual se proponen salir». Yo le dije que era más o menos lo que hacía él, construir el laberinto de su novela para luego tener que buscar solito la salida, y él sonrió, afirmando que el laberinto estaba hecho, sola-mente faltaba mi mano, que lo ayudaría a no perderse. Mi mano tomó la suya para besarla, la besé y me tendí reclamando más historias. Definitivamente me estaba haciendo adicta a las palabras de Leonardo.

El escritor se levantó comentando que a la mañana siguiente iba a ser difícil trabajar, pero ya el daño estaba hecho. Con lluvia y buena compañía no merecía la pena dormir. Lo único que faltaba era una botella de vino tinto y una buhardilla, sólo eso, y ya estábamos en París. Pero como lo que teníamos era caña santa y un garaje, pues el escenario era La Habana. Me aclaró que por la compañía no tenía quejas, todo lo contrario. Él había estado en París, qué lindo, aunque esa noche no quiso contarme, porque le interesaban otras cosas.

Leonardo exprimió una vez más el trapo de la puerta que de tan empapado ya había permitido que se formara un charco de agua; puso a preparar otra infusión y se metió en el baño. A su regreso, tomó un libro de debajo del montón de papeles sobre la mesa, apretó el *play* de la grabadora que estaba en una de las baldas del librero y se sentó a mi lado. Muy bajito, Frank Delgado empezó a cantar. Leo abrió el libro, sacó un papel y me lo mostró preguntando si ya le había visto la cara a Antonio Meucci. Me incorporé. Ante mis ojos estaba la foto en blanco y negro de un señor de bigote, barba espesa y blanca, traje oscuro, que miraba con un rostro grave hacia su derecha. ¿Qué estaría mirando Antonio? Imposible saberlo, pero me parecía extraordinario que yo pudiera verlo a él. Leo sonrió ante mi sorpresa, el amigo italiano le había mandado esa copia y él la miraba obsesivamente, dijo, como si de tanto hacerlo Meucci pudiera terminar por dirigir el rostro hacia delante y saludarlo. Cuando tengamos el documento, necesito que me des una última ayudita, agregó.

Leo había visto el manuscrito y me explicó que consistía en tres esquemas. En uno aparecía la planta del apartamento de Meucci en el Teatro Tacón, con las divisiones de los diferentes cuartos, y era allí donde se representaba a un hombrecito en el laboratorio y a otro en una de las habitaciones, ambos conectados por un cable que recorría toda la casa. Era como una foto del momento del experimento, que cualquiera podía entender. El problema era que en los otros dos esquemas se explicaba técnicamente en qué consistía la conexión, o sea, los otros eran diseños de circuitos eléctricos que, a decir verdad, Leonardo no entendía bien. Visto que yo era una mujer de ciencias, seguramente sería capaz de interpretarlos, y en eso consistía el favorcito que pedía: en decodificar los diseños a un lenguaje elemental que el escritor pudiera entender para que luego él se encargara de volver a codificarlos a su lenguaje literario. Euclides había tenido razón en sus sospechas: el escritor no entendía nada de los diseños, solamente conocía su significado. Respondí que aceptaba, aunque era importante aclarar que mi especialidad no eran los circuitos eléctricos y, como no conocía el documento, pues ni idea tenía de qué cosa pudiera estar representada. Mejor si no se hacía demasiadas ilusiones. Él sonrió comentando que yo tenía cara de ser «la primera de la clase», seguro esos diseños no eran nada para mí. Leonardo sabía halagar mi inteligencia. Eso me gustaba. No porque tuviera necesidad de algunos halagos para sentirme bien. No. Simplemente era parte del juego y Leonardo jugaba bien. Nuestras cuentas estaban claras. Eso era todo.

Esa noche, acompañados por la frialdad que traía la lluvia y por el calor de la caña santa, el escritor siguió contando sobre la vida de Meucci. Nos habíamos quedado en el fracaso de la Telettrofono Company. ¿Cierto? Bueno, pues en los años sucesivos nuestro incansable inventor se dedicó, como de costumbre, a varios temas. Durante los meses que duró su convalecencia luego del accidente en el barco, había seguido fielmente la dieta ordenada por los médicos que incluía abundante fruta y líquidos. Y visto que no sabía estarse quieto, comenzó a experimentar hasta lograr una bebida efervescente a base de frutas varias, cuyo proceso de elaboración patentó. Luego creó una salsa para condimentar los alimentos, diseñó utensilios domésticos como filtros para el café y el té, y hasta un instrumento para controlar la pureza de la leche. Además, comenzó a analizar la posibilidad de crear una embarcación especial para la navegación en canales y diseñó un modelo de teléfono con cápsula impermeable, que podía ser utilizado en lo profundo del mar para la comunicación entre los buzos y el barco. Un genio nuestro hombre.

En cuanto a su criatura, 1876 debe haber sido un año muy duro, porque hacia él convergieron varias cosas. Cuatro años antes, Meucci había presentado su modelo de teléfono al vicepresidente de la American District Telegraph, un tal Edward B. Grant, con el fin de lograr que éste realizara pruebas del aparato. Mister Grant prometió hacerlo pero, tras dos años de excusas y justificaciones, acabó por confesar que había extraviado toda la documentación entregada por Meucci y que, finalmente, no haría ninguna prueba. No quisiera juzgar a la ligera, pero en la supuesta pérdida de los documentos por Mister Grant hay una nubecilla negra que empezó a flotar años más tarde. Luego verás. Antonio había sido rechazado también por la Western Union Telegraph, donde los directivos estaban tan ocupados que no encontraron tiempo para presenciar la demostración de su «telégrafo parlante». Y, para terminar, aquella patente provisional, o *caveat*, de un modelo de teléfono que había obtenido en 1871 la fue renovando cada año hasta que en 1874 no pudo hacerlo, por falta de dinero, y de esta forma el *caveat* expiró. Costaba diez dólares, pero él no los tenía.

Así andaban las cosas cuando, un buen día de 1876, Antonio se desayunó con la noticia de que alguien había obtenido la patente del teléfono. Fue un caso curioso, porque el mismo día 14 de febrero, en dos registros diferentes, se presentaron dos patentes del mismo invento. Una, la de Alexander Graham Bell, norteamericano de origen escocés, y horas más tarde la del también norteamericano Elisha Gray. Dicha situación obligó a la Oficina de Patentes a estudiar ambos casos hasta que, finalmente, determinó concedérsela a Bell. Como era de esperar, Gray no quedó contento e inició un litigio que concluyó con la reafirmación de la primacía de Alexander Graham Bell, convertido de esta forma en el inventor oficial del teléfono.

Pobre Antonio. Apenas supo la noticia se dio a la tarea de reclamar la paternidad del invento, pero ya no podía basarse en la patente provisional, visto que ésta había expirado, sino en que su invento había sido de dominio público. A partir de ese momento comenzó el calvario: la carrera para lograr su reconocimiento. Me imagino que también empezó su desesperación, porque sabía que había llegado a donde los otros mucho tiempo antes y con resultados más completos. Pobre Antonio. Yo había llegado última a la carrera tras su manuscrito y ahí estaba en pleno calvario, intentando hacer algo, no sé, reorganizando las variables una vez más, despejando algunas X, bastante desesperada ya, aunque, a diferencia de Antonio, sin ningún resultado todavía.

16

Justo como sospechamos, Bárbara le contó a Ángel mi visita. Por eso, al día siguiente de mi noche con el escritor, lo encontré esperándome a la salida del Tecnológico. Estaba muerta de cansancio, pero te juro que ver a Ángel fue como si saliera el sol, no sé, como si le volvieran los colores a la ciudad en blanco y negro. Encima, recuerdo que estaba precioso, llevaba unas sandalias, unos *jeans* y una camisa blanca con los primeros botones abiertos, de manera que podían verse los escasos pelos de su pecho y, coronándolos, el collar pegado al cuello que usaba con frecuencia.

Apenas me vio comenzó a acercarse. De no haberme acostado con Leonardo creo que hubiera sido capaz de echarme a llorar ahí mismo, créeme, puedo ser muy dramática. Afortunadamente mi aventura literaria me daba fuerzas, así que me detuve, respiré profundamente y esperé a que llegara. Dijo hola, yo respondí hola, y sentí todo el calor de su mirada en mis ojos. Comentó que había pasado a verme el día anterior, pero yo no había ido al trabajo. Respondí afirmativamente con un movimiento de cabeza. Entonces agregó que teníamos que hablar y ahí, mira, de repente sentí algo muy extraño.

Esa frase «tenemos que hablar» siempre me ha dado terror, me suena a «no sé cómo voy a decirte esto», o «espero que estés preparada para soportarlo». Es una frase que casi siempre antecede a malas noticias, rupturas de pareja, fin de contrato de trabajo, en fin, a problemas y, en ese pequeño instante que quedó entre su frase y mi respuesta, mi cuerpo se aterrorizó. En todas las conversaciones con Leonardo dábamos por hecho que Ángel estaba interesado en mí y, sin embargo, en ese momentico, pasó por mi mente la posibilidad de que él hubiera decidido terminar conmigo para dedicarse a la italiana, y fue como si el pavimento bajo mis pies se volviera de gelatina. No sabes lo mal que me sentí y lo único que se me ocurrió fue responder: Vamos al parque. Sí, porque necesitaba conversar en un lugar público, un territorio neutro, donde la presencia de los otros ejercería una fuerte presión sobre mí impidiéndome hacer una escena. Créeme, de verdad que puedo ser muy muy dramática. Por otra parte, hacía falta que Ángel estuviera en territorio neutro para que no se sintiera tan cómodo en nuestra conversación. Además, no quería ir a su apartamento porque aún tenía presente a Bárbara moviéndose por allí como si estuviera en su propia casa. Encima de puta, era una fresca.

Ángel dijo que hablaríamos donde yo quisiera, y echamos a andar sin decir más. Él se veía bastante nervioso y me miraba de vez en cuando, como quien espera una palabra que dé inicio a la conversación, pero esa palabra yo no podía dársela, le tocaba a él. En el parque, sólo por joder, escogí un banco justo enfrente de la casa del artesano, donde la famosa fiesta. Pregunté si le parecía bien y respondió que yo mandaba. Entonces nos sentamos, uno junto al otro, yo mirando al frente y sintiendo otra vez el calor de su mirada. Muerta de miedo hasta que mi ángel dijo que me quería, sí, dijo que me quería mucho, como hacía rato no quería a nadie, que yo estaba molesta con él y tenía toda la razón, pero él me explicaría y yo tenía que entenderlo, porque Julia, de verdad que yo te quiero mucho, te quiero con cojones. Lo miré y no pude evitarlo, se me aguaron los ojos, más o menos como se le aguaron a Bárbara cuando le dije que Ángel quería a otra. Por suerte estábamos en el parque, bajo la mirada de otros, ya sabes, así que mi escena no pasó a mayores. Suspiré, y volví a mirar al frente. Ángel también suspiró y dijo que se imaginaba que me era difícil creerle después de mi encuentro con Bárbara en su casa. Nada más escuchar ese nombre sentí como un puñetazo en el estómago, cerré los ojos y no pude aguantar que una lágrima corriera atrevidamente por mi mejilla. Él se arrodilló a mis pies pidiendo que lo perdonara, que iba a contármelo todo, ¡a saber qué me había dicho la italiana!, dijo, pero yo tenía que escucharlo, porque las cosas no eran tan simples como aparentaban ser. Mentiste, Ángel, me mentiste, fue lo que dije con una rabia que salió del mismo sitio en donde había sentido el puñetazo. Entonces abrí los ojos y vi su rostro con una mueca de desespero y los ojos tan brillosos como los míos. Casi con un hilo de voz pidió de favor que lo escuchara. Ángel estaba en un parque, de rodillas ante una mujer y a punto de llorar. ¿Te das cuenta? Al parecer, no le importaban los demás, pero yo pensé que si alguno de mis alumnos pasaba por allí no me haría gracia que presenciara la escena. Era mejor calmarnos, dije, para poder escuchar lo que tenía que decirme. Él estuvo de acuerdo, se sentó y comenzó a hablar.

Después de que se conocieron, la italiana no había dejado de llamarlo. Llamaba para saludar, para preguntar tonterías, incluso había sido ella quien lo invitó a la tertulia en casa del escritor. En principio él no iba a ir; sin embargo, apenas supo que el escritor también me había invitado, decidió que tenía que estar presente y, para su pesar, me la pasé jugando dominó, mientras él le aguantaba la trova a Bárbara. Pobrecito. ¿No? Tal parecía que yo lo había empujado a los brazos de ella. Fue esa noche cuando se le ocurrió que podía alquilarle un cuarto y ganarse un dinerito, pero cuando se lo propuso ella no aceptó. Con la falta que le hacía a él y a su hermana el dinerito. Yo hubiera preferido no tener que interrumpirlo, pero la tertulia de Leo había sido después del Primero de Mayo, así que le recordé que ese día ya había salido con Bárbara. No pareció sorprendido, era como si esperara mi pregunta y ya tuviera una respuesta a mano, o como si no esperara nada y simplemente contara la verdad. Dijo que era cierto, el Primero de Mayo había estado en el desfile con Bárbara. Sucedió que, como yo sabía, ese fin de semana Dayani estaba en el apartamento con su crisis y él había decidido acompañarla a casa para hablar con el padre, pero el padre llegaba en la noche. Dayani había pasado todo el día encerrada en el cuarto y por mucho que Ángel había insistido, ni siquiera quiso salir a almorzar. Estaba un poco cansado de su hermanita y en eso llamó Bárbara para proponerle que la acompañara al desfile, nunca había visto un desfile y le interesaba mucho. Luego, si él quería, podían tomar una cerveza. Visto que le esperaba una noche poco agradable gracias a los líos de su hermana, no le pareció mala la idea de beber una refrescante cerveza, aunque eso significara tener que meterse el desfile bajo el sol y, encima, como guía turístico. Dijo que no sabía por qué no me lo había comentado antes, estaba tan inmerso en sus problemas familiares que en un primer momento se le olvidó y luego, pues ya no venía al caso, era algo sin importancia. Había sido sencillamente un olvido, porque Bárbara no le interesaba para nada. Lo que pasó después, dijo, fue por otras razones.

Ángel ya había decidido que llevaría a Dayani a Cienfuegos y cuando se lo comentó al padre, éste dijo que podía resolver los pasajes. Tú sabes que viajar aquí siempre ha sido un poco complicado, hay que hacer colas durante días para los pasajes pero en 1993, moverse era como hacer un viaje al centro de la Tierra o una odisea espacial. Tremendo. Lo más normal era irse para la carretera a esperar un camión que te llevara a cualquier parte, bueno, lo mismo que hacía yo para llegar a Alamar, sólo que Cienfuegos está a doscientos y pico de kilómetros. Gracias a su padre, Ángel podía ahorrarse las molestias, el problema era que no quería que papito resolviera cada problema, le interesaba ser el hermano mayor ante los ojos de Dayani para darle fuerzas y demostrar que ellos solos podían hacer su vida. ¿Comprendes? Por eso no aceptó la propuesta y determinó que llevaría a su hermana a Cienfuegos por sus propios medios, aunque tuviera que cargarla sobre sus hombros. Andaba pensando cómo resolver esto cuando sonó el teléfono, y ¿quién era? Bárbara. Se ve que mi ángel estaba muy trastornado con las complicaciones del viaje, porque hasta lo comentó con ella, quien, tan solícita, propuso lo siguiente: visto que no conocía Cienfuegos y que los extranjeros podían alquilar carros, cosa que en aquel tiempo estaba prohibida a los autóctonos habitantes de estas tierras, entonces, ella alquilaría un carro de turismo para conducir a Ángel y Dayani y, a cambio, él le mostraría la ciudad. Lo que se dice una solución perfecta que, por supuesto, Ángel no dudó en aceptar. Pero cometí un error, dijo. Reconocía que debió haberme dicho que era Bárbara quien los llevaba, pero de repente pensó que quizá a mí no me parecería bien. No sabía explicarme exactamente el porqué, pero había tenido ese presentimiento. No dije nada, porque tenía razón, me habría parecido extraña la presencia de Bárbara, aunque tampoco yo podría explicar exactamente el porqué.

Entonces llegó Cienfuegos. Ese viaje para él había sido duro en muchos sentidos. Su abuela paterna siempre había tenido predilección por la niña y, aunque él estaba acostumbrado, volver a aquella casa era como regresar a la infancia dentro de una familia donde siempre se sintió de más, una situación que lo llevaba a recordar a su otra abuela, la materna, quien había sido el sostén emocional de su vida. Eso de una parte, pero de otra estaban las conversaciones con Dayani que le revolvían las tripas, porque al intentar que su hermana recuperara fuerzas, descubría que él cada vez se sentía más frágil, que su vida no tenía sentido, que este país era un desastre, que él no tenía nada y ni siquiera era capaz de llevar a su hermana de viaje por sí solo.

Ángel hablaba con una profunda tristeza y te juro que me dieron ganas de abrazarlo allí mismo, delante de todos, pero no podía. Yo tenía que seguir escuchando porque aún no habíamos llegado al punto álgido de ese viaje. Por todo eso, Ángel se sentía mal, y fue entonces cuando se enteró de cuál era el verdadero interés de la italiana y comprendió su comportamiento. Resulta que, como había prometido, la llevó de paseo por la ciudad, conversaron de esto y de lo otro, hasta que Bárbara contó que desde hacía rato quería decirle algo pero que no se atrevía y, visto que ya tenían cierta confianza, era el momento de hablar. Así, le soltó que estaba muy interesada en la figura de Meucci, que sabía que en La Habana existía un documento escrito por él sobre su invención, que estaba dispuesta a comprarlo y que, además, sabía que Ángel tenía que ver con dicho documento. Él se quedó boquiabierto, según dijo, porque la italiana estaba hablando de la reliquia de Margarita. ¿Te das cuenta, Julia?, preguntó asombrado. Y yo correspondí con un gesto de asombro. Claro, rápidamente se dio cuenta de que la información que ella tenía provenía de su amiguito Leonardo, ¿de quién si no? Y a saber si no era el mismo Leonardo quien la había mandado a perseguirlo, porque el escritor creía que él tenía el dichoso papel y se lo había pedido millones de veces para su mierdera novela.

En principio, Ángel se había molestado mucho, según dijo, porque nadie tenía derecho de tocar algo que pertenecía a Margarita y mucho menos una italiana salida de quién sabe dónde, pero luego, en la soledad de la noche, en el patio de la abuela, se había puesto a pensar en que todo, absolutamente todo, era una reverenda mierda. Euclides le había robado el documento a su hija, Leonardo intentaba escribir una novela con el documento, Bárbara tenía intenciones de comprarlo, mientras que él quería enviárselo a Margarita. A ver, preguntó, ¿para qué cojones tengo yo que mandarle nada a Margarita? Para nada, se respondió a sí mismo y repitió: para nada. Por eso aquella noche, en el patio de la abuela, había decidido que si Bárbara quería el documento, para dárselo al escritor o para lo que fuera, a él le era indiferente, Margarita se podía ir al carajo, nosotros podíamos recuperar el documento, vendérselo a la italiana y a vivir que la cosa estaba dura.

Nosotros. Ángel dijo nosotros y entonces tuve que volver a interrumpirlo, porque nosotros es plural y en ese caso me incluía, sólo que yo no había sido informada de sus planes. Para mí continuaba la romántica historia de la devolución de la reliquia, el sobre que viajaba a Brasil, la palabra *adiós* y toda esa bobería. Ángel sonrió y, bajando la cabeza, dijo que tenía razón, él no me había dicho nada, pero esa vez no era por olvido o presentimiento, sino por decisión propia. No había querido decirme nada porque intentaba reparar un daño, que por fortuna no llegó a ser daño, pero aun así él creía que debía reparar. Porque hay otra cosa que debes saber, Julia, dijo. Y yo me estremecí.

Cuando Ángel fue a São Paulo, su idea era reconquistar a Margarita y quedarse a vivir con ella. Pero, como yo sabía, la muchacha lo recibió con otros planes.

Margarita estaba muy molesta por cosas que habían pasado, boberías de pareja, según él, que los llevaron a otra discusión y en medio de todo salió a relucir el tema de la reliquia. Ángel conocía la reliquia, lógicamente, pero no se había dado cuenta del valor del documento hasta que un día leyó en el *Granma* un artículo sobre la invención de Meucci. Entonces, pensó en el manuscrito que tenía su mujer y tuvo la genial idea de proponerle que lo vendieran. De todo el contenido de la reliquia, ese papel era lo único que realmente no pertenecía a la historia familiar, ¿por qué no sacarle un dinero? Margarita recibió la propuesta como un insulto y a partir de ese momento no dejó de acusarlo de querer vender su reliquia. Fue por eso que, ya en São Paulo, cuando volvió a salir el tema, ella insistió en lo mismo y aprovechó para contarle que al final había sido su padre, tan ruin e interesado como él, quien le había robado la reliquia. Entonces Ángel, a quien más que los miserables pesos que podía valer el documento le importaba demostrar que él no era esa especie de monstruo que decía su exmujer, le dijo que recuperaría la reliquia para enviársela de vuelta. Margarita no le creyó, por supuesto, pero él regresó a La Habana con ese propósito. Claro, una vez aquí no tenía forma de llegar a Euclides, porque apenas si se conocían, así que el tiempo pasó y pasó, hasta que un día… Un buen día me conoció de casualidad y luego me encontró en la calle junto a Euclides y ahí se le ocurrió que quizá yo era el punto en común que él necesitaba para llegar a Euclides y a la reliquia. Por eso había ido a verme la primera vez, por eso había empezado todo. Por eso en aquel instante yo sentí algo confuso y gris, turbio, otra vez en blanco y negro, otra vez una película que me cambiaban bruscamente delante de las narices, otra vez las ganas de retorcerle el pescuezo, aunque no lo hice. Cerré los ojos y sentí su respiración y su voz entrecortada diciendo que gracias a ese primer impulso suyo era que nos habíamos conocido. Pero luego todo se había transformado, absolutamente todo porque, sin darse cuenta, de ser el punto en común para lograr un objetivo yo me fui convirtiendo en su objetivo. Él me quería y se sentía incómodo porque su primer acercamiento había sido por interés. Ese daño, aunque no había llegado a ser un daño visto el resultado, él quería repararlo, y por eso no me había contado su decisión de olvidar a Margarita y venderle el documento a Bárbara. En el fondo, agregó, le dolía mucho que su historia con Margarita no terminara como hubiera querido, con la devolución de la reliquia que cerraba el ciclo. Le dolía que ella se hubiera tenido que ir del país porque la situación económica era catastrófica, le dolía que su madre se hubiera ido porque la situación política la asfixiaba, le dolía que su hermana quisiera irse, le dolía que un papel tan bien conservado por tantos años pasara de tener un valor sentimental a tener un valor monetario; pero así debía ser, porque estábamos en La Habana de 1993 y él tenía que cambiar su vida, tenía que poder brindarme algo, porque no quería perderme. Tú no vas a irte, Julia, dijo mirándome con los ojos otra vez brillosos. Y yo tragué en seco, intenté hablar, pero pidió que lo dejara concluir. Aquella noche, en el patio de su abuela había decidido que, con mi ayuda, recuperaría el documento, luego se lo venderíamos a Bárbara, parte del dinero sería para Dayani y el resto para nosotros, yo me iría a vivir con él, si quería, claro, y en su cabeza se mantendría fija la idea de que la reliquia había sido devuelta a Margarita. Ése era el plan. Pero entonces vino el error.

Cuando le comunicó a la italiana su disposición para conseguir el documento y vendérselo, ella se puso tan contenta que propuso sellar el pacto con celebraciones. Hubo ron, mucho ron, muchísimo ron, ron en demasía y terminaron en la cama. Eso fue un fallo, repitió, porque a partir de aquel momento las cosas tomaron otra dimensión. El interés de Bárbara entonces ya no sólo era el documento y él temía que un brusco rechazo de su parte la llevara a cambiar de opinión respecto de la futura venta. Era un error, lo sabía, pero no tenía idea de cómo salir de ese lío, sólo la venta del documento podía resolver el conflicto. Sólo ese papel de mierda podía arreglarle la vida, porque él me quería, juraba por su madre que me quería con el alma, no sabía qué me había contado Bárbara, pero yo debía creerle. Te estoy diciendo la verdad, Julia, si alguien miente son los otros: la italiana, el gobierno, ellos mienten, dijo con una mirada de loco, poniendo una mano encima de mi brazo.

¿Puedes imaginar cómo me sentí? En pocos segundos, Ángel había dicho que me había utilizado para llegar a Euclides, que quería que fuera a vivir con él y, además, que se acostaba con la italiana porque no sabía cómo evitarlo. ¿Te das cuenta? No supe si saltarle encima para besarlo o para caerle a piñazos. Ángel siempre me desconcertaba, desde el inicio, siempre logró desconcertarme. Muchas veces me pregunté si mi obsesión por él era real o si acaso estaba cayendo en la trampa del país, del hombre solo, de la casa en El Vedado, de mi frustración, de buscar algo a qué asirme. Y no. Al final la respuesta siempre fue no, porque mis sentimientos hacia él no se parecían a nada de lo que yo conocía. ¿Cómo explicarme? Hay personas que producen extraños efectos en los demás, pero a niveles bajos, naturales, instintivos. Me sucedía que, a veces, lo miraba hablar y apenas podía seguir lo que estaba diciendo, porque no escuchaba, yo lo miraba simplemente, veía el movimiento de sus labios, los gestos de su cara, su pelo, la expresión de sus ojos y entonces descubría que no tenía la más mínima idea de lo que estaba contando, y no era que no me interesara, es que mirarlo era como escapar hacia otra parte, como si de repente cortaran el audio de la película y uno se quedara viendo al personaje principal mover la boca, como si desaparecieran todos del cine y sólo estuviéramos el personaje principal y yo, que lo miraba. Encima, Ángel tenía esa maldita costumbre de tocarme, poner una mano en mi hombro o en mi brazo, o en mi antebrazo, o en mi mano, sencillamente como quien quiere dar énfasis a lo que dice, pero ahí todo mi cuerpo empezaba a vibrar, era una reacción en cadena que partía del pedazo de piel tocado y se iba propagando por el resto del cuerpo y yo hasta empezaba a sudar, sentía mi corazón agitado y un estremecimiento y un leve alzarse de los vellos de mi cuerpo y una humedad, sí, también sentía una humedad, algo, no sé, yo no podía comprobarlo, pero de sólo sentir el contacto con su piel mi carne armaba una revolución animal y furiosa. Era como si su cuerpo emitiera en una frecuencia que entraba en resonancia con la mía. ¿Entiendes? Cuando un sistema entra en resonancia puede destruirse, y así me sentía yo frente a él: rendida, hecha pedacitos.

Así mismo estaba cuando terminó de hablar aquella tarde. Sé que suspiré profundamente y no quise mirarlo, de hacerlo podía pasar cualquier cosa. Todas las fuerzas que creía tener gracias a mi encuentro horizontal con Leo en ese momento se habían diluido o corrían por el parque, lejos de mí. Sé que volví a suspirar, esa vez con el propósito de impedir que otra lágrima atrevida saliera de mis ojos. Sé que Ángel me miraba esperando alguna reacción, una palabra, una bofetada, un abrazo, un grito, algo que demostrara que seguía viva, pero yo estaba demasiado confundida como para poder hablar de forma coherente. Albert Einstein tiene una frase que me gusta mucho: «Si buscas resultados distintos, no hagas siempre lo mismo». Lo mismo, en mi caso, sería intentar razonar juntos, hacer preguntas, comprender, pero en aquel momento nada de eso tenía sentido. Volví a suspirar y me levanté diciendo que mejor nos veíamos otro día, que no se preocupara, necesitaba caminar sola un rato, lo llamaría luego, seguro, pero primero necesitaba respirar. Sola. Ángel se levantó y vino frente a mí. Vi su cara. Seguía con los ojos brillosos y el rostro triste. Yo te quiero, Julia, repitió. Yo también te quiero, dije antes de largarme.

17

Conozco poco de música clásica, algunas melodías me suenan, aunque no sé cómo se llaman. Sólo puedo identificar las más populares, la Quinta sinfonía de Beethoven, cosas así, pero hay una que nunca se me va a olvidar porque está ligada a mi infancia y a la de tanta gente en esta isla. El Concierto N° 2 para piano de Rachmaninov, que era la música de uno de los muñequitos rusos que veíamos de niños, la historia del avaro puerquito hucha que revienta intentando tragarse una moneda más grande que él, mientras los muñecos contemplan el arcoíris, y de fondo está el piano de Rachmaninov. Muy lindo el concierto. ¿Lo conoces? Era el mismo que sonaba desde la emisora CMBF aquella tarde cuando llegué cabizbaja a casa de Euclides, al día siguiente de la conversación en el parque.

Euclides estaba en su cuarto reparando un ventilador mientras escuchaba la radio y, al ver mi rostro, quiso saber qué sucedía, pero yo no tenía deseos de hablar. La verdad, me sentía tan desanimada y la música me parecía tan maravillosa que dije que prefería recostarme un rato. Estaba cansada. A él le pareció extraño, aunque aceptó, así que me tendí en su cama con los ojos cerrados a escuchar a Rachmaninov.

Ángel había, literalmente, acabado conmigo. Yo tenía un plan, un proyecto, y la aparición de Bárbara dentro del juego había desencadenado una serie de pequeños efectos que, en pocas horas, me había virado el mundo al revés. Sé que mezclar sentimientos con objetivos concretos puede conducirnos directamente al caos, pero también sé que a veces es inevitable. ¿Yo qué iba a hacer? Tenía un montón de cartas sobre la mesa y necesitaba organizarlas, pero algunos elementos se contradecían. Muchos, a decir verdad. A esas alturas acumulaba datos provenientes de Euclides, de Leonardo y de Ángel. Todos coincidían en la historia de la reliquia, el problema estaba en quién poseía el documento. El escritor había logrado convencerme de que no era Euclides, pero luego de saber que el acercamiento inicial de Ángel había sido movido por su interés de llegar a Euclides, entonces volvía al punto de no entender. Si Ángel tenía el documento, si juraba que me quería, si como había dicho su relación con Bárbara era fruto de su intención de venderle el documento, entonces, ¿por qué insistía en que lo tenía Euclides? Yo ya sabía lo peor: él se acostaba con la italiana; entonces, ¿por qué quería seguir con la farsa? ¿Para qué?

Todo era una mezcla de azares y premeditaciones. Mi encuentro con Euclides y Ángel en la calle, el acercamiento de éste, la aparición de la italiana, la invitación de Leonardo a la fiesta. A esa altura no podía definir qué cosa había sido realmente casual y cuál planificada. Encima, había un detalle que me inquietaba sobremanera en las confesiones de los tres: Margarita, quien se movía como una mano oculta por debajo del tablero. Según Euclides, ella le había dicho que Leonardo tenía el documento; según éste, que lo tenía Ángel; y según este último, que Euclides. Un perfecto círculo cerrado. En caso de que todos dijeran la verdad, Margarita era el demiurgo que había construido el laberinto dentro del cual nos movíamos a pesar de su presencia distante, a miles de kilómetros de aquí. Yo ya no encontraba explicaciones razonables para nada y sabes que eso me mortifica. Me desespera perder el rumbo, porque sé que todo tiene una lógica, aunque yo la ignore. Existe siempre una teoría para explicar, incluso, lo impredecible.

Según los deterministas, en el universo todo está regido por leyes de la naturaleza y por una cadena causa-consecuencia. Todo, incluso el pensamiento humano y las acciones. Por tanto, no existe el azar. Esto implica que conociendo una situación A y las leyes que rigen el proceso que lleva de A hasta B, entonces cualquier situación B es predecible. Si no podemos predecir algo es simplemente porque no conocemos las leyes que rigen su proceso. Es la ignorancia y no el azar lo que vuelve inexplicables ciertas situaciones. Eso dicen los deterministas.

Sin embargo, según la teoría del caos, el universo se rige por una mezcla de orden y desorden, o sea que no sigue siempre un modelo previsible y determinado. Algunos sistemas, como la órbita de la Tierra alrededor del Sol, tienen un comportamiento bastante previsible y, por consecuencia, son llamados estables. Pero se trata de una minoría, porque en realidad lo que abunda en la naturaleza son los sistemas inestables, cuyo comportamiento puede ser caótico, lo cual se traduce en que, con frecuencia, dentro de ellos comienzan a manifestarse ciertos desórdenes sin aparentes causas conocidas. Piensa en el clima, por ejemplo, es prácticamente imposible conocer con exactitud el clima de los próximos días. Estas inestabilidades, completamente imprevisibles, no están determinadas por el conocimiento que se tenga sobre las leyes que las originan, no es la ignorancia del observador lo que provoca llamar desorden a lo que no entendemos, sino que el desorden existe y se manifiesta así, sin más ni más, el día menos pensado. ¿Por qué? Pues porque depende de un montón de circunstancias inciertas que van a determinar que una pequeña variación en cualquier punto del planeta pueda generar considerables efectos posteriores en el otro extremo de la Tierra. Es lo que se llama efecto mariposa: el aleteo de una mariposa en un remoto lugar puede producir, tiempo después, un huracán en otro sitio.

Algo así estaba sucediendo, Margarita era la mariposa que había revoloteado años atrás para sumirnos a todos en el huracán en que vivíamos. Margaritaestálindalamaryelviento, Maragaritamariposa, Margaritamierda.

¿Por qué caer dentro del efecto Margarita? De repente fue como si se me abriera el pensamiento. Ya te dije que siempre existe una teoría para explicar incluso lo impredecible y yo, te juro, no es que necesite que dos más dos sean cuatro, qué va, nada hay más inexacto que las ciencias exactas, créeme, Bertrand Russell definía la Matemática como una materia en la que nunca sabemos de qué se habla, ni si lo que estamos diciendo es cierto, así que figúrate tú. Yo no necesito, ni necesitaba en aquel momento, que las cuentas fueran absolutamente claras, necesitaba simplemente no perder el rumbo y encontrar un sistema que me permitiera explicar, de algún modo, lo que estaba sucediendo. Para eso la teoría del caos era perfecta, porque además, y me di cuenta aquella tarde, era la única capaz de interpretar lo que pasaba a nuestro alrededor. Que Ángel se acostara con la italiana, que yo lo hiciera con Leonardo, que Euclides mintiera, que Dayani deseara irse del país, que yo durmiera en la sala, que Margarita jugara con nosotros desde lejos y que todos en conjunto estuviéramos obsesionados con Meucci. Todo eso no era más que manifestaciones del caos. Margarita era apenas una mariposa más que había batido sus pequeñas alas tiempo antes, otro desorden del sistema que ya tenía un comportamiento caótico. Porque era el país el que pasaba por un momento caótico. Una mariposa había revoloteado al otro lado del Atlántico tumbando un muro en la hermosa ciudad de Berlín y, poco a poco, el efecto comenzó a hacerse visible en este lado del mundo, en esta isla que es un sistema inestable. ¿Comprendes?

Te explico mejor, según la teoría del caos, el universo se rige por ciclos: a uno de orden le sigue uno de desorden, y así sucesivamente. Para que algo evolucione requiere una cierta inestabilidad; por tanto, es en los períodos de desorden o períodos caóticos donde pueden existir cambios del sistema. ¿Me sigues? Ahora bien, el caos tiende a ser progresivo, quiero decir que va aumentando poco a poco. A veces ocurren pequeños acontecimientos que aparentemente no significan nada, ni los notamos siquiera; y sin embargo, más adelante su efecto va amplificándose y haciéndose notable. Un sistema que evoluciona de esta forma, caóticamente, se va volviendo cada vez más sensible a las influencias del entorno, o sea que cualquier cosa que suceda fuera de sí mismo puede influenciar en su comportamiento. Se cae un muro en Berlín y Cuba entra en crisis total, esto evidencia que era un país inestable, lo cual no es nada difícil de demostrar visto nuestro desarrollo económico.

Hasta aquí tenemos que, de una parte, el caos va progresando y, de otra, la influencia externa se acentúa, entonces llegamos al momento culminante, claro, el vaso se llena y alcanzamos lo que se llama un punto de bifurcación. El clac, el pataplún, el bimbam, paaaaaaaaaaaaf. Es ahí donde el sistema, llámese como se llame, deberá cambiar, e-vo-lu-cio-nar. A partir de este punto, hay dos posibilidades. Una: retornar al estado de equilibrio previo al desbarajuste, amortiguando o corrigiendo los cambios que se han producido en el camino. Dos: dejarse llevar por el caos hasta que este mismo comience a autoordenarse y a cambiar la situación, de este modo se construye una nueva estructura, se evoluciona, lo cual, si me permites, no quiere decir obligatoriamente que se llegue a un estado más favorable, simplemente el sistema, llámese como se llame, se reconfigura en una nueva estructura distinta de la anterior. ¿Comprendes?

Tomando en consideración todo esto llegué a la conclusión de que Cuba, en la etapa reciente de su historia, había pasado por dos puntos de bifurcación. El primero en 1959, cuando el mismo caos en que vivía el país había provocado la Revolución que cambió el régimen imperante para ir estableciendo, poco a poco, a lo largo de dos décadas, mediante reajustes, purgas, leyes y cambios de conciencia social, un nuevo sistema y, por tanto, una nueva sociedad, con valores totalmente distintos a los de la anterior. En esa sociedad yo crecí. El segundo punto de bifurcación era el año 1989, con el inicio del fin del sistema socialista, que volvió a cambiar nuestra sociedad. En ese momento, el gobierno intentó que el país regresara al estado de equilibrio anterior al 89, pero fue imposible. Una mariposa había revoloteado en Berlín y ya era inevitable el huracán. El caos siguió progresando lentamente, envolviéndonos, cambiando valores, trocando equilibrios. A ver si me entiendes. En 1987, un huevo era lo más normal del mundo; pero en 1993, teníamos derecho a cuatro huevos mensuales. Si antes del 89 era mérito y orgullo ser licenciado o ingeniero, después del 93 lo era ser dependiente de una tienda o de una gasolinera en dólares. Y si antes del 89 Euclides había tenido problemas con su mujer por invitarme a Las Cañitas del hotel Habana Libre, en el 93 no hubiera sucedido nada, porque tanto para Euclides, como para mí, como para todos los seres nacidos en esta noble isla, estaba prohibida la entrada a los hoteles. ¿Comprendes lo que te digo?

El punto de bifurcación de 1989 dio paso a una nueva sociedad con otros valores completamente distintos a los que ya conocíamos. Fue la sociedad que se empezó a construir en los noventa y que aún continúa gestándose. Afortunadamente, en ciertas cosas, el mismo caos ha ido provocando un orden: ya podemos entrar a los hoteles y comer mejor que a inicios de los noventa. Por lo demás, ahí seguimos, flotando todavía en esta especie de limbo, de estado transitorio que no termina nunca. Lo único claro, al menos para mí, es que cambiamos de valores, se impusieron otros valores. Te conté del dibujo animado que veía en la infancia, la historia del avaro puerquito hucha que revienta intentando tragarse una moneda más grande que él, mientras los muñecos contemplan el arcoíris, y de fondo está el piano de Rachmaninov. Pues si esa historia fuera ahora, el puerquito hucha ya se las ha apañado para tragarse la moneda, y los muñecos, en lugar de querer ver el arcoíris, estarían tratando de vender el piano de Rachmaninov, quien, por supuesto, hace rato se habría ido del país. Así de simple: nueva sociedad, nuevos valores. ¿Qué te parece?

Llegar a esas conclusiones no creas que me sirvió para solucionar nada, simplemente alivió mi desconcierto, porque entonces todo, absolutamente todo, adquirió una coherencia que antes no había podido ver. Si te fijas, la obsesión colectiva con Meucci había comenzado también en el 89, cuando se cumplió un centenario de su muerte y *Granma* publicó el artículo del que Euclides me había hablado, y que Ángel acababa de informarme que también conocía. A Leonardo ni falta me hizo preguntarle en aquel momento, porque con la cantidad de documentación que tenía me pareció imposible que hubiera pasado por alto el artículo, pero luego él solito vino a confirmarlo y entonces supe que justo gracias al *Granma* fue que Margarita le habló del documento de

Meucci. O sea que, en el punto de bifurcación de 1989, Leonardo se propone escribir una novela sobre la vida de Meucci con la tonta ilusión de que la presencia del documento original, que posee su amiga, hará del libro una obra maestra. A Ángel, viendo las apreturas económicas que se avecinan, se le ocurre proponerle a su mujer la venta del manuscrito. Mientras que Euclides, quien ya estaba interesado en el papel que pertenece a su hija, comienza a preocuparse de que el artículo pueda llamar la atención de otras personas. A partir de ahí comenzaron a evolucionar las cosas hasta donde nos encontrábamos.

Esa tarde ni cuenta me di de cuándo Rachmaninov dejó de tocar, pero sé que en algún momento abrí los ojos y descubrí que estaba sola en la habitación en medio de un absoluto silencio. Evidentemente me quedé en duermevela, claro, había pasado la noche anterior dando vueltas en la sala de mi casa, siempre con esta dificultad para conciliar el sueño cuando tengo preocupaciones, y entre el piano y mis pensamientos ni siquiera sentí cuando Euclides abandonó su cuarto. Recuerdo que me senté en la cama y miré a mi alrededor. No sabía cuánto tiempo había pasado, pero mi amigo había salido dejándome allí, sola en su cuarto. Días atrás, cuando aún creía que él tenía la reliquia, ésa hubiera sido una situación de oro, pero en ese momento me daba risa. ¿Qué iba a tener Euclides? Si mi pobre profesor había sido capaz de publicar una parte de mi mierdera tesis para ganarse unos kilos, ¿qué no hubiera hecho de tener aquel dichoso documento original sobre la invención del teléfono? Ya sería famoso. ¿No? Habría hasta que tratarlo de usted.

¡Qué va! Definitivamente mi profesor no tenía nada. La versión de Ángel cada vez perdía más hojas, pero era como si una flor se fuera marchitando y cada pétalo caído se convirtiera en una papeleta en su contra. Nunca antes vi un proceso de transformación de la materia tan eficaz. A Ángel, en realidad, Meucci no le importaba, por tanto el manuscrito en sí no tenía gran valor para él. Poseerlo no era su objetivo, sino un simple trámite para obtener algo que necesitaba más. Por eso las hojas caídas de su versión iban convirtiéndose en papeletas en su contra, porque iban revelándome, o mejor, haciendo evidente, lo que había dicho Leo: Ángel tenía el documento. Era muy probable que, en un principio, se hubiera quedado con él pensando que Margarita volvería a buscarlo, pero visto que no sucedió, entonces lo había dejado en el mismo sitio en que ella lo guardaba. Se había convertido en el custodio de la reliquia de Margarita del mismo modo que era el custodio de la vida de la desconocida de los videos. Ángel y sus historias. Lo que sí estaba claro era que en principio no le había interesado venderlo, a pesar de que Leonardo le insistió. El mismo Ángel me había comentado que, de haberlo tenido, nunca se lo hubiera dado al escritor. No, él quería conservar la reliquia.

Quizá te pueda parecer un poco tonta pero, aún sabiendo que Ángel se acostaba con la italiana, yo creí en lo que había dicho en el parque, creí que me quería. Sí. De no quererme, todo hubiera sido simple para él, se empataba con la italiana, le vendía el documento y pal carajo. No tenía ninguna razón para justificarse ante mí. Sin embargo, como decía Leo, Ángel no quería perderme. Eso era un hecho. Por eso le creí y creí también en todo lo demás, en su interés de reconquistar a Margarita, en la linda historia de la devolución de la reliquia para que ella pensara bien de él, en su amor por mí y en su decisión de vender el manuscrito después de que Bárbara apareciera con la intención de comprarlo. En todo eso creí y en que no confesaba que él tenía el documento para protegerse y conquistar mi admiración, como había dicho Leo, para volverse mi príncipe azul.

¿Sabes cuál es mi problema? Yo tengo un gran problema que, como todas las cosas, depende de cómo se mire. Hay una frase de un cuento de ciencia ficción que leí hace muchos años que dice: «Cuando estás en la orilla, se mueve la barca; y cuando estás en la barca, cambian las orillas»". Todo es relativo. ¿No? Otra vez el viejo Einstein. Mi problema es que no tengo traumas familiares. Tuve una infancia feliz, nadie me abandonó ni dejaron de quererme, tengo madre y padre, madrastra y padrastro, todos juntos, revueltos, felices. Todos me quieren y se quieren. Nos quisieron a mí y a mi hermano y a las hijas de mi madrastra. Un asco, te juro. Pura armonía. Y encima, crecí sin grandes problemas, claro, porque cuando la gente se quiere, pues todo lo demás se soporta. Si no hay agua o luz, si hay cucarachas, si alguien se molesta por una bobería… ¿qué más da? Cuando la gente se quiere, todo fluye. Qué barbaridad, mis padres me jodieron, te juro. Contrario a lo que parece, crecer en estas condiciones puede ser un verdadero problema, porque te hace ser demasiado estructurada. ¿Cómo decir? Te vuelve muy sensible, pero a la vez muy justa. A mí se me estruja el corazón ante el dolor de los otros. Se me estrujaba el corazón ante Ángel y sus carencias afectivas, porque en el fondo no te olvides que había sido doblemente abandonado y que temía que su hermana se fuera. También por eso le creí y entendí que me ocultara lo del documento. Ésa era en realidad su única mentira. Por otra parte, ¿qué quería yo? Estar con él, vivir con él. Y era eso lo que acababa de proponerme. ¿Qué más podía pedir entonces?

Nada. Yo no iba a pedir nada. Comprendía a mi ángel y no estaba dispuesta a perderlo, aunque comprender no significa perdonar. Comprender: la italiana no iba a quedarse eternamente en Cuba, decidí darle una tregua a mi ángel, decirle que lo entendía y seguir juntos. Perdonar: continuaría el plan de Leonardo, desviando a

Bárbara hacia Euclides y sacándole el documento a Ángel para el escritor. Era justo. ¿No?

No pongas esa cara. Me jodía enormemente compartir a Ángel con Bárbara, pero no quería perderlo y él debía pagar por su falta. Ya te dije, soy tan sensible como justa. No se puede herir a las personas de ese modo. Nunca he soportado una cosa así. Por ejemplo, hace rato te conté que decidí dejar la CUJAE cuando dos de mis alumnas entraron al baño diciendo que yo tenía mal carácter porque estaba mal templá. ¿Te acuerdas? Eso me hirió en lo más profundo. ¿Y crees que me quedé sin hacer nada? Pues claro que no. No era justo, así que tuve que hacer algo. Esas niñas no aprobaron ni un solo examen en todo el curso. No eran de las más inteligentes y eso también ayudó, digamos que ellas pusieron de su parte y el resto fue gracias a lo inexactas que pueden ser las Matemáticas. Ambas terminaron en los mundiales de agosto, las pobres, estudiando mientras los demás estaban de vacaciones. Una pasó al año siguiente y la otra tuvo que dejar la universidad, pero sé que aprendieron la lección, porque no me quedé callada. Cuando fueron a la cátedra antes de los mundiales, les recomendé que estudiaran bastante en lugar de estar haciendo comentarios idiotas sobre la vida sexual de sus profesores. Quizás a ti no te lo parezca, pero eso se llama hacer justicia; y con Ángel, igual. Yo lo comprendía, pero tampoco podía quedarme de brazos cruzados, algo tenía que hacer. Vivíamos en el caos. ¿De acuerdo? Bárbara era el elemento externo que había influenciado en el comportamiento de Ángel y yo quería ser la mariposa que provocara el nuevo huracán.

Cuando Euclides regresó al cuarto, traía una lamparita y anunció que se había ido la corriente hacía rato, pero que su mamá estaba cocinando con queroseno, así que podía quedarme a comer. Acepté y vino junto a mí a preguntar qué me pasaba. Recuerdo que vi su rostro iluminado en la penumbra y sentí que le tenía un gran cariño, pero que era justo, muy justo, que él no tuviera el documento. Euclides también había mentido y debía responder por ello. ¿No? Si alguien merecía el manuscrito era Leonardo, porque con su novela haría justicia al olvidado Meucci, en eso Margarita y yo estábamos de acuerdo. Ya no había vuelta atrás, el caos debía seguir su evolución. Enséñame una foto de tu hija, le pedí a Euclides. Y recuerdo que me miró muy extrañado. Fue la primera vez que vi el rostro de Margarita. Una gentil princesita, tan bonita, Margarita, tan bonita, como tú.

18

Entonces las cosas empezaron a acelerarse. Creo que fue justo al día siguiente, cuando Leonardo me llamó al trabajo para contarme que había hablado con Bárbara. Como acordamos, le dijo que Ángel no tenía el documento y, visto que lo suyo eran las historias, pues le contó que había recibido una llamada de Margarita desde Brasil, la pobre, estaba medio borracha y le había entrado la nostalgia esa que le entra a casi todos los que se van, por eso tomó el teléfono para llamar a su mejor amigo Leonardo y fue en aquella conversación cuando salió a relucir que el manuscrito de Meucci no lo tenía Ángel, sino el padre de Margarita. Según Leo, la italiana no tenía motivos para no creerle, total, si le había creído con lo de Ángel, ¿por qué no hacerlo con Euclides? De hecho, se tragó el cuento y empezó entonces a preocuparse porque ni Leonardo ni ella conocían al padre de la tal Margarita. Ahí vino el golpe maestro, cuando Leo dijo que quien era muy amiga de Euclides era yo, o sea que tenían que hacer todo lo posible por acercarse a mí. Ya Ángel no importaba tanto. Según Leo, Bárbara tuvo unos minutos de reflexión interna y él hasta llegó a pensar que estaba a punto de comunicarle su relación con Ángel, pero nada, la italiana guardó bien su secreto y concluyó que, en efecto, siendo así, Ángel ya no importaba tanto mientras que yo pasaba a un primer plano. ¡*Touché*!, gritó Leo al teléfono y tuve miedo de que mi directora oyera sus palabras y me retirara el derecho a usar el invento de Meucci. Por fortuna, no sólo no escuchó sino que, para mi sorpresa, una vez que colgué preguntó si no me molestaba quedarme cuidando su oficina, porque necesitaba ir un momentico a casa de una costurera que vivía cerca para probarse una ropa. Quedarme a solas con un teléfono era lo que más falta me hacía en ese momento, así que acepté solícita el pedido.

Leo y yo habíamos quedado en que el domingo yo iría a su casa para ponernos al día con nuestro plan. Estábamos de acuerdo en que debíamos actuar lo más pronto posible. Si Ángel aún no le había enseñado el manuscrito a Bárbara, era para hacer las cosas más difíciles y poder subir el precio, sin embargo, cada día era un día menos de la italiana en Cuba y obviamente él no la dejaría escapar antes de la venta. Por tanto, tocaba movernos rapidísimo. Imaginé a la directora de mi Tecnológico llegando a la puerta de su costurera y marqué el número de la italiana.

Cuando se puso, estaba contentísima de escucharme. Quise saber cómo le iba, qué tal con Ángel y, aunque me separé del auricular porque no me interesaba oírla, hasta mí llegó su vocecita diciendo que haría lo posible por conquistarlo de verdad, aunque estaba preocupada porque ese fin de semana él había dicho que estaría en casa con su hermana y no podrían verse. ¿Tú crees que sea verdad, Julia?, preguntó. Tuve ganas de meter la mano por uno de los huequitos del auricular para llegar al otro lado, sacar la mano e, impulsando el dedo del medio con el pulgar, darle un golpecito seco y preciso en la punta de la nariz. En su lugar, dije que podía ser verdad, su hermana a veces se quedaba allí, mejor que no se preocupara tanto y que me contara de otras cosas, qué tal le iba, por ejemplo, con su proyecto sobre la literatura nacional. Claro que a mí no me interesaba su proyecto, pero era una buena entrada, porque después de sus comentarios, procedí a informarle que conocía a un escritor jovencito que quizá pudiera interesarle y concluí: Es el hijo de Euclides, mi mejor amigo. Al escucharme, Bárbara calló apenas un segundo y luego dijo: Ah. Entonces, preguntó si el muchacho había publicado y respondí que sinceramente creía que no, era muy joven, andaba por los veinte. Pues me interesa, esa generación me interesa, afirmó con una decisión que cualquiera se la creía, mientras del otro lado yo sonreí, porque la palabra mágica: Euclides, había funcionado. Le conté que el sábado veía a mi amigo y volví a mencionar su nombre, claro, y que si ella quería podíamos encontrarnos e ir a su casa; el hijo lo visitaba con frecuencia y, a veces, incluso, iba con otros amiguitos escritores. Mira, te juro, parecía que Bárbara iba a ser la Cristóbal Colón de la generación literaria de los noventa, vaya, como si de repente se le hubieran abierto las puertas hacia lo más selecto del oculto mundo literario habanero. Eso parecía, pero yo sabía cuál era su verdadero interés. Y cuál el mío, claro. Nos dimos cita el sábado en la esquina de Coppelia, yo llegaría con Euclides luego de la reunión del grupo de matemáticos y entonces nos iríamos a su casa. Agregué, además, que mi amigo era un encanto y ella dijo no tener dudas.

Mi directora estaría aún probándose la ropa, así que me entretuve limpiando el disco del teléfono. Era un modelo de los antiguos, aquellos negros, que acumulaban polvo bajo el disco, sonaban tan bonito y eran objetos contundentes, de esos buenos para romperle la cabeza a alguien. Pensando en eso, marqué el número que mejor me sabía, y Ángel dijo: Oigo. ¿Qué te voy a decir? Nada, no te aburro más con mi absurdo amor y lo lindo que me pareció escucharlo. Respondí hola y él dijo: Mi Julia, y siguió con que quería verme, pero en ese momento no podía hablar muchísimo, Dayani estaba allí. ¿Por qué no pasaba por su casa cuando terminara el trabajo? Respondí que pasaría y colgué. No sé cómo le quedó la ropa a mi directora, pero a su regreso estaba muy contenta.

Fue Dayani quien abrió la puerta ese día. Estaba como la primera vez que la vi, toda vestida de negro y con cara de tragedia, aunque bastante amable. Me invitó a entrar anunciando que su hermano estaba en el baño. Ambas nos sentamos en el sofá. Ella acomodó sus pies encima de la mesita para continuar viendo el video musical que tenía puesto y me fijé en que, como la primera vez, llevaba botas militares. Cuando empezó la siguiente canción, dio un suspiro antes de comunicarme que era su grupo preferido, Extreme, y su canción preferida, *More Than Words,* y su hombre preferido, Nuno Bettencourt. Agregó que era una lástima que en este país no hubiera hombres así, por eso había que irse más allá de todo. Yo la verdad no supe si responderle. Además, ni siquiera me estaba mirando. Me fijé en la pantalla y había dos hombres de pelo largo, el tal Nuno muy bonito, por cierto, y la canción también. Yo conocía hombres parecidos, Ángel, por ejemplo, con su pelo largo y su sonrisa de ángel. Habría que saber si los de la pantalla serían capaces de hacer lo que hacía el hermano de Dayani, pero bueno, eso no tenía que decírselo a ella, que continuaba mirando la pantalla y canturreando bajito. El idilio fue roto por la voz de Ángel diciendo: ¡Cojones, Da, baja las patas de arriba de la mesa! La muchacha bajó los pies con un gesto de molestia, mientras que yo me incorporaba para que Ángel pudiera verme. Él sonrió. Yo medio sonreí. Y Dayani cantó junto con los de la pantalla: *I love youuuuuuu.*

Su hermano dijo que saldríamos, que desconectara el refrigerador si se iba la corriente y que se quitara las botas para subir los pies. Él no demoraba. Me despedí de la muchacha con un gesto de la mano y salí rápido. Nosotros teníamos que hablar y eso fue lo que hicimos, hablar sin apenas tocarnos, mientras caminábamos. Me dijo que Dayani se quedaría en casa el fin de semana, que había estado esperando mi llamada y que, en general, estaba desesperado por todo y porque me quería y patatín y patatán. Dijo un montón de cosas, pero yo ya había tomado una decisión, así que en una de ésas lo interrumpí preguntando cuándo creía que podría venderle el documento a Bárbara y salir de ella. Me miró asombrado diciendo que dependía de mí, era yo quien tenía que encontrar el papel. Sí, pero ¿cuándo se va Bárbara?, pregunté. Y respondió que no sabía exactamente, le quedaba poco, eso sí, por eso mientras más rápido hiciéramos las cosas, más pronto saldríamos de todo. Recuerdo que habíamos llegado al parque del Quijote, la acera estaba llena de gente, como siempre, y yo desvié mis pasos para sentarme en el murito junto a la escultura. ¿Cómo hago para creerte, Ángel? Él tomó mis manos, me miró, y con esa boquita que me obligaba a derretirme, dijo: Cásate conmigo.

Como lo oyes, pidió que me casara con él. Ahí, en medio de la gente que esperaba la guagua, a un paso del tipo que vendía maní y bajo la sombra del ingenioso hidalgo, Ángel pidió que me casara con él y como, evidentemente, me quedé patitiesa y muda, él siguió hablando. Agregó que no encontraba otro modo de convencerme de su amor, que lo de la italiana era producto de la circunstancia, una oportunidad que el destino había puesto frente a nosotros y no debíamos dejar escapar, que el dichoso papelito podía cambiarnos la vida a nosotros y a Dayani, que si éramos fuertes e inteligentes rebasaríamos ese momento, que luego nos reiríamos de todo, porque estaríamos juntos él y yo, porque yo te quiero, concluyó alzando el tono. Miré a mi alrededor y el tipo que vendía maní nos observaba con una sonrisita tonta, hizo un gesto como de brindis con el puñado de cucuruchos que tenía en una mano y se levantó con su canto de: ¡Vayatumaniaquí! Volví a mirar a Ángel. Nos miramos. Me pareció que estaba completamente loco, pero absolutamente hermoso.

Nunca antes me habían propuesto matrimonio y no es que me importara demasiado, la verdad es que aquí la gente no se casa tanto, uno se junta y pal carajo, así es más fácil, aunque casarse tenía la ventaja de que te daban derecho a comprar cajas de cerveza a precios módicos y en esa época aquello era un lujo luego el divorcio no es complicado, vas, firmas, y al otro día te puedes casar con otro. Así de sencillo. Pero si te digo la verdad, escuchar la frase "cásate conmigo" me revolvió un montón de cosas dentro, no sé, era como si mi espíritu romántico se hubiera levantado mientras de fondo sonaba una canción de Roberto Carlos. Una cosa muy extraña, de repente me vi con un velo largo, mientras la gente de la parada gritaba "que vivan los novios", Don Quijote nos declaraba "marido y mujer" y el tipo del maní lanzaba los granos que volaban por el aire. Definitivamente, Ángel estaba completamente loco, pero yo también. Por eso sonreí y dije: Ok. Él preguntó: Ok… ¿qué cosa? Y yo confirmé que ok, que nos casábamos. Si de verdad él quería casarse conmigo, pues yo estaba de acuerdo. Ángel se abalanzó sobre mí apretándome entre sus brazos, mientras susurraba a mi oído que me quería, y yo, te juro, tuve un instante de plena felicidad. Puede parecer tonto, pero en ese momento mi mente se quedó en blanco, olvidé mis planes para arrebatarle el documento de Meucci y sus mentiras fingiendo que no lo tenía, a Bárbara y sus intenciones de conquista, a Leonardo y su novela, todo lo olvidé, porque nada existía más que Ángel y su abrazo al pie de Don Quijote de la Mancha.

Ese día caminamos todavía un rato más, pero él debía volver a casa y ocuparse de la depresiva hermanita. No íbamos a vernos en todo el fin de semana, así que quedamos en hablar, yo lo llamaría, claro, y el lunes, apenas se hubiera librado de Dayani, comenzaríamos a organizar el matrimonio. Tenía una felicidad tan grande que llegué a casa gritando la noticia. Tal vez era demasiado pronto para darla, pero la verdad es que no cabía dentro de mi contentura y necesitaba compartirla. Recuerdo que mami salió de la cocina preguntando qué me pasaba y yo, como Jack Lemmon en *Some like it hot*, comencé a bailar mientras repetía: Me voy a casar, me voy a casar. Mi hermano y mi padrastro se acercaron el uno al otro como movidos por una extraña fuerza; el primero preguntó con quién y el segundo dijo que quien fuera tenía antes que conocer a la familia. Mi cuñada, por su parte, sonrió afirmando que qué calladito me lo tenía. Yo seguí bailando e informé a la población que me casaría con un ángel y me iría a vivir a El Vedado. La segunda reacción fue diferente. Mami preguntó: ¿Qué es eso, mijita? Mi cuñada gritó: ¿Pal Vedado? ¡No! Mi hermano frunció el ceño y exclamó que esperaba que no estuviera enredada con un extranjero. Mi padrastro, por su parte, afirmó que tenía que presentarles a ese hombre lo antes posible. Y yo se los presenté a todos ellos y a mi padre, claro, pero a su debido tiempo, cuando fue necesario, no en aquel momento, en que lo único que podía hacer era bailar con esa felicidad tan grande que me revolvía el cuerpo. ¿Para qué cansarte con más palabras? Sencillamente mi felicidad tenía un límite que tendía al infinito. Una explosión.

No volví a pensar en los problemas hasta el día siguiente, visto que iba a encontrarme con Bárbara y ella era el hueso atravesado. Sinceramente tenía ganas de restregarle en la cara que Ángel y yo nos queríamos, que íbamos a casarnos y a vivir juntos, y que ella no pintaba nada en toda esa historia, era una pieza sobrante que debía ser multiplicada por cero. Tenía ganas de decirle todo eso, pero no era lo más adecuado, más bien pensé que sería conveniente hablarlo antes con Ángel. El día de la propuesta de matrimonio no la habíamos ni mencionado, por supuesto, pero necesitábamos conversar con calma de la situación. Por mi parte, debía continuar alejándola, debía depositarla en brazos de Euclides y dejarla allí, bien lejos de nosotros, hasta que llegara su fecha de partida. Ángel tenía el documento y se quedaría con él, porque no era la italiana la encargada de heredarlo. Eso de ninguna manera. Así pues, decidí que ese día tampoco le contaría a Euclides lo del matrimonio, de hacerlo iba a convertirse en un tema de conversación y, visto que él no sabía nada de Bárbara, no tendría ningún reparo en mencionar la noticia delante de ella, provocando una situación incómoda y fuera de lugar.

Como habíamos acordado, luego de la reunión del grupo me dirigí con Euclides a la cita con la italiana. Ya por el camino me encargué de hacerle una breve introducción. Era una periodista que trabajaba sobre literatura cubana a quien había conocido gracias a Leonardo, y apenas pronuncié el nombre, mi amigo me miró abriendo los ojos. Yo intenté calmarlo, que no se preocupara, dije, en el mundo había millones de italianos y millones de escritores, lo que volvía cercanos a Leo y a Bárbara era, sin duda, la literatura, justo por eso teníamos cita con ella, porque estaba interesada en encontrarse con Chichí. Visto que la crisis había reducido al mínimo las publicaciones resultaba imposible conocer a los nuevos escritores por sus libros; por tanto, Bárbara se empeñaba en buscarlos personalmente. Ya ella le explicaría mejor su proyecto pero, según mi opinión, podía resultar interesante para Chichí tener este contacto, y quién sabe si de ahí podía salir incluso alguna publicación en Italia. Euclides estuvo de acuerdo. En cualquier caso, era mucho mejor ganar dinero del trabajo honrado de escritor que vendiendo comida en el mercado negro.

Bárbara nos esperaba en la esquina de Coppelia y, para no variar sus costumbres, apenas nos vio sonrió con todo el cuerpo, me dio dos besos, levantó un dedo hacia mi amigo diciendo Euclides, y se acercó para plantarle sus dos besos correspondientes. Mi amigo aceptó complacido y no pudo evitar que sus ojos, con muy poco disimulo, dedicaran unos segundos al escote de la italiana.

Sé que había provocado este encuentro con segundas intenciones, pero también sé que hay encuentros que de todos modos valen la pena y que para Euclides éste fue como un rayito de sol en medio de su aburrida rutina. Por tanto sé que, en el fondo, hice bien y eso me reconforta.

Aquel día, la vieja nos preparó un café y estuvimos largo rato conversando mientras esperábamos al hijo escritor. Bárbara contó su proyecto, dijo que tenía contactos con algunas editoriales de su país que estaban interesadas en publicar literatura cubana. Los editores europeos, agregó, sabían perfectamente que esta isla producía cultura y estaban muy curiosos por conocer qué contaban las generaciones nacidas después del 59, sobre todo en aquellos tiempos difíciles que estábamos viviendo. Era, por tanto, un buen momento para abrir el mercado a los cubanos. Evidentemente a Euclides esa manera de presentar las cosas no le gustó mucho, porque comentó que siempre había bolsillos que se llenaban gracias al dolor ajeno. Pero Bárbara no se dio por aludida, se inclinó hacia mi amigo y afirmó que era *quid pro quo,* los escritores con quienes había hablado estaban locos por publicar, donde fuera, ella era tan sólo la intermediaria, la que al descubrirlos les iba a dar esa oportunidad, y concluyó con una sonrisa: Soy Cristóbal, no la Corona de España. Euclides también sonrió, no sé si porque al estar ella inclinada la visión del escote era perfecta o porque le daba la razón. En cualquier caso, aquella tarde ambos sonrieron mucho y, cuando decidimos irnos, porque Chichí no aparecía, Bárbara se despidió de Euclides anunciando que pasaría a verlo otro día. Magnífico. Mis expectativas andaban viento en popa y a toda vela, como las naves de Colón.

Cuando salimos, Bárbara dijo que si no tenía nada que hacer me invitaba a una paladar. Y acepté; sí, señor, ¡cómo no iba a aceptar! La verdad es que la italiana había rodado bien esta ciudad porque me llevó a una paladar buenísima y después de la primera cerveza me dio risa, imagínate, estaba sentada a la mesa con la mujer que se acostaba con el hombre que yo amaba. Una locura. ¿No? Pero bueno, era necesario, de ese modo confirmaba que Ángel estaba en casa con Dayani, garantizaba que Bárbara no se le fuera a aparecer y, además, nutría mi organismo con comidita rica.

La conversación en la paladar fue como un regalo inesperado, porque entre otras cosas supe la fecha de partida de la italiana, un dato muy importante para los planes que tenía con Leo. A Bárbara le quedaba poco tiempo en Cuba y no creas que no pensé en lo que estás pensando ahora. Lo más fácil hubiera sido ponerme de acuerdo con Ángel, darle unos días con ella para que le vendiera el documento e irnos a vivir juntos con el dinero de la venta. ¿No? Eso hubiera sido, quizá, lo más lógico, pero implicaba romper mi pacto con Leonardo, dejar sin un justo castigo a Ángel y, sobre todo, traicionar a Antonio Meucci. Fíjate que si hasta el momento había roto mis pactos, primero con Euclides y luego con Ángel, era porque me habían obligado. Yo soy fiel, pero ellos mentían y por eso merecían una dosis de la misma moneda. ¿No crees? Venderle el documento a la italiana era un error, porque encima a mí no me interesaba el dinero, aunque me hacía falta, sino hacerle justicia a un científico olvidado por la historia. Y eso sólo podía lograrlo el escritor. Él podía darle vida al genio y conseguir que quedara memoria de su hallazgo, no unos periodistas oportunistas que sacarían partido de la noticia durante unos días, hasta que el río de la actualidad arrastrara a Meucci y a su manuscrito de vuelta al olvido.

Para mi sorpresa, esa noche mencionamos poco a Ángel. Quizá la conversación con Euclides la había dejado pensando, pero lo cierto es que Bárbara agarró y empezó a hablar de Cuba. Dijo que este país le gustaba porque aquí las cosas olían diferente, a tierra, a lluvia o a algo que no podía definir, pero que ciertamente no encontraba en Europa. Incluso, agregó, las pestes eran auténticas. Me dio risa y asco a la vez, pensando en las aguas albañales que corrían por ciertos barrios, en las guaguas abarrotadas de gente sudando bajo el sol caribeño, en la carencia que teníamos de productos de limpieza, pero Bárbara continuó con que aquí los olores tenían una autenticidad única. El sobaco, por ejemplo, era pura peste y no una asquerosa mezcla de hedores y perfumes, hasta las mismas ganas de sexo podían olerse y nadie las ocultaba. La gente, dijo, era natural y por eso olía de forma natural. Por eso nos tocábamos, nos mirábamos a los ojos, nos contábamos la vida en el primer encuentro y reíamos y llorábamos sin vergüenza. En Europa todo eso era cada vez más difícil, había demasiados olores artificiales tras los que poder esconderse, demasiadas cremas y ropas y abrigos. Demasiado maquillaje. Qué curioso, a Bárbara le estaba sobrando lo que a mí me faltaba, pero sin duda le estaba faltando lo único que yo podía tener: calor humano. Esa noche lo supe porque siguió con su discurso, elogiando nuestra capacidad de sobrevivir con poco, admirando cosas que yo detestaba, ponderando la risa y el contacto físico, hasta que se puso medio triste. Coloqué una mano encima de la suya y pedí que dejara la bobería: si le sobraban los perfumes me los podía regalar y una cremita también y otra cervecita, ¿por qué no? Ella se echó a reír y creo que, sin darnos cuenta, fue en ese momento cuando empezamos a hacernos amigas. Sé que te parecerá extraño, pero así fue. Yo aún no sabía casi nada de ella, salvo que se acostaba con mi ángel y por eso quería retorcer su itálico pescuezo. Sin embargo, aquella noche me dio pena, no sé, por un momento se alejó de esa imagen que me había dado al principio, de mujer fuerte y decidida, para volverse un ser lleno de dudas que afirmaba que este país la estaba virando al revés. Este país nos está virando al revés a todos, Bárbara, no jodas, dije. Y ella sonrió: Pero hay quienes nunca volverán a estar derechos. Sólo tiempo después entendí el sentido de esa frase.

19

Regresé a casa de Leonardo el domingo por la tarde. Me abrió la puerta con su acostumbrada sonrisa, se acercó y besó mis labios. No se me ocurrió otra cosa que decir: Ángel y yo vamos a casarnos. Él alzó las cejas. Tienes que contarme, dijo. Y para mi sorpresa volvió a besar mis labios antes de afirmar: ¡Que vivan los novios! Leo era incorregible, pero tenía unos labios muy suaves, créeme. Después de contarle, sacó una botella y dijo que había que celebrar; pero como los alcoholes que tomaba estaban del carajo, preferí esperar a que preparara la caña santa.

A Leo le pareció magnífico que Bárbara ya estuviera conectada con Euclides. Aquella italiana sabía muy bien lo que quería y no era de las que pensaban demasiado, iba al grano, y de seguro se volcaría sobre mi amigo el profesor, y se apartaría de mi futuro esposo, así dijo antes de que brindáramos, yo con mi infusión y él con su destilado. Entonces se quedó mirándome serio, por encima de los espejuelos, antes de preguntar si ya que todo estaba organizado para mí, si Ángel quería casarse, si Bárbara conocía a Euclides, ¿todavía teníamos un trato? Sonreí, besé sus labios como había hecho él a mi llegada y dije lo mismo que acabo de decirte: Mi único interés era hacerle justicia a Meucci. Así pues nuestro trato seguía vigente, con la única modificación de que, en muy poco tiempo, me iría a vivir con Ángel y entonces todo sería más fácil. Leonardo sonrió, puso los espejuelos en su lugar empujándolos con un dedo y dijo que tenía noticias frescas sobre nuestro amigo Meucci.

Leo había conocido en el museo de la ciudad al muchacho que ayudó al investigador italiano Basilio Catania durante su visita a Cuba y, entre otras cosas, le había fotocopiado un artículo de José Martí. Tengo un amigo que dice que los cubanos somos un pueblo «martirizado», porque para cualquier cosa existe una frase de Martí, pero, bromas aparte, el hombre escribió sobre casi todo. En el texto que me enseñó Leo, publicado en 1886, Martí afirmaba que existían razones para creer que la patente de Bell había sido ganada con fraude; por tanto, el gobierno de los Estados Unidos tenía la obligación de investigar el hecho.

En 1886 José Martí tenía treinta y tres años y Antonio Meucci, setenta y ocho. Ambos vivían en Nueva York. Leonardo se preguntaba si la curiosidad del joven periodista y escritor no lo habría llevado hasta la casita de Staten Island para conocer a Antonio, el inventor amigo de Garibaldi, a quien también Martí admiraba tanto. Este posible encuentro era un misterio que esperaba poder aclarar en el futuro. De cualquier modo, dijo, él conocía un pequeño hilo que los relacionaba: Margarita. Uno de sus antepasados había trabajado con Meucci en el Teatro Tacón y era quien se había quedado con los diseños del italiano. Pero ese mismo señor, junto con su esposa y su hijita, se había tomado la primera foto de familia en el estudio de Esteban Mestre, donde tiempo después se había retratado el niño Martí. Con frecuencia las cosas están relacionadas de forma extraña. ¿No? La historia con mayúsculas está siempre pasándonos por delante, nos roza todo el tiempo, sólo que a veces no logramos verla.

Aquel día, Leonardo y yo nos quedamos dándole vueltas a esta idea y fascinados al saber que nuestro héroe nacional había hablado de la patente del teléfono. Como ya sabes, en aquel momento no contábamos con todos los detalles, algo sabía Leo, pero muy difuso así, pues, era difícil hacerse una idea de qué había sucedido y a qué se refería Martí exactamente. Fue la minuciosa investigación de Basilio Catania, en los años noventa, la que sacó a flote los detalles traspapelados de la historia y entonces conocimos el calvario de Meucci, que es casi una telenovela. Te cuento rapidito.

A Bell le concedieron la patente en 1876 y decidió crear su propia compañía. Tuvo un encontronazo con la Western Union Telegraph, que poseía gran parte de la red telegráfica del país y había creado una empresa subsidiaria para ocuparse de la telefonía. Hubo juicio y la Western perdió, pero con un buen acuerdo se repartieron el mercado: el teléfono para la American Bell Telephone y el telégrafo para la Western. Nada mal. ¿No? Un detalle: existen sospechas de que la Western conocía el trabajo de Meucci gracias a míster Grant, ¿te acuerdas?, el mismo tipo a quien Antonio le había dado la documentación de su «telégrafo parlante» años atrás y que dijo haberla perdido. Ésa es la nubecilla negra que te decía que flotaba sobre el míster.

Con el tiempo, comenzaron las protestas por la mala calidad del servicio que prestaba la American Bell y aparecieron otras compañías, como la Globe Telephone de Nueva York, que pretendían comercializar sistemas telefónicos alternativos.

Meucci sabía perfectamente que no sería fácil demostrar que su invención era anterior a la de Bell. Y, en efecto, pasaron varios años hasta que logró reunir información que podía demostrar su prioridad y, además, reconstruir con dinero prestado varios prototipos de teléfonos de los que había fabricado y que su esposa se había visto obligada a vender. Con toda esta documentación, fue al gabinete legal de Lemmi & Bertolino y firmó un poder para que tutelaran sus derechos. El ambiente empezó a calentarse a partir del momento en que Lemmi & Bertolino publicó una carta donde Meucci se proclamaba único y verdadero inventor del teléfono. Recibieron varias propuestas y Meucci terminó cediendo sus derechos a la Globe Telephone, que le nombró responsable técnico de la compañía. De una parte, estaba feliz porque gracias a los artículos que le dedicó la prensa había ganado cierta notoriedad. De otra parte estaba triste, porque cuando las cosas comenzaban a mejorar, murió su esposa Ester.

El año 1885 fue un punto de bifurcación en el caos. Algunas compañías comenzaron las maniobras para lograr involucrar al gobierno en la batalla contra el monopolio de la Bell. Y, por fin, el Ministerio del Interior decidió investigar las denuncias de fraude en la concesión de la patente del teléfono y los rumores sobre la prioridad de Meucci.

Claro que la Bell no iba a quedarse de brazos cruzados. Ya venía preparándose contra el inminente ataque y hasta había encargado a una agencia de detectives reunir información sobre Meucci y la Globe. ¿Te imaginas? Así pues, la Bell llevó a juicio a Meucci y a la Globe, acusándolos de infracción de patente. El ataque es la mejor defensa. ¿No? Pero, al mismo tiempo, el gobierno llevó a juicio a la Bell con el fin de anular la patente. Fue en esa época cuando José Martí escribió su artículo.

Las causas judiciales siempre son complicadas y los abogados de la Bell fueron tan hábiles que lograron retardar el inicio del juicio contra ellos, mientras se desarrollaba el proceso provocado por ellos. En éste, el juez no quiso tomar en cuenta muchas de las pruebas presentadas por Meucci pero, además, el testimonio técnico recayó en un profesor de física, amigo de Bell. Así pues, el 19 de julio de 1887, el juez dictó sentencia contra la Globe y afirmó que Meucci había logrado la transmisión de la palabra con un medio mecánico, no eléctrico. La Bell había ganado, el proceso se cerró, las actas fueron publicadas y ésta es la documentación que quedó para la historia.

Pero había dos procesos. ¿Cierto? El del gobierno aún no había logrado comenzar. No obstante, Meucci y la Globe estaban tan seguros de ganarlo que no apelaron la sentencia del juicio que acababan de perder. Gran error. Como bien canta Pablo Milanés: «El tiempo pasa y nos vamos poniendo viejos». El viernes 18 de octubre de 1889, en Clifton, Staten Island, Antonio Meucci murió con ochenta y un años.

Todo lo que queda es espuma.

Ese mismo año comenzó por fin el juicio del gobierno. En 1893 expiró la patente de Bell y la compañía propuso entonces cerrar el proceso, pero Whitman, el representante del gobierno, se negó alegando que una sentencia clara era un punto de referencia importante para el país. Cuando Whitman murió, el entonces ministro de Justicia recomendó terminar el pleito para evitar más gastos. El 30 de noviembre de 1897 quedó cerrado el proceso del gobierno contra la American Bell, sin vencedores ni vencidos. Y como nadie ganó ni perdió, nunca se publicaron las actas ni las pruebas que habían sido presentadas. Sin papeles no hay historia. El polvo la engulle. Y bajo el polvo quedó Meucci durante más de un siglo, hasta el día en que un nuevo punto de bifurcación hizo cambiar la historia.

Cada vez que pienso en esto me da tristeza. Y cuando pienso en nosotros siento una mezcla de risa y ternura. Teníamos la estúpida idea de que el documento que la familia de Margarita había mantenido tan bien guardado podía cambiar la historia y hacer de aquel año 1993 un punto de bifurcación, tanto en la biografía de Meucci como en nuestras vidas. Puras ilusiones.

Aquella noche, Leonardo estaba tan emocionado con el artículo de Martí y con su conversación con el muchacho del museo que le dio por leerme fragmentos de su novela. Puso música y se sentó en el piso, mientras yo bebía mi infusión sentada en la cama. Es curioso cómo uno va creando rituales, en su casa me acostumbré a beber caña santa y a escuchar trovadores: Frank Delgado, Santiago Feliú, Gerardo Alfonso, Carlos Varela y tantos otros. Yo no pensaba quedarme a dormir, créeme, pero empezó a leer y a conversar y se hizo tardísimo. Tampoco pensaba que repetiríamos la noche de sexo, pero me envolvió con sus palabras y cuando vine a darme cuenta ya estábamos enredados otra vez. Seguro te parecerá raro que yo, tan enamorada y con planes de matrimonio, volviera a caer en otros brazos, y tienes razón, es raro. Encima, al día siguiente había quedado con Ángel en vernos, y una de mis leyes es nunca ir a la cama con dos hombres distintos el mismo día, a menos que sea a la vez, pero eso es otra cosa. El asunto es que yo no planifiqué que aquella noche terminara así. ¡Qué rabia!

Al día siguiente recuerdo que me levanté un poco incómoda y algo le comenté a Leo, pero él puso las dos manos unidas delante de su cara y prometió solemnemente que no volvería a tocarme aunque, aclaró, si me entraban deseos de tocarlo no debía limitarme. Yo me eché a reír y es muy probable que, gracias a su promesa, no haya pensado en él durante toda la jornada de trabajo.

En la tarde me fui a casa de Ángel y lo encontré exhausto, pero súper cariñoso, como cada vez que pasaba días con Dayani. Ese fin de semana la muchacha había aterrizado en su casa deshecha en llanto. El motivo no era el padre, a quien ella apenas le hablaba, sino una bronca con su nuevo novio, quien, por fortuna, el domingo se había aparecido pidiéndole perdón. Ángel los dejó solos y, a su regreso, Dayani comunicó feliz que su novio, hijo de diplomáticos, había prometido que apenas sus padres terminaran las vacaciones y volvieran al país donde trabajaban, ella se iría a vivir con él. Para Ángel era tremenda noticia, imagínate, mientras durara el romance de Dayani ella estaría viviendo lejos de su padre y él tendría un margen de tiempo para buscar el dinero de un futuro alquiler. Además, la idea de irse del país quedaba pospuesta por el momento. Me pareció magnífico saber que la chiquilla tendría resuelto su problema y que, gracias al novio, Ángel podría quitársela de encima por un tiempo. El único inconveniente, agregó, era que prefería que yo me fuera a vivir a su casa una vez que Dayani se instalara en la del novio, porque como ella no quería vivir en donde el padre, seguiría molestando. O sea que, para vivir con Ángel, yo tenía que esperar a que los diplomáticos se fueran y rezar para que la chiquilla no discutiera con su novio. Ahí Dayani empezó a caerme bastante mal, la verdad, pero no dije nada, porque Ángel me abrazó diciendo que se moría de ganas de despertar todos los días junto a mí. Ya le había dicho a su hermana que iba a casarse conmigo, agregó. ¿Y qué dijo?, pregunté. Felicidades, respondió sonriendo, Dayani sólo había dicho: Felicidades.

Cuando se agotó el argumento «querida hermanita», vino mi turno de contar el fin de semana y entonces anuncié que iba a parecerle extraño, pero el sábado había comido con Bárbara. Efectivamente, a Ángel le pareció extraño. Le expliqué su interés en conocer a jóvenes escritores y que por eso fuimos a parar en casa de Euclides para que conociera a su hijo. Y ella conoció a Euclides… dijo Ángel y yo asentí. No tenía sentido ocultárselo, temía que de no hacerlo yo fuera ella quien se lo contara. Ángel me miró con una expresión de desconcierto antes de afirmar que yo sabía que la italiana estaba detrás del documento de Meucci y, aun así, la llevaba a casa del hombre que tenía el documento. ¿Tú estás loca o qué?, preguntó. Y continuó con que ese papel podía cambiarnos la vida, pero si esa tipa se enteraba de que lo tenía Euclides y Euclides de que ella lo quería, entonces harían el gran negocio y a nosotros nos iba a tocar jodernos, porque esa italiana era tremenda. Yo me molesté. No me gustó el tonito de sus palabras y por eso mi reacción fue afirmar que visto que la italiana era tremenda, él se había tenido que acostar con ella. Ángel trató de ablandarme, ya me había explicado lo sucedido, dijo, sabía cuáles eran sus intenciones, pero yo continuaba molesta y entonces le advertí que, si íbamos a casarnos, no quería que él viera más a Bárbara porque me hacía daño. Estábamos sentados en el sofá de la sala y Ángel comenzó a acariciarme el pelo como hacía cada vez que intentaba convencerme de algo. Dijo que yo era su amor, entendía perfectamente mi malestar, pero Bárbara podía cambiarnos la vida, por eso era importante que estuviera de nuestro lado; y si no lográbamos venderle el documento antes de su partida, él debía mantener el contacto con ella y así, apenas nos hiciéramos con el papel, tendríamos a nuestra compradora esperando, ese dinero no podíamos perderlo, nos hacía mucha falta. O sea que me estaba diciendo que, aunque la italiana ya no estuviera en territorio nacional, ellos seguirían en contacto. Mira, me entró una furia tal que desde el fondo de mi alma salió un grito de basta, que me dijera la verdad, que si lo que quería era usarla para irse del país que lo dijera de una vez. Él negó, por supuesto, cómo se me ocurría algo así, y volvió con que si el manuscrito, la venta, nuestro futuro. La verdad era que yo había explotado como una olla de presión y volví a gritar, pero esta vez lo que dije fue que estaba harta de mentiras, que era él quien tenía el documento.

Ángel de pronto no supo qué decir, me miró rarísimo, como si le hubiera dicho yo qué sé, algo en otro idioma que no entendía, y me preguntó qué estaba diciendo, de dónde sacaba eso. Respondí, ya más calmada, que el documento pertenecía a su esposa y estaba en su apartamento. Él volvió a mirarme raro. Era cierto, dijo, pero Euclides lo había robado y eso lo sabía por la propia Margarita. Entonces sonrió moviendo la cabeza y agregando que si él tuviera el manuscrito ya se lo habría vendido a Bárbara, y hacía rato que estaríamos comiéndonos unas ricas langostas en lugar de discutir. De dónde yo había sacado esa historia, preguntó. Me lo dijo Leonardo.

Mi respuesta fue candela, a Ángel le empezó a subir una ira que casi le salían chispas de los ojos. Preguntó que de dónde cojones Leonardo había sacado esa historia, y yo, con una vocecita suave, conté que Margarita le había dicho que él se había quedado con su reliquia. Ángel dio un puñetazo en el sofá y se levantó comentando que era muy interesante saber que el escritor y yo hablábamos de él, de Margarita, de la reliquia, del documento.

¿Y cuándo fue que mi mujer le dijo eso a tu amiguito?, preguntó mirándome con una mueca, antes de afirmar que de seguro se lo había dicho en la cama, después de templar, porque el hijoeputa de Leonardo se había acostado con Margarita antes de que ella se fuera y, como si no bastara, ahora venía a inventarse cosas, primero la había puesto a ella en su contra y ahora quería hacer lo mismo conmigo. Y tú le crees, Julia, tú le crees… Terminó con una mirada triste y desconcertada, sólo que yo también estaba un poco desconcertada. Dije que no sabía nada de la historia entre Leo y Margarita, y Ángel suspiró como con un cansancio viejo. No le extrañaba que Leonardo me hubiera ahorrado ese detalle, él también me lo había ahorrado, pero por el dolor que le causaba. Desde el principio, dijo, había intentado advertirme que tuviera cuidado con Leo, ellos siempre habían tenido una cierta rivalidad, merodeaban sobre las mismas flores y muchas habían sido regadas por ambos. Vulgar competencia masculina, agregó. Pero con Margarita fue distinto, porque a Leo le gustaba de verdad, por eso nunca pudo aceptar que ella se casara con Ángel, y por eso siempre estuvo echándole maíz a ver si ella cedía, hasta que la muy imbécil terminó por caer en la trampa y acostarse con el escritor. Finalmente, Leonardo se anotó el tanto que le faltaba y ahora venía con el invento de que él se había quedado con la reliquia. Ese tipo, afirmó, lo que quería era ponerme en su contra para acostarse conmigo, era parte de la vieja competencia, pero ya ganó con Margarita, contigo no, Julia, contigo no. Ángel terminó de hablar, apoyó un brazo en la puerta del balcón y ahí permaneció mirando hacia afuera, de espaldas a mí.

Me sentí como una mierda, pero no te puedes imaginar cuánto. También yo había caído en la trampa, aunque, lógicamente, tenía que intentar que no se notara. Respiré profundamente, me acerqué y puse una mano en el hombro de mi ángel caído susurrando que me disculpara. Él se dio la vuelta. No sabía la dimensión exacta de mis disculpas, por eso tomó mi rostro y reafirmó que si él tuviera el documento ya todo habría terminado, porque lo único que quería era la felicidad nuestra y de su hermana. Entonces me abrazó diciendo que me quería y yo lo besé diciendo que lo adoraba y a pasitos cortos llegamos al sofá e hicimos el amor.

Qué rico es hacer el amor. Sobre todo, cuando la situación es confusa y tenemos pocas ganas de pensar. Ése era mi caso, estaba confundida y no tenía ningunas ganas de pensar, mucho menos en que esa misma mañana había amanecido en la cama de Leonardo. No, mejor no pensar, dejar que el cuerpo bloquee el entendimiento o que lo magnifique. ¿Quién sabe? El cuerpo es sabio. Cuando el cuerpo de Ángel y el mío terminaron, permanecimos tendidos en el sofá acariciándonos mutuamente, sin hablar. No sé qué estaría pasando por su mente, yo simplemente no quería pensar. Al menos no en lo que me sucedía. Lo único que deseaba era evitar que Ángel se hiciera una falsa idea, que creyera que entre Leonardo y yo existía una complicidad que sobrepasaba la nuestra, que se arrepintiera de haberme abierto las puertas a su interior. Por eso fue que acerqué mi boca a su oído y pedí otra vez que me disculpara, que no creyera que andaba hablando de Margarita con Leo. Ángel se estremeció con mi aliento en su oreja y sugirió que no habláramos más de ese imbécil, pero yo insistí en que el nombre de Margarita había salido en un simple comentario sobre la novela, que en realidad Leonardo sólo hablaba de su novela y de sus viajes.

Viajes, ¿qué viajes?, preguntó él. Y yo, con cierta reticencia que, sin saber exactamente por qué, acababa de instalarse en mi cuerpo, respondí que los viajes por el mundo. Ángel se sentó mirándome con una expresión cómica antes de afirmar que no serían los viajes de Leonardo, porque ese hombre nunca había salido de este país. En ese momento, el escritor hubiera dicho: *Touché*, pero yo no dije nada, porque a quien habían dado la estocada era a mí y dos veces en el mismo día. Así pues, haciendo un gran esfuerzo para no parecer ridícula, puse cara de despistada y me incorporé diciendo que no, que me había contado los viajes de un amigo suyo, claro, pero ni me acordaba bien de quién era. Es que el escritor hablaba tanto, aseguré. Ángel estuvo de acuerdo, hablaba mucho, reafirmó, y quien habla demasiado termina hablando mierda. Me dio un beso en la frente y se puso de pie anunciando que iba a mear. Mientras caminaba se echó a reír diciendo que lo más lejos que había llegado Leonardo era a Pinar del Río y eso cuando estaba en la escuela al campo, imagínate tú, porque ésa era otra que no le perdonaba a Ángel, que él sí había salido de Cuba una vez. Su voz se iba perdiendo a medida que se adentraba en el pasillo. Creía que cuando la guerra de Angola a Leo lo habían mandado por el servicio militar o algo así, pero se había enfermado y no pudo ni montarse en el avión. Escuché su carcajada antes de gritar: ¡El tipo es tremendo merenguito! Y luego un chorro lejano y un silencio. Y unas ganas de que el mundo me tragara. Y un silencio.

Esa noche me quedé a dormir, aunque por supuesto no pude hacerlo. Después de comer, Ángel había dicho que teníamos que terminar la conversación sobre Bárbara. Si a mí me hacía tanto daño, dijo, pues no había problemas, él dejaría de verla. Total, qué más le daba. Lo único que quería era venderle el documento, pero si eso se iba a convertir en un problema para nosotros, pues al carajo, ya inventaríamos otra manera de ganar dinero. Lo más importante éramos nosotros. ¿Te imaginas? Cuando más mal me sentía yo, más divino era él. Increíble. Estuve toda la noche aguantando las ganas de llorar hasta que nos acostamos, nos abrazamos y apenas sentí sus ronquidos me incorporé despacio. Él descansaba sereno. Desnudo. Con el pelo revuelto encima de la cara. Como un niño hermoso. La imagen de Ángel durmiendo es una de las imágenes más bellas que conozco. En general, me gusta contemplar a los hombres mientras duermen, todo está en reposo, no tienen que demostrar nada, están como indefensos, a veces roncando, otras respirando rítmicamente, pero siempre ligeros, despreocupados, como si no pasara nada. Creo que sólo hay dos momentos en que los seres humanos somos completamente iguales: cuando dormimos y cuando estamos muertos. No importan edad, idioma, sexo, religión, creencias políticas, condiciones económicas, nada importa, el sueño y la muerte nos igualan. Un hombre dormido, ya sea el presidente de un país o el tipo más pobre, es simplemente un hombre dormido. Alguien que sueña. Y no hace daño.

Esa noche, tomé el *walkman* de Ángel y me fui al balcón. Coloqué un casete que me había regalado el desgraciado de Leo y me puse los audífonos. Yo estaba desnuda y La Habana vacía. Miré la avenida que tanto me gusta. Todos dormían, Ángel, Leonardo, la ciudad. Yo estaba despierta y en mis oídos una canción de Polito Ibáñez: «Y con aparente amor en la mirada, sin señales ni testigos, nos dimos el cuerpo hasta la mañana cuando del error supimos». El error. ¿Cuál error? ¿Dónde empezó el error? ¿Quién lo supo? Lo mejor en esos casos es no pensar sino hacer el amor, darse al cuerpo, al cuerpo, al cuerpo, hasta el cansancio, hasta que no puedas más y te caigas rendido y al otro día otro cuerpo y no pensar, no pensar, no pensar. Empezó a llover. Finamente. Y sólo lo supimos La Habana y yo, el resto del mundo dormía, sólo La Habana y yo empezamos a llorar desnudas y de noche, cuando nadie podía vernos.

20

Al día siguiente, Ángel me pidió que al salir del trabajo volviera a su casa, pero le dije que tenía que regresar a Alamar porque necesitaba recoger unos papeles. Claro, no pude explicarle que había salido de casa hacía dos días. Tampoco pude explicarle que me sentía sola en medio de una enorme confusión y que él no podía ayudarme. ¿Quién tenía el documento de Meucci? Yo ya no entendía nada, pero lo peor es que comenzaba a sospechar que Euclides había tenido razón cuando había dicho, hacía tiempo, que lo tenía Leonardo.

Pasé el día como una autómata, soportando a los alumnos. Es una regla matemática: la estupidez de tus alumnos es directamente proporcional a tu estado de ánimo; mientras peor te encuentras, más estúpidos son ellos. Llamé a Leonardo un par de veces, pero evidentemente el teléfono de su trabajo se había roto. Otra regla matemática: tu necesidad es inversamente proporcional a tu posibilidad; mientras más necesitas comunicarte, menos funcionan los teléfonos.

Cuando terminé de trabajar fui a casa de Euclides, necesitaba hablarle. Él era el único con quien podía tener una conversación y, aunque lógicamente no iba a contarle los particulares de mi malestar, al menos podíamos hablar de otras cosas, no sé, de geometría, de los fractales, del caos, de algo que me hiciera sentir un poco menos desesperada. Pero claro, divinas reglas matemáticas: Euclides no estaba. La vieja me dijo que había venido a buscarlo, ¿adivinas quién?, la italiana que yo había llevado a casa hacía unos días. Ellos habían salido, pero seguro que no demoraban. No me eché a reír porque la vieja no lo hubiera entendido. En su lugar, acepté su cafecito y me puse a jugar con Etcétera mientras esperaba.

¿Cuánto tiempo esperé? No sé, ese día todo era de un absurdo increíble. Cuando Chichí se apareció contándole a su abuela que traía los cuentos para la italiana amiga de su papá y la abuela le dijo que su papá había salido con la italiana, yo creí que de veras me iba a dar un ataque de risa, pero no. Me contuve. Ya Etcétera se había quedado medio dormido y entonces me dediqué a escuchar la perorata del joven escritor que estaba emocionado por encontrar a la futura editora, de quien su padre le había hablado. Traía una carpeta con cuentos suyos y de todos sus amigos y ésa, dijo, era la oportunidad que todos estaban esperando, la puerta que se abriría hacia el mercado internacional. Su ingenuidad daba ternura. Me agradeció profundamente porque sabía que yo había sido el contacto y esperaba que no me ofendiera si me obsequiaba un cartón de huevos. Las buenas intenciones, afirmó, deben ser premiadas. Si en ese momento me hubieran dado a elegir, yo hubiera preferido estar en la piel de Etcétera, te juro. Pero nadie me preguntó qué prefería. Etcétera dormía plácidamente y yo continuaba sintiéndome como una reverenda mierda. Se hizo tarde. Chichí tenía que irse al hospital a ver a no sé quién. Se fue. Euclides y Bárbara brillaban por su ausencia. También se fue la luz. La vieja empezó a lamentarse porque no le gustaba que su hijo anduviera en la calle durante el apagón. Se hizo más tarde. Decidí irme. Le di un beso a la vieja y una caricia al perro. Un día multiplicable por cero, pensé mientras esperaba un carro que me llevara hacia Alamar.

Tengo la sensación de haber estado muy acelerada, porque todo pasaba muy rápido. El día siguiente intenté de nuevo localizar a Leonardo por teléfono, pero nada. Por suerte conseguí ver a Euclides, que me recibió con una de sus miraditas misteriosas y, luego de mis saludos, me condujo al cuarto y encendió el radio.

Él ya sabía, por la vieja, cuánto lo había esperado. Yo ya sabía, también por la vieja, de su salida con Bárbara. Entonces me contó el resto. La italiana era muy simpática, así empezó. Después de la primera visita a casa lo había llamado un par de veces. Finalmente habían salido a tomar una cerveza y de una saltaron a otra y a otra. Euclides hacía rato que no tomaba cerveza, casi se le había olvidado el sabor, agregó sonriendo. Tan bien la estaban pasando que ella decidió que fueran a comer a una paladar. Mi amigo nunca había ido a una paladar y, según él, la pasó riquísimo, su amable compañera incluso había comprado un plato para que se lo llevara a la vieja. Mientras Euclides hablaba, tenía como una pequeña lucecita encendida en los ojos. Yo lo miré de medio lado. Te gustó la italianita, comenté. Y él se echó a reír diciendo que ya no tenía edad, pero que, claro, cómo no iba a gustarle, pena que él fuera un gallo viejo y, sobre todo, que no fuera lo que ella andaba buscando.

Estoy muy preocupado, Julia, por nosotros y por ti, dijo poniéndose serio. Bárbara había estado largo rato hablándole de su proyecto literario, pero ésa no era la única razón que la había traído a La Habana. Estaba aquí, además, buscando un documento original que Antonio Meucci había escrito en el Teatro Tacón y que ella necesitaba para la investigación que estaba haciendo sobre el personaje. Cuando escuchó eso, a él por poco se le atraganta la cerveza, aunque logró disimular. Yo no estaba tomando nada cuando Euclides me lo contó, pero también me hubiera atragantado, porque Leo llevaba razón, Bárbara era muy directa y no tenía intenciones de perder el tiempo. Euclides se había mostrado curioso y dispuesto a seguir escuchando y así mismo me mostré yo ante él, que no imaginaba todo lo que yo sabía. Bárbara, entonces, le dijo que estaba interesada en comprar el documento, pero no sabía quién lo tenía. Euclides abrió los ojos con una expresión de desespero. La italiana conocía al escritor, dijo, y si se enteraba de que era él quien tenía el documento, nuestro proyecto se iría a la basura, porque ese tipo de seguro lo vendería. Hay que salvar el documento, Julia, me dijo en un grito ahogado.

A mí de repente todo volvió a parecerme turbio. Euclides estaba convencido de que lo tenía Leonardo, porque se lo había dicho Margarita. Margarita estaba molesta con Euclides y con Ángel y sabía que ambos habían querido tener el documento. Nada más lógico que dejárselo a su amigo, el escritor, sólo por joder a los otros. Por otra parte, fui yo quien le dijo a Leonardo que Bárbara se acostaba con Ángel. Ángel y Leonardo tenían una vieja competencia masculina. Nada más lógico que Leo intentara apartar a Bárbara de su contrincante y acostarse conmigo, sólo por joder. Gracias a mí y a mi estúpida debilidad, Leonardo estaba logrando ambas cosas: apartar a la italiana de Ángel y acostarse conmigo. Si era verdad que él tenía el documento, podía vendérselo a Bárbara cuando le diera la gana, yo ya lo había visto vendiéndole un artículo a aquella argentina de la revista de teatro, o sea, que él se dedicaba a ese tipo de ventas. Encima, podía usar a Bárbara para salir del país o algo por el estilo. ¡Qué hijoeputa! Todo lo que me había dicho de Ángel podía ser perfectamente aplicable a él.

Esta línea de pensamiento se desarrolló muy veloz, porque yo seguía sentada frente a Euclides, quien esperaba algún comentario de mi parte. Finalmente dije que tenía razón, la situación era peligrosa. No sabía hasta qué punto Bárbara y Leonardo eran amigos, pero sí sabía que a ella le quedaba muy poco tiempo en Cuba, por tanto teníamos que actuar rápido. Euclides debía encargarse de entretenerla, cosa que, encima, iba a resultar muy agradable para él. Por mi parte tenía que ocuparme a fondo del escritor. A mi amigo le pareció bien y hasta propuso que podría darle pistas falsas a la italiana. Todo era una cuestión de tiempo, dijo. Una vez que ella subiera al avión, nosotros continuaríamos con nuestro proyecto. Nos dimos la mano como quien sella un pacto y sonreímos victoriosos. Entonces Euclides suspiró, agarró mis dos manos entre las suyas y se puso serio, antes de afirmar que había otra cosa importante. La italiana sabía que el documento había pertenecido a la exmujer de su novio cubano; y cuando Euclides, como quien no quiere la cosa, se aventuró a preguntar por el novio, ella lo había descrito antes de decir su nombre: Ángel.

Yo solté sus manos y me levanté. De veras que Bárbara me pareció tremenda, como decía Ángel. ¿Te das cuenta? Ella sí que no se andaba con misterios, era tan evidente como la talla de sus ajustadores. Me había sorprendido que le dijera eso a Euclides y, por supuesto, también me había molestado, pero antes de que encontrara las palabras justas para mi amigo, éste se levantó también, diciendo que no quería hacerme daño, aunque consideraba justo que yo supiera. Él no había tenido la oportunidad de conocer mucho a Ángel; sin embargo, la madre de Margarita le había contado algunas cosas, que él a veces engañaba a su hija y que al final había sido ésa la causa del divorcio. Euclides no me lo había dicho antes porque cada historia es una historia diferente, pero al escuchar a Bárbara decir que Ángel era su novio, de veras le habían entrado ganas de darle dos trompones al muchacho, por su hija y por mí. Sus palabras me conmovieron. ¿Sabes? Ésa me pareció una gran muestra de cariño y amistad, porque él quería protegerme, qué lindo. ¿No? Hubiera podido contarle todo, pero entonces habría tenido que contarle de veras todo todo y no era el caso. Euclides no debía saber que la presencia de Bárbara en su casa había sido planificada por el escritor y por mí, así que me tocaba modificar la versión de los hechos. Di la vuelta y anuncié que lo sabía, sí, Ángel y Bárbara habían tenido un romance antes de que nosotros empezáramos, pero ella seguía detrás de él y lo llamaba a pesar de que él no le hacía caso. Claro, lo que ella no sabía era que Ángel y yo estábamos juntos, pero es que, por una parte, él no la soportaba y apenas quería hablarle; y, por otra, ella no era amiga mía. Si habíamos ido juntas a casa de Euclides era únicamente por su interés profesional. Euclides hizo un gesto como de aprobación, aunque no dijo nada. Entonces continué y dije que también sabía que Ángel había engañado a Margarita, que lo sentía mucho pero, como decía Euclides, cada historia era una historia diferente. Besé la mejilla de mi amigo y le di las gracias por haberme contado, pero no había de qué preocuparse, aseguré, todo estaba bajo control. Él sonrió aliviado. ¿Sabes?, le dije, Ángel también tuvo ganas de darte dos trompones cuando vio a Margarita llorando porque engañabas a su madre, ésa también fue la causa de tu divorcio, ¿no? Se echó a reír y respondió que de veras esperaba que todo estuviera bajo control y que yo fuera muy feliz. Fue entonces cuando aproveché para darle la noticia del matrimonio, porque aún no había tenido tiempo de contarle. Euclides no se lo podía creer, yo casada era algo que no le entraba en la cabeza, aunque le parecía maravilloso. Acordamos que no comentaría nada con Bárbara, era un asunto mío y, por tanto, sólo yo debía dar la noticia. Esa tarde Euclides me abrazó muy fuerte deseándome lo mejor del mundo y dijo una frase que me encantó. Algo así como: Cuando la ciudad y todo lo que te rodea está hecho un desastre, lo mejor es construir algo, aunque sea pequeño, pero algo que te devuelva el sabor de la palabra *porvenir*. Lindo. ¿No te parece?

Por venir estaba aún mi conversación con Leonardo. Al día siguiente su teléfono seguía roto, pero yo ya no podía aguantar más, se me agotó la paciencia, así que apenas terminé de trabajar salí disparada hacia su casa dispuesta a esperarlo el tiempo que fuera necesario. En efecto, me tocó esperar frente al garaje, y de milagro no abrí un surquito en el piso de tanto que caminé de un lado para el otro hasta que descubrí a lo lejos la bicicleta que se acercaba y paré. La figura del escritor fue creciendo hasta que lo tuve delante de mí con una gran sonrisa y el sudor corriéndole por la cara. Dijo: ¡qué sorpresa!, y yo lo corté con un «tenemos que hablar». Él bajó de la bicicleta, abrió la puerta, entró la bici y yo entré detrás como una loca, acelerada, hasta su mesa de trabajo. Y preguntando dónde estaba, dónde lo tenía, empecé a revisar todos los papeles, hojas mecanografiadas, dibujos infantiles, notas a mano, facturas. Leonardo se acercó preguntando qué pasaba y entonces le informé que estaba buscando el documento de Meucci, que dónde lo tenía escondido, que ya me había cansado. Él pareció sorprenderse mucho con mis palabras y mi actitud, pero para mí era como una escena ya vivida. Todos se asombraban todo el tiempo, ¿te das cuenta? Estaba harta. Él empezó a ordenar los papeles que yo iba regando y a preguntar si me había vuelto loca, cómo iba a tener el documento. Yo no paraba de revolver las cosas, hasta que Leo gritó: ¡Coño! Y me detuve. Cogió los papeles que tenía en mi mano y los puso en orden pidiendo que no mezclara los dibujos de su hijo con su trabajo, ¿qué bicho me había picado? Entonces la que grité fui yo: ¡Mentiste, Leonardo, me mentiste! Él tenía el documento de Meucci y me estaba utilizando, porque quien le interesaba de veras era Bárbara, pero no podía soportar que ella se hubiera acostado con Ángel, por eso me estaba utilizando a mí para alejarla a ella de su contrincante. Leonardo me miró abriendo los ojos, mientras yo seguí con que ya no tenían sentido sus mentiras porque lo sabía todo: si me había dicho que Ángel tenía el documento era para despistarme, para jugar conmigo. De repente Leo reaccionó diciendo que yo estaba loca, que si él tuviera el documento hacía rato que hubiera terminado su novela, que me calmara y le dijera por qué me había inventado todo eso. Yo no me he inventado nada, respondí. Y continué con los mismos argumentos. Él trataba de defenderse, de negar mis palabras, pero hablaba por encima de ellas, porque yo, ya te dije, tenía una aceleración tan grande que no podía detenerme. Por eso seguí y le dije: Porque tú, Leo, te acostaste con Margarita.

Leonardo hizo silencio apenas un instante antes de afirmar que, por lo visto, Ángel me había llenado la cabeza de mentiras, pero eso sí era verdad, él se había acostado con Margarita, ¿y qué?, él la quería y la quería antes de que Ángel se apareciera con su sonrisita y la otra se fuera con él, total pa' después aguantarle todos los tarros que le aguantó, los mismos tarros que le iba a tener que aguantar yo, porque ese Ángel no servía para nada. ¿Y por qué te acostaste conmigo?, grité dándole un pequeño empujón. Su respuesta fue otro grito anunciando que yo le gustaba, que él no se iba a casar con nadie y que era libre de acostarse con quien le saliera de los cojones. El cabrón tenía razón, ¿te das cuenta?, era yo la que me había metido donde no debía y me dio tanta rabia que le dije que era un cabrón y un mentiroso, entonces se me aguaron los ojos y seguí con que me había utilizado para anotarse un punto y era él a quien le interesaba Bárbara porque era extranjera y era él quien tenía el documento porque Margarita se lo había dejado después de templársela y era él el más mentiroso de todos que, encima, me había dormido con falsas historias, porque nunca había salido de este país, no había viajado ni una sola vez. Ahí se volvió como loco, te juro, Leo me miró como una fiera a quien acaban de herir y preguntó: ¿Que nunca he viajado?, ¿que nunca he viajado?... Y entonces sacó un libro del estante y me lo mostró diciendo: ¿Y esto? Era *Los miserables*. Tomó otro y volvió a preguntar: ¿Y esto? *Rayuela*. Y los lanzó a la cama diciendo: París. Volvió al librero, agarró dos libros más y los lanzó afirmando: ¿Vas a decirme que nunca estuve en San Petersburgo? Yo solo alcancé a ver el autor: Dostoievski. Leonardo, en su delirio, fue tirando libros a la cama. Había estado en Barcelona gracias a Eduardo Mendoza, y en Nueva York con John Dos Passos y Paul Auster, y en Buenos Aires con Borges, y conocía todito el Caribe por Carpentier y Antonio Benítez Rojo. No sé cuántos libros tiró a la cama pero, cuando se cansó, volvió a mirarme como un loco afirmando que no hacía falta el desplazamiento físico para viajar, él tenía el mundo dentro de su cabeza y era capaz de describirlo. Si alguien miente son ellos, Julia, son los libros los que mienten, yo no, concluyó antes de darme la espalda y salir del garaje dejándome parada como una idiota que no sabía qué hacer. Se me ocurrió pensar que a Leonardo podían darle una plaza en Inmigración, así cuando la gente fuera a pedir permisos de salida al exterior, él les regalaba un libro y que no jodan tanto con ese afán de desplazamiento. Me hizo gracia y reírme me ayudó a relajar las tensiones que había acumulado durante la discusión.

Al rato salí. Leonardo estaba sentado en el murito de la entrada del garaje fumándose un cigarro. Me senté junto a él, pero no me miró. Yo tampoco lo miré. Cuando terminó de fumar, tiró la colilla a la calle y entonces habló, aunque sin dirigirme la mirada. Dijo que había querido mucho a Margarita, pero ella quería a Ángel, y por eso terminaron siendo amigos. Que Bárbara le había gustado al principio, aunque tampoco era para tanto, nunca se acostaron, ella prometía cosas, publicaciones, viajes, y a decir verdad a él no le hubiera molestado conocer Italia más allá de sus libreros. Que yo le gustaba, por eso se había acostado conmigo, y sí, le molestaba que prefiriera a Ángel, y seguramente también por eso se había acostado conmigo. Que de niño había estado en el centro de la Tierra y viajado en el Nautilus junto al Capitán Nemo, por eso decidió ser escritor. Pero que él no tenía el documento de Meucci, Margarita le había contado lo de Ángel. Entonces me miró: Te lo juro por mi hijo, Julia. Yo también lo miré, suspiré profundamente y me levanté. Desde abajo me llegó su voz comentando que imaginaba que con eso terminaba el trato que habíamos hecho. ¿Tú conoces el efecto mariposa?, pregunté y negó con la cabeza. Dije que Ángel no tenía el documento, al parecer Margarita quería divertirse y también a él le había dicho que se lo dejaba a otra persona. Margarita mariposa, concluí, y eché a andar después de decirle chao. Leo preguntó si quería que me llevara en bicicleta hasta el semáforo más cercano para coger botella, pero yo, sin detenerme y sin dar la vuelta, hice un gesto negativo con el dedo. Entonces gritó que si podía llamarme al día siguiente. Ahí me detuve y lo miré sonriendo: él podía llamarme cuando quisiera, dije, total, los teléfonos de La Habana casi nunca funcionan cuando hacen falta. Y me fui.

Decía Poincaré que hay preguntas que uno decide plantearse y otras que se plantean por sí solas. La pregunta a esas alturas era: ¿quién coño tenía el documento? Aquella noche, cuando llegué a casa todo estaba oscuro.

Por un lado se escuchaban los ronquidos de mi padrastro y, por otro, los muelles de la cama de mi hermano y su mujer. Mis sábanas estaban encima del sofá. En la cocina había una nota de mami donde anunciaba que la comida estaba en el refrigerador. Intenté comer, pero entre la peste de los pollos que venía del patiecito y mi incomodidad, fue imposible, así que me serví un vaso de agua que fui a beber al balcón, mientras contemplaba, como de costumbre, las tendederas del edificio de enfrente.

Yo ya no entendía nada. Si Leonardo tenía el documento y aún no se lo había vendido a Bárbara, era quizá porque, efectivamente, esperaba lograr un viaje a Italia, una publicación en el extranjero, no sé, en cualquier caso el documento era la garantía, la moneda de cambio. Hijoeputa. Si lo tenía Euclides, yo acababa de poner en sus manos a Bárbara, la compradora ideal, y él podía hacer el negocio solito, total, ya una vez me había clavado un cuchillo en la espalda publicando mi trabajo. Hijoeputa. Si lo tenía Ángel, entonces había insistido en mantener contacto con ella para sacarle el dinero, porque no era ella quien le importaba sino yo, la italiana era sólo una posible fuente de dinero. Hijoeputa. Yo ya no entendía nada. Lo único que tuve claro fue que, en medio de todo, a Bárbara y a mí nos estaban utilizando. ¿Te das cuenta? De repente me sobrevino un extraño instinto de solidaridad femenina o, qué sé yo, algo raro. Bárbara con su risita, sus tetas y sus invitaciones a comer se había convertido en la gallina de los huevos de oro. Cierto que ella estaba tras el manuscrito, pero también era cierto que se había medio enamorado de Ángel y él se aprovechaba de la situación. No estaba bien. No, a mí no me parecía nada bien.

Entonces determiné que las cosas tenían que cambiar. Bárbara desconocía mi relación con Ángel, sin duda él no se había tomado el trabajo de contárselo, pero yo tampoco. Y aunque ya él había prometido que dejaría de verla, no era suficiente, al menos para mí no era suficiente, porque Bárbara continuaba diciendo que él era su novio. Lo más natural del mundo era, pues, que yo le dijera que se olvidara de ese hombre, que le explicara que íbamos a casarnos y que ella no pintaba nada en el asunto, absolutamente nada. Ángel podía comunicárselo o no, pero cuando una mujer le dice a otra: saca las manos de lo mío, el efecto suele ser inmediato. Por otra parte, sentía un poco de vergüenza porque ella había confiado en mí contándome su relación con Ángel, y sin embargo yo, a pesar de llamarla por teléfono, de saludarla, de llevarla a casa de Euclides, de aceptarle sus cenas y sus taxis, no había sido capaz de contarle la verdad. Era como si también la estuviera utilizando. ¡Qué horror! Como si también yo me aprovechara de la gallina de los huevos de oro.

Ya te dije que soy tan sensible como justa, seguramente por eso el arrebato de solidaridad femenina de aquella noche me fue recompensado luego con la amistad de Bárbara. Una amistad que nació, mira qué curioso, de la coincidencia en el gusto por el mismo hombre, pero que luego fue transformándose y creciendo. Eso es extraño en mí. ¿Sabes? No soy de tener amigas, la verdad es que generalmente prefiero relacionarme con hombres, y no sólo porque me gusten sino porque las mujeres siempre me han parecido competitivas. Eso me aburre. Las hay que todo lo que miran cobra valor en relación con ellas mismas: la ropa que una usa, los kilos de más, los piropos en la calle, todo. Piensas que es tu amiga y está mirando lo que te sucede, cuando en realidad está mirando lo que no le sucede a ella. ¡Qué aburrimiento! Luego existen las que siempre están mal, que llevan inscrito en cada poro lo de la costilla y el sexo débil. Esta especie se aferra a ti como a una igual, parte de la tribu, y el problema es que no soportan, no por maldad sino porque es más fuerte que ellas, pero simplemente no soportan que la otra (yo, por ejemplo) esté bien y entonces dejas de ser un punto de referencia, parte de la tribu, para convertirte en algo que hay que hostigar todo el tiempo. Es como el que se está ahogando, que en lugar de dar la mano para que el otro lo saque del agua, se aferra a su cabeza y lo hunde con fuerza, asííííííí, si yo estoy jodida, pues tú también deberías estarlo. Tremendo aburrimiento. Con Bárbara, sin embargo, algo que podía haberse convertido en una terrible y estúpida batalla por el mismo fruto, terminó dando lugar a otra cosa. Y al final la italiana resultó ser más bárbara de lo que yo había imaginado.

Aquella noche, recostada al muro de mi balcón, decidí que hablaría con ella para contarle mi relación con Ángel y dejar bien claro quién era la abeja reina de ese panal. Además, quería evitarle seguir siendo la gallina de los huevos de oro. Terminé de beber el agua y, con el último trago, convertí mi boca en fuente y la dejé caer desde el quinto piso. Total, a esa hora todos están muertos.

21

Bárbara respondió al teléfono muy alegre. Dijo que había pasado el día trabajando y quería ir al cine, pero no lograba comunicar con nadie, así que le alegraba mi llamada. Recuerdo que era viernes y que, en principio, yo iba a pasar la noche con Ángel, pero en la tarde él había ido a verme al trabajo para decirme que Dayani estaba en casa, mejor nos veíamos otro día. Enseguida llamé a la italiana, por si las moscas, y me alivió comprobar que la versión de Ángel no era una treta para verse con ella.

Nos encontramos en la esquina de Coppelia para tomar rápido un helado antes de entrar al cine. Imagínate que ese año, en la famosa heladería, en lugar de aquellas maravillas que se tomaban en la película *Fresa y chocolate*, lo que vendían era helado tropical, cuya tropicalidad consistía en que el producto estaba hecho con mucha agua y escaso sabor, tan ligero como el sudor que corría por nuestras espaldas. Al salir del cine, Bárbara compró pizzas y cervezas, y fuimos a sentarnos al Malecón. Cerca de nosotros había unos muchachos cantando con una guitarra y a la italiana le pareció lindísimo. Sin duda, a medida que se acercaba su fecha de regreso, iba poniéndose más melancólica y enamorada de este sitio. Dijo que hacía rato no veía una escena similar, que iba a extrañar mucho La Habana, que Italia era una tierra hermosa, pero que se había ido pudriendo poco a poco. El dinero, agregó, acaba por dañarlo todo. Yo preferí no hacer comentarios, porque con la falta de dinero que tenía, mejor era mirar al mar y seguir escuchándola. Cierto que Italia me parecía un país maravilloso, conocida tierra de artistas, pero también de grandes científicos. De allí venían Galileo, Volta, Galvani, Marconi y el mismísimo Meucci. ¡Qué país! Pero la italiana empezaba a sentir nostalgia de esta isla y continuó hablando de la extraña luz que había en el Caribe y de los ruidos de la calle, de la gente, de lo fácil que era acercarse a los demás y hablarles. Iba a extrañarlo todo y a todos, dijo, y a Ángel, también iba a extrañar a Ángel. En ese momento se me quitó la carita de soñadora que mira al mar y aproveché su pausa para anunciar que había algo que tenía que decirle. Me miró con curiosidad y proseguí con que ella una vez había preguntado por Ángel y yo le había respondido que estaba enamorado de otra persona, pues bien, dije, él seguía enamorado de otra persona. Como ya sabes, Bárbara era una mujer muy directa, por eso, sin cambiar en lo más mínimo la expresión de su rostro, dijo: De ti, ¿no es cierto?

Tengo que reconocer que ésa no me la esperaba, pero antes de que pudiera responder, ella sonrió afirmando que en aquella ocasión tuvo la sospecha de que yo era la otra persona. ¡Qué bruja! Me sentí incómoda y entonces dije que no quería hacerle daño, Ángel se había acercado a ella en un momento en que estábamos disgustados, pero ya todo había vuelto a la normalidad e incluso íbamos a casarnos, él me quería y en realidad había estado con ella para vengarse de Leonardo, era una historia complicada, pero como Leo estaba interesado en Bárbara y entre ellos dos siempre había existido una cierta rivalidad masculina, entonces Ángel la había conquistado a ella para joder al otro. La italiana me dejó hablar sin interrumpir y apenas terminé, preguntó: ¿Y por qué me cuentas esto? Imagino que sonreí como una tonta mientras respondía que lo hacía, sin duda, por solidaridad femenina. Bárbara, por el contrario, sonrió con malicia afirmando que, sin duda, por solidaridad y para quitarla a ella del medio, por competencia femenina también. No me quedó otra que darle la razón, claro, también por eso. Ella agradecía mi solidaridad y mi competencia, de todas formas. Mientras abría despacio una lata de cerveza dijo que no debería preocuparme, ella se iría pronto y era evidente que Ángel me quería; por fin podía entender la causa de que últimamente estuviera un poco esquivo, aunque, como mujer solidaria que era, me invitaba a que pusiera más atención en mis asuntos porque aun así se habían vuelto a ver.

¡Plaf! ¿Ves lo que te digo? La competencia es la competencia. Tan mal me cayó su puñalada que entonces me molesté y, luego de abrir también yo una lata de cerveza, dije que al final no era Ángel lo que le interesaba, yo sabía que ella estaba detrás del documento de Meucci. La sorprendí. Sí, ésa no se la esperaba y por eso me miró abriendo los ojos; pero antes de que dijera nada agregué que, visto que había decidido hablarle, pues se lo diría todo: Euclides no tenía el documento, Leonardo le había dicho que lo tenía Euclides simplemente para alejarla de Ángel, porque Leo sabía que ella se había acostado con Ángel. Bárbara me miraba con una cara de asombro que ni te puedo describir, sólo alcanzó a preguntar: ¿Y quién tiene el documento? Pero yo qué sabía, respondí. Lo único cierto era que todos la habían utilizado, que se había convertido en la gallina de los huevos de oro porque era extranjera. ¿Acaso no lo entendía? Vivíamos en una situación de mierda y un extranjero significaba dinero y otras posibilidades, yo no podía jurarlo, pero quizá tanto Ángel como Leo esperaban obtener algo de ella, un viaje, un matrimonio, la nacionalidad europea, cualquier cosa, ella podía pensar lo que le diera la gana pero si le contaba eso era por pura y simple solidaridad femenina. El rostro de Bárbara comenzó a transformarse lentamente, fue de la tensión a un relax que terminó en sonrisa, se mordió los labios, movió la cabeza diciendo que no, y acabó por abrir la boca para concluir: Como decía mi abuela, cuando el mal es de cagar no valen guayabas verdes.

Sé que pasaron unos segundos, porque a mi cerebro, a pesar de ser veloz, le tomó un tiempo comprender aquella enigmática frase, que entendía perfectamente, claro, lo que mi cerebro no lograba construir era la imagen de una abuela italiana pronunciando aquello. ¿Hay guayabas en Italia?, se preguntaba él, hasta que la voz de Bárbara rompió sus cavilaciones: Yo no soy italiana, Julia. Fin de las dudas.

No sé qué pasó, pero de repente mi rostro, que también estaba tenso, comenzó a distenderse y me dio risa la cara con que Bárbara me miraba, y a ella, sin duda, le dio risa la mía, porque empezamos a reírnos como locas, como si la cerveza nos hubiera hecho un efecto apocalíptico, como si el mar nos estuviera haciendo cosquillas. No sé, reímos muchísimo y cuando terminamos, ella me contó su historia.

Bárbara Gattorno Martínez era de un pueblo del centro de Cuba, cerca de Santa Clara, eso sí, descendiente de italianos. Su bisabuelo llegó a la isla a finales del siglo XIX, como parte de un grupo de jóvenes que, impulsados por el Comité Italiano para la Libertad de Cuba, habían venido a luchar en la guerra de 1895. ¿Te imaginas? Después de la guerra, el hombre decidió quedarse, se casó y, años más tarde, nació su bisnieta Bárbara, quien a inicios de los años ochenta se había enamorado de un italiano, con quien se casó y decidió emprender el viaje en sentido inverso. Bárbara se instaló en Milán y, gracias al matrimonio, logró la nacionalidad italiana, por eso había perdido su apellido Martínez. Después de su divorcio, estuvo dando vueltas por varias ciudades de Italia, trabajando en revistas de poca importancia donde intentaba encontrar un espacio en el periodismo. Cuando yo la conocí, en el noventa y tres, era novia del periodista italiano amigo de Leo pero, según me contó, ya estaba harta del tipo y de sus fracasos sentimentales y profesionales, porque a todas éstas, aún no había logrado convertirse en una profesional de respeto. Por eso, al conocer la historia del documento de Meucci, se le ocurrió que ella podía ocuparse del asunto. Todo parecía hecho a propósito: al novio le habían negado la visa, ella era cubana y hacía diez años que no regresaba al país. Su novio creyó que era pura solidaridad, así que le dio los artículos destinados al escritor y dinero para el viaje. Pero los planes de la muchacha eran otros, pensaba obtener el documento y que Leo escribiera el libro. Sí. Pero sólo ella tendría la exclusiva periodística del hallazgo. Y considerando que en Cuba para una extranjera todo era más fácil, inventó el personaje de «la italiana», el cual había interiorizado al punto de ir como turista a la marcha del Primero de Mayo. Como si Bárbara no hubiera conocido nunca las marchas de este país.

Me hizo gracia escucharla, porque si antes me había parecido una italiana que hablaba bien español, entonces me pareció una cubana que lo hablaba mal, con una música distinta, confundiendo palabras, mezclando frases. En efecto, ella no tuvo que fingir su manera de hablar, tanto tiempo viviendo en Italia había borrado considerablemente su acento cubano. Diez años son muchos años. Digo yo.

Bárbara no contaba, por supuesto, con el lado afectivo del asunto, no esperaba encontrar al país en una situación tan jodida, ni conocer a Ángel, ni que se revolvieran tantas cosas en su interior, tantos recuerdos, tantos olores, todo lo que era y que había dejado oculto con el apellido Martínez. Se estaba hospedando en casa de una tía que vivía en El Vedado, pero ya había gastado un montón de dinero en las compras necesarias, jabones, pasta de dientes, desodorante, comida, era eso lo que hacía falta en aquel año. Y yo no tengo dinero, Julia, me dijo. O sea que la gallina de los huevos de oro ni tenía oro ni tenía huevos; y si te descuidas, estaba más flaca que los pollos de mi casa. De madre. ¿No? Esa noche prometí que no les contaría nada a los otros. Que cada cual siguiera con su juego. Ella prometió alejarse de Ángel y hasta intentó pedir disculpas, pero ¿de qué se iba a disculpar? Bárbara también había mentido, a todos, excepto a mí, por fortuna.

¿Qué te parece? Puedes reírte sin problemas, porque de eso me daba ganas a mí, de reírme a carcajadas de nosotros mismos. Todo era ridículo, era el caos elevado a la enésima potencia, hasta que llegó el momento de mi punto de bifurcación.

El sábado fui a la reunión del grupo científico y estuvimos largo rato esperando a Euclides, que no llegaba. Finalmente decidí llamarlo. Dijo que no podía ir, pero pidió que luego pasara por casa, ya me contaría qué estaba sucediendo. Por supuesto que me preocupé; por eso, apenas terminamos, salí disparada para allá y Euclides me recibió con tremenda cara de tristeza. Nos sentamos en la sala porque la vieja estaba reposando en su cuarto, y entonces contó que había muerto un amigo de su hijo, un muchacho de veinte años. A Euclides se le aguaron los ojos cuando dijo que lo conocía bien, porque era amigo de Chichí desde hacía mucho tiempo y era un buen muchacho, un buen muchacho, repitió, de los amigos que habían reprendido a Chichí cuando dejó la universidad, de los que estaban siempre cerca, de los que a veces se quedaban a dormir en casa cuando él todavía tenía una familia y él les preparaba desayunos y los despertaba al grito de «¡se les va la vida durmiendo!». Y al muchacho se le había ido la vida, pero por una absurda enfermedad. Euclides hizo una pausa antes de decir que Chichí estaba destruido, por eso él había pasado parte de la mañana en su casa y esa tarde iría a la funeraria, para estar cerca de su hijo. A la vieja también le había entristecido mucho la noticia, aunque no conocía tanto al muchacho, pero igual era una noticia horrenda. Por eso Euclides había preferido darle una pastilla para que se relajara y durmiera un poco. Apenas estuviera repuesta, dijo, él saldría para la funeraria, aunque tenía que confesarme, y ahí se le volvió a rajar la voz, que también él estaba destruido. Un niño de veinte años, Julia, ¿te das cuenta?, concluyó.

Tomé las manos de mi amigo para que no llorara solo y me brindé a acompañarlo. Él debía darle fuerzas a su hijo, pero yo debía darle fuerzas a él. Para eso son los amigos. ¿No? Para estar siempre cerca, siempre, siempre, siempre. Euclides me abrazó dándome las gracias. Cuando la vieja se levantó, comimos algo y ella hizo una infusión de tilo que echamos en un termo para llevar a la funeraria.

No sé si alguna vez has estado en un funeral. Es algo muy extraño. De una parte hay gente destrozada y, de otra, gente que está por compromiso. Yo estaba por compromiso y, seguramente, eso me dio la distancia que permite observar las cosas. Cuando llegamos tuve la prudencia de quedarme apartada, Euclides fue abrazar a su hijo y a los amigos de su hijo y a la familia y a los conocidos. Yo era simplemente un bastón que estaba allí, apartada, viendo las mecedoras balancearse hacia adelante y hacia atrás, danzando con los cuerpos de aquellos muchachos de veinte años que estaban despidiendo al amigo. No hay dudas de que un funeral es una cosa triste. Pero el funeral de una persona joven es todavía más triste. Nadie debería tener derecho de morirse a esa edad. Nadie debería tener derecho ni por él ni por los otros. Me dio una tristeza que no podría describirla, de verdad, algo se me apretó aquí en el pecho y de repente, cuando mis pensamientos me tenían como hipnotizada, sentí una voz que me decía: Profe. Giré el rostro y junto a mí estaba aquella exalumna mía de la CUJAE, la de los pelos rizados, ésa que había encontrado una vez en casa de Euclides. ¿Te acuerdas que te hablé de ella? La amiga de Chichí, la del grupito de los que querían ser escritores. Con el rostro descompuesto y una vocecita baja, como extinguida, preguntó si conocía a su amigo. Yo negué con la cabeza y ella miró hacia delante, estaba junto a mí, dijo que me agradecía, agradecía mucho que hubiera ido. A él le gustan las fiestas, afirmó, le gusta la gente, siempre tiene cosas interesantes que decir, adora conversar, es tremendo tipo. Entonces la muchacha volvió a mirarme con unos ojos raros, grandes, medio amarillos, perdidos, como llenos de odio o de impotencia, no sé, como quien se está resbalando por un enorme tobogán y no sabe qué va a encontrar abajo, si agua, arena o el vacío, eso, me miró con una mirada de vacío y de espanto para decirme entre dientes: Dicen que está muerto, pero ellos mienten. Y se fue. Alcanzó las mecedoras para sentarse junto a Chichí y los otros y volver a balancearse hacia adelante y hacia atrás y adelante y atrás y adelante y atrás. Yo tuve que salir. Necesitaba aire.

Sé que atravesé la puerta y de repente el sol me golpeó en la cara como una bofetada caliente que me obligó a apartar la vista y parar. Una escalera me separaba de la calle. Entonces comencé a descender lentamente los peldaños, pero el sol se empeñaba en cegarme. Era como si aquel día quemara más que otros. Algo extraño que me impedía seguir. Y no seguí. Me senté en uno de los escalones y, justo en ese momento, decidí mandar todo a la mierda. Todo a la mis-mí-si-ma mierda.

Ellos mienten, había dicho la muchacha, y era la primera vez que esa frase parecía tener sentido. Me pregunto cómo se vive después de haber visto muerto a un amigo de veinte años. Imagino que la vida sigue adelante como las mecedoras pero, ¿qué pasa cuando a la mecedora le toca ir hacia atrás? No sé. ¿Dejas de llorar algún día? No lo sé. Lo único que puedo decir es que aquella tarde, sentada en la escalera de la funeraria de Calzada y K, todo me pareció absurdo. Adentro, unas vidas rotas. Afuera, a unos pasos de allí, la Oficina de Intereses de los Estados Unidos con sus enormes colas para la visa. Y por todas partes, La Habana de 1993, el año cero. La noche sería el aquelarre, aunque yo ya no estaría. Yo estaba simplemente en el momento en que el sol me cegaba y, por supuesto, no tenía gafas para protegerme, ni del sol, ni de la mirada aterrada de mi alumna, ni de los rostros esperanzados de la cola, ni de lo ridícula que me parecía la historia del documento de Meucci.

Nosotros estábamos buscando un papel que alguien había visto. Un papelito, casi nada, un papelito en el que todos habíamos puesto nuestras esperanzas. ¿Te das cuenta? Vivíamos en un país que se movía en cámara lenta y, a veces, en blanco y negro, donde lo único que no costaba miles de fatigas era sonreír, hacer el amor y soñar. Por eso en este país sonreímos, hacemos el amor y soñamos todo el tiempo. Con cualquier cosa soñamos. Y ya sé que no tiene tanta importancia saber quién inventó el teléfono, ni tener un papel que lo demuestre, pero dame una situación de crisis y te diré de qué ilusión vas a agarrarte. Eso era el documento de Meucci: pura ilusión. Nuestra vida giraba en torno a él, porque no había nada más, era el año cero. La nada. Sonreír, hacer el amor, soñar. Y reproducir, como fractales, lo peor de nosotros mismos.

Aquella mañana habíamos estudiado con el grupo un artículo muy interesante sobre sociedad y fractales. Aún no te hablé de los fractales. ¿Cierto? Te lo explico simple y a grandes rasgos. Los fractales son objetos geométricos cuya dimensión no se ajusta a los conceptos clásicos, no son uni o bi o tridimensionales, son otra cosa. Piensa en las nubes, las costas, los árboles, por ejemplo, ésos son elementos naturales que pueden ser descritos con esta teoría. Pero una de las características más comunes de los fractales es que reproducen estructuras idénticas o semejantes a sí mismas en diferentes escalas. Imagina un helecho, la hojita más pequeña que sale del tallo tiene la forma de un helecho completo. El pedazo pequeñito es exactamente igual al pedazo pequeño que es exactamente igual al grande. ¿Puedes verlo? Debido a esta característica, los fractales han sido aplicados a la música, las artes plásticas, las finanzas e incluso las ciencias sociales.

Lo que estudiamos aquel día desarrollaba la idea de que en la sociedad, las emociones negativas se propagan con un crecimiento fractal. Es como si se fueran ramificando, reproduciéndose a sí mismas y creciendo y creciendo. Despiertas en la mañana, no hay electricidad, desayunas agua con azúcar, sales molesto a la calle, me empujas cuando voy a subir a la guagua, me gritas cuando protesto, yo empujo a la señora que está del otro lado, logro bajar en mi parada, llego a la escuela, odio a mis alumnos, les hablo con rudeza, todos me parecen brutos, termina la jornada y ellos se van, en casa uno discute con su madre, le grita, la trata mal y ella llora y no entiende. No entiende que tú te sientes mal y yo también y el otro y el otro. No entiende que reproducimos, como fractales, lo peor de nosotros mismos sin darnos cuenta, simplemente nos dejamos llevar. En eso nos habíamos convertido. ¿Lo ves? En cada uno de nosotros estaba el malestar de la sociedad y cada uno lo iba reproduciendo. Te juro que me dieron ganas de levantarme y gritar: ¡Mierda! Bien alto, para que me oyera todo el mundo, pero estaba en la escalera de la funeraria y adentro habitaba la tristeza. Adentro estaba la aplastante vida real.

Fue por eso que decidí salirme de esta historia, yo ni había visto el documento de Meucci, ni sabía quién lo tenía, ni me importaba un carajo. Lo único que deseaba verdaderamente era vivir con Ángel. Ése había sido mi objetivo desde el inicio y ya estaba a punto de lograrlo, así que no quería más enredos ni mentiras. Para mí era un asunto concluido.

El único problema es que sentía que debía hacer algo, qué sé yo, un pequeño movimiento que sirviera para contrarrestar de algún modo la propagación de tantas emociones negativas. Por un momento pensé que, siguiendo el espíritu de Margarita, podía convertirme en Juliamariposa y remover las variables, decirle a Leonardo que era Euclides quien tenía el documento y a Euclides que lo tenía Ángel y a Ángel que Leonardo, como juego, no estaba mal para un titiritero. Sólo que yo ya no quería ser titiritera, remover las variables iba a provocar únicamente que el juego se extendiera al infinito, que cambiaran de posición los cañones para persistir en el ataque y continuaran propagándose las emociones negativas. No. Nada de eso tenía sentido. Encima, tanto para Leo como para Ángel, Bárbara continuaba siendo la hipotética compradora que no querían perder, mientras que para Euclides era la hipotética compradora que quería alejar. Todo era absurdo. ¿Te das cuenta? Bárbara, que no tenía dinero, que no iba a invitar a nadie a Italia, que era un puro bluff, seguía siendo una esperanza. Ridículo.

Algo tenía que hacer. En la discusión con Leo había terminado por informarle que Ángel no tenía el documento. También le había dicho a Bárbara que no lo tenía

Euclides. Correcto. No remover variables, despejarlas era mucho mejor. Decidí decirle a Euclides que no era el escritor quien lo tenía; y a Ángel, que no era Euclides. De esa forma, las emociones negativas se irían disipando y yo quedaría satisfecha de haber hecho algo sensato, no por Meucci, ciertamente, pero al menos por nosotros. Eso decidí y no me arrepiento. Nuestra ecuación debía darse por resuelta. A la de Meucci le faltaba poco, aunque eran otras sus variables.

22

Y así fue nuestra historia. Logré convencerlos a todos de que Margarita se había divertido a sus espaldas dándoles datos falsos. Si alguien quería continuar en la búsqueda le tocaba, sin duda, empezar desde el inicio, pero ya sin mí, porque yo había decidido mantenerme fuera.

Bárbara regresó a Italia unos días más tarde. Fui a casa de su tía a despedirme y ésta me recibió de lo más contenta, ya que era la primera amiga de su sobrina que pasaba por allí. Claro, Bárbara se había cuidado bien de no llevar a nadie, porque aquella tía villaclareña no iba a aceptar que su sobrina anduviera haciéndose la italiana. Esa tarde me regaló sus cremas y casi toda la ropa, creo que sólo se llevó los ajustadores que le quedaban chicos. A Ángel le pareció bastante raro verme con la ropa de ella, pero le inventé un cuento y acabó por creerme, total, también él me había regalado algún vestido de Margarita y todo eso me salvó del desamparo textil de aquellos tiempos. En el fondo, sé que lo que más le extrañaba era que Bárbara hubiera desaparecido repentinamente y que sólo llamara para despedirse a última hora. Pero sobre ese tema nunca hicimos comentarios.

Curiosamente, muy poco después de la partida de

Bárbara, Ángel anunció que su hermana se había instalado en casa del hijo de los diplomáticos. Por tanto, dije adiós al sofá de Alamar y me convertí en una auténtica muchacha de El Vedado. Mi padrastro mató dos pollos el día que llevé a Ángel a conocer a mi familia y nadie faltó a la cena. Ese mismo año nos casamos. Euclides fue mi padrino de boda. Finalmente, decidí no contarle que sabía lo que había hecho, total ya de mi tesis y del dinero ganado por él no quedaba ni el recuerdo. ¿Para qué amargarnos más? Gracias al matrimonio, pudo conocer mejor a Ángel, y ambos, por algún acuerdo tácito, decidieron no hablar nunca de Margarita, al menos no en mi presencia. Con Leonardo, por el contrario, las cosas habían sido más complicadas, así que dejé de frecuentarlo. Una vez coincidimos en un semáforo. Yo esperaba botella y él, cambio de luces. Llevaba a una muchacha en la parrilla de la bicicleta y en el asientico delantero, al niño, que me miró con aquellos ojos que siempre me inquietaron. Sólo tuve tiempo de darle la noticia de mi matrimonio y Leo me deseó una feliz convivencia antes de echar a andar. Creí que nunca más lo vería, pero todavía nos quedaba un último encuentro.

Varias veces me tocó vivir los excesos de Dayani. Cuando se peleó con el hijo de los diplomáticos y se instaló en casa durante una semana, cuando se reconcilió con el padre, cuando encontró otro amor, cuando volvió a pelearse con el padre. Finalmente, mi cuñada y su nuevo novio decidieron irse en balsa durante la crisis de los balseros del noventa y cuatro, cuando el gobierno cubano abrió las puertas al mar para que se fuera todo el que quisiera. El único problema fue que salieron demasiado tarde, cuando ya el gobierno de los Estados Unidos había mandado parar la emigración masiva enviando a los balseros a la Base Naval de Guantánamo. Allí terminó Dayani y fue un momento duro para la familia, sobre todo para mi pobre Ángel, que estaba destruido. Por fortuna, unos tíos del novio reclamaron a los muchachos y terminaron en Miami. Ángel siguió destruido, pero al menos sabía que su hermana había llegado a alguna parte.

En cuanto a Meucci, sabemos que su historia aún no había terminado. Después de lo vivido en La Habana, Bárbara, aunque sabía que ya nada podía hacer, continuó interesándose en el tema y, cada vez que encontraba alguna noticia, por mínima que fuera, la recortaba para enviármela por carta. Fue así que, en 1995, me llegó un artículo del famoso Basilio Catania en el que revelaba que el año anterior había encontrado, en los archivos de Washington, un documento inédito con el cual podía, finalmente, demostrarse la prioridad de Antonio Meucci en la invención del teléfono. Bárbara se había tomado el trabajo de traducirme todo el artículo. ¿Te das cuenta? Habían encontrado un documento inédito de Meucci. Era como echarnos un jarro de agua fría.

Las cosas fueron así: ¿recuerdas que hubo dos procesos judiciales? En uno, la compañía de Bell ganó contra Meucci y la Globe. La sentencia se publicó y, por tanto, la derrota de Meucci quedó registrada para la historia. El otro fue el del gobierno contra la Bell, que cerró sin vencedores ni vencidos y, por ello, sus actas y declaraciones no fueron publicadas, así que nunca se conocieron los detalles. Pero fue entre esos papeles donde el investigador Basilio Catania encontró, en 1994, el documento inédito.

Las pruebas exhibidas en ambos procesos fueron prácticamente las mismas, sin embargo, había un pequeño detalle distinto: el cuaderno de apuntes de Meucci. El original, ése donde Antonio escribió con su puño y letra garabatos y diseños, no fue presentado porque estaba en italiano. Lo que se presentó en ambos casos fue una copia traducida al inglés. Ahora bien, en el proceso de la Bell contra Meucci, la versión en inglés de dicho cuaderno incluía sólo el texto con las explicaciones de los experimentos y, en el lugar de los diseños aparecía escrita simplemente la palabra: *Drawing*. Como este cuaderno se publicó entre la documentación del proceso, era accesible para todo el mundo. Por el contrario, en el juicio del gobierno contra la Bell, lo que se presentó fue la declaración jurada del abogado Michele Lemmi. ¿Recuerdas el nombre Lemmi & Bertolino? Lemmi hizo una declaración jurada que Meucci firmó, donde aparecía la traducción al inglés del cuaderno con las explicaciones y, además, con todos los esquemas diseñados por Meucci mucho antes de que Bell soñara inventar nada. Ese papel nunca se publicó, quedó traspapelado entre el montón de folios que fue llenando los archivos, pero fue ése precisamente el documento que cambió la historia.

Hace rato te dije que las ciencias no se explican con palabras, las palabras son para el arte y la filosofía, en la ciencia cuentan los números, fórmulas, esquemas o diseños. Un científico, antes de empezar a hablar, agarra su bolígrafo y pinta cosas. Es aquí donde está el detalle interesante. Sin los diseños de Meucci, las explicaciones son palabras interpretables, espuma, humo, nada. Ya lo decía Aristóteles: n orador no será creído si no da prueba matemática de lo que dice. Y las palabras de Meucci se las llevó el viento, fueron sus garabatos los que, más de un siglo después de su muerte, lograron hacerle justicia. ¿Te das cuenta?

Según explica el propio Catania en sus artículos, que pude leer gracias a las traducciones que Bárbara me iba enviando, descubrir este documento fue una sorpresa porque demostraba que Meucci se había adelantado a su época con técnicas avanzadas. Pero todavía su sorpresa fue mayor cuando comenzó a tirar de la cuerda y a sacar a flote los detalles del olvidado proceso del gobierno contra la Bell. Basilio Catania comenzó su pesquisa en 1989, a raíz del centenario de la muerte de Meucci, y recorrió los archivos de Florencia, La Habana y los Estados Unidos. El descubrimiento del documento inédito y, posteriormente, de otras pruebas de igual importancia, permitió llevar el caso hasta la Corte Suprema de Nueva York y, luego, al mismísimo Congreso de los Estados Unidos. Llegados a este punto, muchas asociaciones italoamericanas se volcaron a la causa, especialmente la OSIA, que es la que se ocupa del Museo Garibaldi-Meucci de Staten Island y que, en un comunicado de prensa, reconoció oficialmente el mérito de Basilio Catania en esta investigación.

El 11 de junio del año 2002 ganaron la batalla: el Congreso de los Estados Unidos aprobó la resolución número 269, en la que se reconoce oficialmente a Antonio Meucci como el inventor del teléfono.

Aplausos.

Cada vez que pienso en esto me dan ganas de aplaudir e imagino que Antonio suelta una sonrisilla y que Graham Bell lo invita a una cerveza. Dos grandes científicos, sí señor. Pero Antonio llegó primero. Así de simple. Llegó primero al teléfono y tarde al reconocimiento. La justicia a veces viaja en bicicleta, pero más vale tarde que nunca. ¿No?

Yo por supuesto que quise compartir el jarro de agua fría que me había caído con la noticia del hallazgo del documento inédito. Leonardo se sorprendió al verme en su trabajo, aunque mi visita le agradó tanto que me invitó a un café y luego nos sentamos en la Plaza de Armas. Cuando le mostré el artículo, preguntó si ya sabía que Bárbara era cubana. Él se había enterado gracias a su amigo periodista. La tipa nos había engañado a todos, dijo. Yo asentí con la cabeza y él me quitó el papel de las manos. Terminada la lectura, echó un profundo suspiro y encendió un cigarro. De todas formas voy a escribir mi novela, afirmó, con el documento de Margarita o sin él. Me pareció lógico, era importante que la escribiera, es más, dije que podía fotocopiar el artículo y que le daría toda la información que me llegara. Leonardo me miró por encima de los espejuelos con una expresión cómica. ¿Y cómo está Angelito?, preguntó sonriendo. Contesté que bien y supe que ya nos quedaban muy pocas cosas por decir. Ésa fue la última vez que conversamos. Lo volví a ver de lejos en 1999, cuando pusieron la lápida en honor a Meucci en el Gran Teatro de La Habana, en la conmemoración del 150 aniversario de sus primeros experimentos. Allí también vi, por primera y única vez, a Basilio Catania, el hombre que encarnaba el sueño de Euclides. Sé que Leonardo luego publicó algunas cosas, pero todavía no he escuchado nada sobre la novela de Meucci.

Euclides, apenas supo del documento inédito de Nueva York, puso el grito en el cielo. Era una tragedia, sentenció, se nos habían adelantado, pero aún podíamos hacer algo, había escrito una carta muy seria a Margarita y esperaba que aquel corazón de piedra se ablandara, su hija no podía hacerle una cosa así, él llevaba demasiado tiempo tras ese papel. Yo lo escuchaba hablar mientras se movía de un lado para otro, como en sus clases, y me hacía gracia, pero también me daba pena, porque ¿qué podíamos hacer nosotros? Nada. La historia había terminado, aunque mi querido profesor se negaba a aceptarlo, era terco como buen científico. Y así sigue: terco y científico, cuidando de su madre que ya está muy viejita, paseando al perro que suplió el espacio del viejo Etcétera y más aferrado que nunca a los libros de ciencias. Chichí, que ya es escritor y hasta ha publicado en el extranjero, continúa ayudándolo económicamente. Además, Bárbara a veces le envía regalos y dinero. Euclides sigue convencido de que ella es italiana, pero no tengo la mínima intención de desmentirlo. ¿Para qué?

Por su parte, Ángel, lo primero que hizo cuando le mostré el artículo fue un comentario jocoso sobre mi correspondencia con Bárbara, pero apenas vio el titular se tiró en el sofá a leer. Yo seguí sus movimientos con el rabillo del ojo y, al terminar, apartó el papel diciendo que hacía rato que él se había olvidado de eso. ¿Quieres una cervecita?, preguntó levantándose. Fue la época en que empezó a crecerle la barriga gracias a las cervezas que tomaba con el dinero que su madre enviaba después de que Dayani hiciera contacto con ella en los Estados Unidos.

Al final, Leo había tenido razón aquella vez al decir que yo era una mujer inteligente y acabaría por aburrirme de Ángel si él no hacía algo para impedirlo. Él no hizo nada, simplemente dejó que creciera su barriga y se aficionó a ver películas, en DVD porque ya el video se había roto y hasta las cintas de su desconocida favorita estaban metidas en una caja. Nuestro idilio matrimonial fue pudriéndose lentamente y mi ángel terminó por aburrirme, sí, señor. Afortunadamente para ambos, hace dos años él se ganó el bombo. Ya sabes, esa lotería para el visado de entrada a los Estados Unidos. Ahora está en Miami. Alguna que otra vez llama borracho y nostálgico diciendo que regresará pero, sinceramente, espero que no lo haga. Ya me tocó tener grandes discusiones con su padre a causa del apartamento, claro, porque el hombre no quiere aceptar que la casa de El Vedado no sea para él, pero se equivoca, yo tengo el apoyo de Ángel, esta casa era de su familia materna y si Angelito no está, entonces es mía.

Y aquí vivo. Hace años que dejé el Tecnológico. Me dedico a dar clases privadas de Matemáticas y también alquilo uno de los cuartos, pero pago los impuestos. ¿Ok? Bárbara me manda italianos y así voy tirando. Por otra parte, tengo un novio que pasa conmigo algunas noches, pero sólo algunas, que yo sé cómo son, empiezan dejando un cepillo de dientes y ni cuenta te das cuando ya lo tienes viviendo en casa. De eso nada. Este apartamento es mío.

¿Ya te asomaste al balcón? Aunque nunca he estado en otra parte, sé que ésa es la avenida que más me gusta en el mundo, con sus árboles, sus farolas y sus sombras. Incluso a oscuras es hermosa. Siempre hermosa. Es la arteria principal de esta ciudad. En las noches me gusta asomarme para coger fresco y soñar. Ya te dije, aquí somos adictos a los sueños. Muchas cosas han cambiado respecto de aquel 1993. Y aunque seguimos flotando en esta especie de limbo que no acaba, si te asomas verás que por la calle 23 transitan el pasado y el presente, ahora circulan pocas bicicletas, pero hay carros viejos y modernos, ya no se va tanto la luz y hasta podemos tener celular. Sí, sin duda ahora estamos mejor, continuamos sonriendo, haciendo el amor y soñando, aunque muchos sueños cambiaron. La crisis de los noventa sirvió para acabar de convencernos de que todos no somos iguales y que el mundo se divide entre los que tienen dinero y los que no. Así ha sido siempre. En todas partes. ¿No es cierto? Poco a poco nos iremos pareciendo a los países normales, el que tiene dinero está bien y el que no lo tiene está jodío. Ésa es la maldita normalidad que no sorprende a nadie. Son los cambios los que sorprenden, la incertidumbre del punto de bifurcación. ¿No te parece?

Tantas veces me he preguntado qué habría sucedido en 1874 si Antonio Meucci hubiera tenido los diez dólares que costaba la renovación de su patente provisional. La historia sería otra. Pero, ¿qué habría sucedido en 1993 si alguno de nosotros hubiera encontrado el documento que pertenecía a Margarita? Nada. De seguro no habría ocurrido absolutamente nada. Estábamos viviendo un delirio, un sueño más, un estado del caos y el caos es una vorágine que todo lo arrastra.

Pero más vale tarde que nunca, ¿cierto? Lo que pasó fue que cuando Ángel se fue del país, yo me dispuse a organizar la casa de El Vedado a mi manera. Tenía un montón de cajas con mis antiguos papeles del trabajo, así que me dediqué a clasificar y tirar a la basura lo inservible. Casa nueva, vida nueva. Uno de los paquetes contenía cosas de cuando el Tecnológico y allí encontré traspapelada la carpeta con cuentos que me había dado Chichí para que yo se los diera a la italiana. ¿Recuerdas? Fue el día que Euclides salió con Bárbara y, mientras yo lo esperaba, llegó su hijo con la carpeta. Él tuvo que irse, Euclides y Bárbara no regresaron y yo también tuve que marcharme. La carpeta con los cuentos terminó sepultada bajo mis papeles en Alamar y acabó metida dentro de una caja en El Vedado. La verdad, nunca me habían gustado los cuentos de Chichí, pero aquella noche de organizaciones abrí la carpeta y empecé a leer uno, así por curiosidad, con ganas de descubrir algo maravilloso, y fue entonces cuando encontré la maravilla. Los cuentos estaban escritos en papel recuperado, en el reverso de cualquier cosa, de facturas del teléfono, exámenes de la escuela, diplomas. Es que no había papel. El noventa y tres fue el año cero. ¿Recuerdas? La última página del cuento era gruesa, una hoja que tenía pegada con *scotch* otro papel amarillento. Una chapucería. No pude ni terminar de leer. Detrás de la página había unos garabatos. Signos. Esquemas. Me entraron tantas ganas de reírme que no pude hacer otra cosa que ponerme a llorar. Te juro. Lloré toda la noche. Lloré durante los meses sucesivos. Lloré hasta que te encontré a ti. ¿Qué habría sucedido si Euclides y Bárbara hubieran regresado temprano aquel día? ¡Ni imaginarlo quiero! ¿Cómo llegó el documento de Meucci a manos de Chichí? Ni lo sé, ni me interesa, pero puede ser que nunca hubiera salido de casa de la familia de Margarita aunque, sin duda, Euclides lo ignoraba y el muchacho desconocía el significado de aquellos garabatos. Para él lo más importante era escribir un cuento y para hacerlo necesitaba una hoja de papel. ¡Que vivan los que son capaces de crear!

Y ahora sí que te lo he contado todo. En esta carpeta, que ha escuchado sobre la mesita toda nuestra conversación, está el documento con los diseños que hizo Meucci en 1849, en La Habana, en este país maravilloso donde seguiremos sonriendo, haciendo el amor y soñando. Pero, mientras tanto, hay que vivir, así que apaga la grabadora y vamos a lo nuestro. Ya sé que hoy este papel no vale tanto como en el noventa y tres, pero ¿qué te parece si hablamos de dinero?

AGRADECIMIENTOS

Mi primer y muy especial agradecimiento es para el doctor Basilio Catania. Han sido su tenacidad y su minucioso trabajo de investigación los que permitieron que en el año 2002 Antonio Meucci alcanzara el reconocimiento que se le negó en vida. Y ha sido gracias a su gentileza y amabilidad que yo he podido disponer de una exhaustiva documentación sobre Meucci para escribir esta novela. Por toda la información que me ha brindado, por sus e-mails tan afectuosos y por su libro *Antonio Meucci. L'inventore e il suo tempo*. Muchas gracias, Catania.

Agradezco, también, a todos los que de una forma u otra me ayudaron. A mis padres, mi hermana y mi tía Josefina Suárez. A Armando León Viera. A Patricia Pérez (gracias, profe). A Leonardo Padura. Al Centro Nacional del Libro de París por el apoyo y la confianza. A Anne Marie Métailié. A Guillermo Schavelzon. A Amir Valle, José Ovejero, Antonio Sarabia, Alfredo Rey, Rafael Quevedo, Pierpaolo Marchetti, Bárbara Bertoni, Lauren Mendinueta y Juan Pedro Herguera. A José Manuel Fajardo. Y a mis amigos todos, porque siempre están presentes, donde estén.

CHARCO PRESS

Directora editorial: Carolina Orloff
Editor y coordinador: Samuel McDowell

www.charcopress.com

Para esta edición de *Habana año cero* se utilizó papel
Munken Premium Crema de 90 gramos.

El texto se compuso en caracteres Bembo 11.5 e ITC Galliard.

Se terminó de imprimir en agosto de 2021
en TJ Books, Padstow, Cornwall, PL28 8RW, Reino Unido
usando papel de origen responsable en térmimos
medioambentales y pegamento ecológico.

MIX
Paper from
responsible sources
FSC® C013056